KB056897

냉담

냉담

내일의 고전

김갑용 장편소설

소전
서가

차례

I

기시감

그 일을 그만두는 대로 그녀와 여행을 가기로 했다.

나는 자주 기시감에 빠졌다. 버스나 전철을 놓치는 바람에 망연자실하여 어느 점포 앞에 멈춰 섰을 때, 사람들에게 붙들려 있거나 홀로 남겨졌을 때, 어느 때든 간에 기시감이라는 것을 생각하는 바로 그 순간을 이미 이전에 겪었다고 여기는 것이다. 그것은 보통 사소하거나 큰 불행에 뒤이어 찾아왔다. 이번에는 달랐다. 그런데도 기시감에 빠져들었다.

시간이 지나면 모든 순간이 잊힌다는 걸 어릴 적에는 잘 받아들이지 못했다. 야간 운행을 하던 아버지가 안방에서 자는 낮 동안 나머지 네 식구가 숨죽여 생활해야 했던 좁은 방에 홀로 남겨지면 어김없이 시도하던 게 있었다. 오후의 창에서 스며드는 빛의 조도와 낡은 장롱이 드리우던 그림자의 기울기, 철 지난 이불의 구겨진 모양새, 거울을 마주보고 선 나의 어색하고 굳은 표정. 그 순간 주워 담을 수 있

9

는 모든 것을 애쓰며 되뇌었다. 언젠가 지금 이 순간을 빠짐없이 떠올릴 날이 올 거라고. 이제는 내가 그렇게 애를 썼다는 것 말고는 그때의 다른 무엇도 기억하지 못한다. 대신 그 영향으로 기시감이라는 것을 상기해 보면 어릴 적 모든 걸 머릿속에 간직하려던 나로 회귀하는 듯했다. 착각이었다. 그 시절로 돌아갈 수 없다. 내가 기억하는 그 시절은 오래전 누구에게 들려준 이야기다. 아마 늦은 밤이나 새벽이었다. 나와 그자는 누워 있었을 것이다. 어둠 속에서, 나란히, 간격을 두고, 뻣뻣이, 뜬눈으로, 멀거니. 이야기는 여러 밤에 걸쳐 되풀이되었다. 그때마다 상대가 달랐는지도 모르겠다. 반복할수록 이야기 속 그 시절은 더 선명해지고 확정적으로 변모했다. 지금은 더는 누구에게도 그 시절을 이야기하지 않는다. 그 시절은 사라졌다. 기시감에 홀로 두리번거린들 어디에도 없다.

　이틀 밤낮을 자지 못했다. 장례식이 끝나고 얼마간의 돈을 챙겼다. 얼마 안 되는 조의금을 친척들끼리 나누는 과정에서 손자인 내게까지 몫이 온 것은 조모의 결정이었다. 조모는 내 일이 돈이 안 된다는 걸 알았다. 지폐 다발을 재킷 안주머니에 쑤셔 넣고 친가 집을 나와 야간 전철을 탔다. 고개를 숙이거나 뒤에 기대기도 힘겨워 꼿꼿이 선 자세로 중력을 견뎠다. 허리를 곤두세운 그대로 깜박깜박 정신을 잃었는데, 눈꺼풀 안으로 번지던 빛이 죽은 조부의 파리한 낮으로 분해 번득이고 장례식장에서 가장 드높던 아버지의 고성이 귓속을 꽝꽝 울려 댔다. 장례식 와중에는 위협적이지 않던 것들이 이제 와 나를 괴롭히는 게 맑지 않은 정신에도 이상했다. 입관식에서 염포(殮布)로 싸여 얼굴만 드러낸 조부를 작별하며 울지 않은 셋 중 하나가 나였다. 아버지와 남동생도 나처럼 울지 않는다는 것을 진작에 눈치챘다. 수분 전만 해도 고성으로 웃고 떠들다 끌려온 아버지는 입을 한 대 얻어맞은 양 비죽 내밀고는 내리깐 눈을 끔벅였고, 그런 아버지를 닮지 않기 위해 언제나 노력하던 남동생은 슬픈 기색을 자아내느라 안간힘을 쓰며 조부를 노려보았다. 조부는, 그 파리한 낯은 안식과는 전혀 멀어 보였다. 조부가 아니라 조부를 본뜬 밀랍 인형처럼 물성이 강하게 느껴졌다. 붕대를 동여맨 미라 위에 밀랍 마스크만 살포시 얹어 놓은 거라고 해도 믿을 만큼 이질감이 강했다. 염포 속에 조부가 누워 있으리라고 도무지 믿기지 않았다. 장례 지도사가 읊는 낭랑한 한 마디 한 마디를 따라 매듭지어지는 염포 앞에서 여동생과 어머니를 비롯한 친척들이 죽은 이 바짓가랑이 붙잡듯 곡을 길게 늘어뜨렸다. 그 곡소리는 나를 어쩐지 냉정하게 만들어 더는 슬픔을 가장할 수도 없었다.

불현듯 순환선인 이 전철이 지금 어느 역을 지나쳤는지, 혹 한 바퀴 돌아 제자리걸음인 건 아닌지 내가 모른다는 걸 깨달았다. 나는 비척거리며 전철 문 쪽으로 다가섰다. 전철이 다음 역을 향해 달리는 동안 문에 달린 검은 창에 머리를 기댔다. 텅 빈 속에서 식욕과는 다른, 안달복달 못할 정도로 조바심 드는 갈망이 어느 틈에 솟아났다. 그게 무언지는 몰랐다. 나의 습한 방으로 돌아가서 베개에 얼굴을 처박는 순간 잊힐 한순간 충동에 지나지 않기를 바랐다. 나는 꽤 전부터 자살을 염두에 두었다. 이 갈망에 비하면 죽음은 얼마나 우스운지. 집으로 돌아가 잠들었다가 깨고 나면 평소 하던 대로 유품이 될 물건들을 조금씩 버릴 터였다. 지긋지긋했다. 그렇다고 미지의 갈망을 감당할 엄두도 나지 않았다. 누구와 이야기를 나눠야겠다고 생각했다. 대화만으로도 머릿속이 한결 가벼워진다. 친구들에게 전화를 걸었다. 늦은 밤이어선지, 오랫동안 내가 두문불출해선지 아무도 받지 않았다. 이번에는 문자 메시지로 조부의 부고를 보내 보았다. 역시 답은 없었다. 그 사이 전철은 두 역을 지나쳤다. 고등학교 동창으로부터 조의를 표한다는 짧은 메시지와 함께 계좌로 돈이 들어왔다는 알림이 도착했다. 조의금치고는 큰 액수였다. 동창이 그 정도로 번듯한지 따져 보다가 과거에도 그 친구에게 언제나 신세를 졌다는, 머릿속 장부에 휘갈겨 쓴 짤막한 기록을 건져 냈다. 또 신세를 지고 말았다. 누구와 이야기를 나눠 봐야겠다는 마음이 싹 달아났다. 장례식은 이미 끝났다. 동창이 보내 준 조의금은 조모가 나눠 준 조의금과 더해져 상당한 금액이 되었다. 셈을 마치자 가진 돈만큼 기세등등해지기는커녕 더 비참해졌다. 조부의 파리한 낯, 아버지의 고성, 정체를 알 수 없는 갈망, 내게 주어진 얼마간의 돈……, 피로……. 돈도 내게는 근심거리였다. 돈을 즐겁게 탕진하는 법이라고는 모르고, 이거로 얼마치 빚을 상환할 수 있는지 골머리만 썩일 게 뻔했다. 머릿속에서 사이렌이 울리고 몸뚱어리가 고물 앰프처럼 터질 듯이 둥둥거렸다. 다음 역에서 내렸다. 집으로 돌아간다는 선택지는 이제 사라졌다. 집에 들어가지 않고 아무 데서나 시간을 때우다 첫차를 탄 적이 이미 여러 번이었다.

이번도 그렇게 될 것이었다. 출구로 올라오자 펼쳐진 번화가는 축제가 끝난 뒤처럼 엉망진창이었다. 전단지가 흩뿌려진 거리 한구석에서 젊은이 서넛이 모여 담배를 피우고 연인 한 쌍이 심각한 표정으로 모텔 네온사인 간판 아래 쭈그려 앉아 이야기 중이었다. 술에 취한 직장인들이 위태로운 걸음걸이로 차도까지 나와 택시를 향해 팔을 흔들었다. 나는 도롯가 벤치에 앉아 여기에 어울리지 않는 샌님같이 위축되어 있었다. 맞은편 지하 주점에서 올라온 노인이 무어라 말을 걸려고 해서 바로 자리에서 일어났다. 노인이 후회할 거라며 내게 삿대질해 댔다. 24시간 카페에 들어가 2층 창가 자리에 앉았다. 내가 사는 동네에서라면 보았을, 밤새 노트북으로 작업을 하거나 공부를 하는 사람은 없었다. 초봄이라 제법 쌀쌀한데도 짧게 옷을 입은 젊은이들이 욕을 섞어

가며 연애 이야기에 한창이었다. 야외 테라스 자리에서 피우는 담배 연기가 2층 창가로 올라와 아른댔다. 품속에 지폐 다발 말고는 아무것도 없었다. 편의점에서 노트와 펜을 사올까 했지만 집에 널리고 널린 걸 또 사기에는 돈이 아까웠다. 산다 한들 지금 뭘 쓰겠는가? 한동안 아무것도 쓰지 못했다. 지저분한 테이블에 머리를 처박고 눈을 감은 채 잠자코 있었다. 눈만 감았어도 잠이 든 듯 시간이 빨리 갔다. 정말 잠들었을지도 모르겠다. 나를 괴롭히던 것 중 피로만 남고 모두 흔적 없이 사라졌다. 빨리 감기 버튼이라도 눌렀는지 목소리들이 내 머리통 위를 후다닥 넘나들었고, 한창 대화를 나누다가 단번에 마지막 구간으로 도약하여 돌연 의자가 드르륵 밀리더니 몇 마디 욕지거리와 함께 사람들이 웃으며 층계를 내려가며 멀어졌다. 고개를 드니 오랫동안 머리를 테이블에 처박은 탓에 시야가 희뿌옜다. 간혹 있는 일이었다. 점원이 올라와 10분 뒤 2층을 마감한다는 안내를 하고는 다시 내려갔다. 자리에서 일어나 팔을 뻗어 테이블을 더듬대며 헤쳐 나가 층계를 조심스럽게 내려와 테이블 아무 데나 앉았다. 젊은이들이 들어오던 참이었는데 나누는 대화와 뿌옇게나마 보이는 옷차림으로 짐작하건대 클럽에서 나와 첫차를 탈 때까지 시간이나 때우려는 모양이었다. 여럿이기도, 둘이기도 한 그들은 커피 한 잔씩을 테이블에 놓고서 금세 꾸벅꾸벅 졸았다. 그들 중에서 누가, 아니 그들

I 4

이 아닌 누가 내 앞에 앉았다. 뿌연 시야가 서서히 걷혔다.

자리가 없어도 그렇지, 낯이 두껍군. 나라면 그러지 못할 거야. 상대로부터 돌아앉아 다시금 눈을 붙이려던 참이었다. 그 사람이 내 등을 손가락으로 두드렸다. 그 가벼운 손길은 특이한 착각을 불러일으켰다. 그 사람의 두드림으로 내가 겉이 딱딱하고 속 빈 물체로 변모해 통통거리는 것 같았다. 내 빈 속에서 울려 퍼질지 모를 반향을 찾아 귀를 기울이게 되었다. 겉으로는 되레 퉁명스러워졌다. 지치고 약해진 나머지 별것도 아닌 남의 행동에 휘둘린다는 생각이 들어서였다. 뒤돌아서 성난 척 상대 손가락을 낚아채려 했다. 손가락은 손아귀를 스치며 빠져나갔고, 찰나의 부드럽고 따뜻한 살결이 내게 여운을 남겼다. 돌아온 내 손에는 흰 마스크가 걸려 있었다. 마스크를 낀 여자가 앞에 보였다. 시야에 초점이 돌아오면서 마스크 위로 드러난 그녀의 검은 눈동자가 또렷해지고 카페 조명이 고여 반짝였다. 그런 시기잖아요. 그렇게 말하듯 그녀가 양해를 구하는 서글픈 눈웃음을 지었다. 순순히 마스크를 귀에 걸었다. 눈이 당혹스러울 정도로 아름다웠는데 그건 마스크를 써서일 거라는 의심이 들었다.

카페에서 유일하게 마스크를 낀 우리는 외양에서도 유별난 구석이 있었다. 한 명은 죄다 색만 검지 짝이 맞지 않고 구깃구깃한 옷들을 꿰입었고, 한 명은 지나치게 순응적이고 단정한 트위드 투피스 차림이었다. 우리는 아무 말도 나누지 않았다. 그녀는 어느새 차갑게 잠긴 눈으로 나를 응시했다. 반응 없는 내게 짜증 났다기보다는 자기만의 상념에 빠져 원래 표정으로 돌아온 듯했다.

어쩌면 나와 그녀는 오늘 하루를, 아니면 삶 전반을 망칠 대로 망치고 벼랑 끝까지 몰려 이 자리에 함께 앉았으리라는 짐작이 들었다. 그녀가 내 앞에 앉은 이유를 갑자기 어떻게든 갖다 붙이고 싶어 안달이 났다. 내게서 뭘 보았기에 앉았을까? 그녀에게 내 무언가를 보여 주고 싶었다. 그게 어떤 건지는 몰랐다. 그것의 정체를 맹렬히 따졌다. 따라잡을 수 없을 만큼 생각이 빨라졌다. 그러자 앉은 자세 그대로 허공에 붕 떠 빠르게 이동한다는 착각이 들었다. 카페 풍경이 빠르게 내 시야에서 멀어졌다가 도로 원점으로 돌아오기를 반복했다. 그녀만이 멀어지지도 가까워지지도 않는 소실점에서 나를 차갑게 바라보았다. 끔찍하게 피곤했다.

이제는 그녀를 견디기 힘들었다. 사이비 종교의 전도사일지도 몰랐다. 새벽에 이런 얌전한 복장으로 내 앞에 말없이 앉아 있을 이유를 알지 못했다. 그녀를 쫓아낼 기운도, 정중하게 거절 의사를 밝힐 정신도 없었다. 테이블에 머리를 처박았다. 다시 고개를 들면 이미 떠나고 없을 것이다. 얼마 지나지 않아 의자가 뒤로 밀리는 소리가 들렸다. 그녀가 내 어깨를 세차게 흔들었다.

「시간이 다 됐어요.」

단호하면서도 쾌활한 목소리였다.

「나가야 해요!」

커피 추출기가 요란하게 작동했고 점원이 빈 테이블에 의자를 뒤집어 올리다 말고 우리를 보았다.

고분고분히 그녀를 따라 가로등이 켜진 새벽 거리로 나왔다. 내게 말을 걸었던 노인이 아까 그 벤치에 구부정히 앉아 나와 그녀를 올려보다 불 꺼진 지하 주점 간판 아래 층계로 내려갔다. 청소차가 우리를 앞질러 가고 나자 거리는 텅비었다. 우리는 일정한 간격으로 선 가로등 아래를 걸었다. 등불이 멀어지고 가까워짐에 따라 우리 그림자가 길게 늘어졌다가 도로 짧아지면서 동그랗게 고였다 사라지고 다시 나타났다. 내 걸음은 점점 뒤처졌다. 어둠에 잠긴 그녀의 뒷모습이 멀어지면서 가로등 불빛에 노랗게 물들었다. 나는 멈추어 서서 기다렸다. 그녀가 빠른 걸음으로 모퉁이를 돌아 어둠 속으로 사라지기를. 뒤돌아서 더는 못하겠다고 내게 토로하기를. 만일 어두운 골목에서 기다리던 한패가 나타나 돈을 뜯어내려 한다면 즉시 몸을 돌려 전철역으로 가서 첫차를 기다릴 테다. 자박자박 멀어지던 발걸음이 멈추었다. 그녀가 체념하듯 고개 숙이고서 손을 슬며시 등 뒤로 내밀어 가까이 오라고 채근했다. 우리는 다시 나란히 걸었다. 마스크 밖으로 빠져나가지 못한 미지근한 숨이 축축하게 식었다. 검게 비죽이 솟은 성당을 돌자 오래된 성곽같이 생긴 호텔이 나왔다. 옛 유럽 고성을 흉내 낸 호텔 성벽을 따라 계속 걸었다. 도통 출입구가 보이지 않아 말없이 걷는 한동안 내가 지루해 보였는지 그녀가 뜬금없는 말로 멈춰 세웠다.

「긴장되지 않아요?」

그녀가 가슴팍에 두 손을 모으며 과장된 눈웃음을 지었다. 그녀의 흰색 플랫 슈즈도 용기 내어 한 걸음 다가붙었다. 모은 두 손이 추위에 빨갰다. 나보다 한참은 어려 보이는 그녀가 나를 이끄느라 진땀을 빼고 있다는 생각이 들었다. 반대로 나보다 한참은 나이 든 그녀가 아무것도 모르고 따라오기만 하는 나를 어르는지도 몰랐다. 긴장되느냐고? 긴장이라는 단어를 처음 듣는 것도 아닌데 당황스러웠다. 피로에 취해 잠시 비틀거리기까지 했다. 그녀는 대답을 기다리지 않고 몸을 획 돌려 다시 걸으며 모퉁이를 돌았다. 경광등을 켠 경찰차 한 대가 길 건너편에 있었다. 머뭇거리며 따라오는 나를 그녀가 잡아끌었고, 어느새 눈앞에서 빙글빙글 도는 회전문 칸에 함께 들어갔다. 유리 문짝에 부딪혀 우리를 감싼 회전문이 잠시 작동을 멈췄다. 그렇게 갇혀 있는 동안 푸른 경광등 불빛이 주위를 둘러쌌다. 그때 내려다본 그녀의 고개 숙인 얼굴은 눈가가 그림자에 잠기고 마스크엔 푸른 불빛이 번뜩여 누구보다도 비참하고 창백한 모습이었다. 회전문이 다시 움직였다.

그다음부터는 정해진 순서대로, 모든 과정이 착착 진행되었다. 직원들이 정중하게 인사를 건네고, 우리 역시 마찬가지로 정중하게 화답하고, 데스크에 체크 카드를 내밀어 친구에게 받은 조의금을 고스란히 날려 버리고, 숙박 수속을 마치고, 직원과 함께 엘리베이터를 타고 객실에 도착하자, 직원이 마스터키로 문을 열었다. 객실에 불이 들어왔다. 그녀가 구두를 벗지도 않고 성큼 창가로 걸어가 커튼을 쳤다. 직원은 복도에 선 채 열린 문을 잡고 나까지 안으로 들어가기를 기다렸다. 재킷을 벗어 소파 등받이에 걸던 그녀가 허리를 살짝 숙인 자세 그대로 안으로 들어서는 나를 올려다보았다. 그 시선에 붙잡혀 걸음을 멈추었다. 뜻밖의 불청객을 마주해 무척이나 당황스럽다는 듯한 그 눈빛이 나를 쏘아보았다. 등 뒤에서 문이 닫혔다. 구두를 벗고 비척걸음으로 그녀 맞은편 소파에 가 털썩 주저앉았다. 그녀가 허리를 펴고 일어섰다. 소파에 앉지는 않았다. 대신 마스크를 벗어 소파에 툭 던졌다.

「지금까지 한마디도 하지 않았잖아요.」

그러고 보니 그랬다. 한마디도 하지 않았다. 그렇다고 이렇게 심문조로 쏘아붙이다니. 그제야 마스크를 벗은 그녀를 올려다보았다. 웃지 않는 그 낯, 특색 없는 용모. 창백한 안색 말고는 돌아서는 순간 잊을 만큼 유다른 구석이 없었다. 마스크를 썼을 때는 아름답다고 여긴 눈마저도 이제는 빛을 잃었다. 방금 날카로운 말이 그 특색 없는 입에서 나왔으리라고는 믿기지 않았다. 고개만 주억거릴 뿐 내 입에서는 아무 말도 나오지 않았다.

「자.」

그녀가 내 앞으로 다가와 몸을 기울이며 소파 양쪽 팔걸이에 두 손을 뻗었다.

「고백해요.」

이제 특색 없는 얼굴을 코앞에서 마주 볼 수밖에 없었다.

「무엇이든지.」

깜짝 놀랐다. 그 말에 내가 무심코 눈물 흘릴 준비를 하는 것이었다. 나올 리도 없는 눈물을. 고백하라는 말에 으레 그래야 한다는 것처럼 흐느끼기 위해서 마음 밑바닥에서부터 감정의 찌꺼기를 그러모으고 있었다. 눈물은 나오지 않았다. 그녀의 단호함 앞에서는 틀린 듯했다. 낭패감이 들었다. 실망하고 가버려도 막을 도리가 없었다. 끝장을 내버려야겠다는 충동이 일었다. 그녀가 여기서 나간다 한들 뭐가 달라질까? 마스크를 벗지 않았다는 걸 깨달았다. 재갈을 풀자 말할 기분이 들었다.

「들어 봐요.」

나는 운을 떼면서도 무슨 말을 할지 갈피가 잡히지 않았다. 화제를 선택할 경황도 없었다. 시간 내에 대답하지 못할지도 모른다는 두려움에 촉박하고도 속절없이, 따질 겨를

조차 없이 자백하였다. 내뱉을수록 충분하지 못하다는 불안에 여러 차례 말을 중단하고 싶었지만 그녀의 특색 없는 두 눈이 나를 집요하게 붙들었다. 애써 그녀를 마주 보길 거부하며, 이야기를 지속할 수밖에.

예전에 나는 두 사람에게 연달아 전화를 받았다, 한 사람과 통화를 마친 뒤 부재중 전화 알림을 확인하고 그다음 사람과 연이어 통화했다, 전 사람은 아주 행복한 목소리였다, 그날 행복할 만한 일이 없었는데도, 행복이란 이런 걸까, 하는 목소리로, 기쁨에 겨운 새처럼 재잘댔다, 전 사람은 자꾸 대답을 유도했고 나는 기꺼이 응했다, 따라 웃기도 했다, 웃겨서라기보다는 핸드폰 너머 웃음소리에 전염되어서였다, 한 시간이 넘도록 통화했다, 부재중 전화가 왔는지도 몰랐다, 어떤 이야기를 나눴는지 기억도 나지 않는다, 사소한 이야기들이었다, 그런데도 서로 한 시간을 떠들었다, 같이 만나기로, 뭔가를 함께하기로 했다, 통화하던 순간은 무슨 옷을 입고 나갈까 고민할 정도로 신났다, 그러나 그다음 사람과 통화를 시작하자마자 그 모든 걸 잊었다, 전화가 걸리기 전부터 울던 게 틀림없다, 내가 전 사람과 즐거이 통화하는 동안 나의 부재에 절망하였는지도 모른다, 그다음 사람은 하염없이 울었다, 무어라고 말했지만 울음소리에 묻혀 알아들을 수 없었다, 끊어 내지 못하고 가만히 들어 줄 수밖에 없었다, 그 울음소리는 나를 공허하게 했다, 빈 동굴 안에 그 소리가 끝없이 메아리치는 것만 같았다. 그러다 뚝 끊겼다. 울음을 그친 게 아니라 흐느끼던 와중에 통화가 끊긴 거였다. 다시 전화를 걸었다. 연결되지 않는다는 안내 음성만 들렸다. 또다시 전화를 걸었을 때는 아예 통화 가능 지역을 벗어났댔다. 아직도 이따금 그다음 사람에게 전화를 건다. 그때마다 같은 안내 음성이 반복되고, 여전히 다음 사람의 울음소리는 내 속에 메아리친다.

더 말할 수 있었지만 말하지 않았다. 그녀가 자리로 돌아가 마스크를 집어 들었다.

「가야 해요.」

고개를 끄덕이고는 따라서 마스크를 쓰려던 참이었다.

「아니. 기다려 줘요.」

그녀가 트위드 재킷을 걸치고 내 맞은편 소파에 앉았다. 잠시 뜸 들이는 그 모습에 이제 반대로 고백을 들을 차례라고 여겼다. 그녀가 말했다.

「아침에 다시 돌아올게요. 일을 하고 있어요. 상사가 있어요. 내가 당신과 만나는 걸 마음에 들어 하지 않을 거예요. 돈 있어요?」

재킷 안주머니에서 조의금 뭉치를 꺼내서 내밀었다. 그녀가 돈을 받아 들고는 자리에서 일어나 잠시 뒤돌아섰다. 그녀가 소파에 다시 앉자, 빈손이었다. 뭘 더 지시해 주기를, 설명해 주기를 가만히 기다렸다. 그녀가 일어나 나를 지나처 출입문 쪽으로 향했다.

　문이 닫혔다. 말실수를 한 게 분명했다. 그녀는 돌아오지 않는다. 자리에서 일어나 벽에 걸린 거울을 바라보았다. 추레한 몰골이었다. 며칠간 씻지 못한 낯에 수염이 추하게 자랐다. 이런 꼴로 그녀를 마주했다는 사실이 믿기지 않았다. 거울에 비친 눈을 뚫어지게 마주 보았다. 피로에 반쯤 감기고 그 아래로 깊은 그늘이 고였다. 왜 하필 내게 말을 걸었을까? 내 낯에는 특별한 그 무엇도 없었다. 누구든 상관없었던 거다.

　그날 다짐했다.

　내가 자살을 염두에 둔 건 궁지에 몰려 떨어져 죽기 전에 먼저 떳떳이 뛰어내리고 싶어서였다. 나는 누군가의 선의로도, 악의로도 무너져 내릴 수 있었다. 그녀가 떠나고 나서야 눈에 들어온 침대에 걸터앉았다. 돌아오지 않을까 봐 불안에 떨지는 않았다. 구름 사이로 해가 얼핏 고개를 내밀 듯 잠깐 맑아진 머리로 따져 보았다. 혹여나 돌아온다면, 내게는 그녀뿐이게 될 것이다. 돌아오지 않을 테지만, 혹시 돌아온다면……. 차츰 해가 구름에 가려져 갔다. 뭐라 표현할 길 없이 피로하던 와중 기발한 생각이 났다. 어울리지 않는 비싼 호텔의 침대에 앉아 호사를 누리는 게 발상의 전환에 도움이 되었는지도 모른다. 이름을 숨기자. 나아가 아는 모든 이름을 숨기자. 하는 일을 숨기자. 해치려야 해칠 수 없는

23

사람이 되는 거야.

　자리에서 일어나 창가로 갔다. 해가 내리쬐지 않는다면 아침 중에 일어날 자신이 없었다. 커튼을 걷고 불투명한 창을 열었다.

　눈앞에 펼쳐진 건 어떤 풍경이 아니라 벽이었다. 새벽어둠에 잠긴, 어느 건물인지 모를 단단하고 거친 빗살무늬 벽.

　기시감이 찾아왔다. 나는 기시감에 빠져들었다.

　날이 밝으면 익숙한 일상이 돌아올 것이다. 옷을 벗지 않고 침대 위에 눕자 그대로 잠들었다. 맥락을 종잡을 수 없는 꿈들을 꿨다. 첫 번째 꿈은 거의 아무것도 기억나지 않았다. 눈을 뜨면서 방금 꾼 게 오래전 여러 밤에 걸친 꿈들의 연장선상임을 알아챘다. 이윽고 지난 밤들에서 해방되었음을, 이 꿈 하나로 모두 완결되었음을 깨달았다. 홀가분한 기분으로 다시 잠들었다. 그다음 꿈에서는 아버지에게 납치당했다. 그전에 중요한 맥락이 있었으나 아버지가 내게 달려듦으로써 송두리째 잊혔다. 끊임없이 벗어나도 그의 엄청난 완력에 다시 붙잡히기 일쑤였다. 계속해서 소리치고 도움을 요청했지만 가족들은 외면했다. 야밤이었다. 아버지는 나를 발가벗겨 이리저리 끌고 다녔으며 마침내는 봉고 차에 태워 어딘가로 이동했다. 아버지가 운전에 집중하느라 방심한 틈을 타서 차 문을 열고 뛰어내려 맨발로 인근 파출소로 달려갔다. 공포심에 허둥대느라 길을 헤맸다. 택시 한 대가 근

24

처 도롯가에 섰다. 택시 기사가 창을 내리고 고개를 내밀어 나를 쳐다봤다. 아버지와 한패일지도 모른다는 의심에 도움 청하기를 망설이던 참이었다. 뒤에서 아버지가 고성을 내지르면서 성큼성큼 다가오고, 얼마 안 있어 끔찍한 순간이 찾아왔다. 아버지와 내가 몸뚱이 없이 얼굴만 존재하여 길바닥에 엎어져 서로 뒤엉켰다. 아버지가 자기 얼굴을 내 얼굴에 한사코 비벼 댔다. 손과 팔에 감각이 느껴지지 않아 꼼짝하지 못했다. 코앞의 핏발 어린 눈알 말고는 아무것도 보이지 않았다. 아버지의 주름지고 기름진 피부, 빳빳한 수염, 더운 콧김이 나를 할퀴었다. 정신을 차릴 수 없었다. 따뜻하고 찝찝한 액체가 아버지의 눈알에서 내 입가로 흘러내렸다.

언제부터인지 초인종이 울렸다. 눈물을 닦으며 일어나 허둥지둥 문을 열었다. 마스크를 쓴 그녀였다. 몸이 으슬으슬하고 기침이 조금 났다. 혼미한 정신에 잠시 그녀 어깨에 머리를 기대니 앙상하고 딱딱한 두 팔이 나를 힘껏 안았다. 그 힘이 나를 주체하지 못하게 만들었다. 마침내. 마침내라는 단어가 계속 맴돌았다. 무엇이 마침내라는 말인가? 마침내 그녀에게서 힘을 부여받아 떨면서 안겨 있었다.

마스크를 쓰고 그녀와 팔짱을 끼고 호텔을 나섰다. 뿌연 하늘의 아침이었다. 호텔 정문 앞 대로변은 출근하는 사람들로 붐볐다. 모두가 마스크를 썼다. 순례자처럼 호텔 성곽을 따라 말없이 걷는 행렬은 전철역 입구로 내려가며 사라졌다. 건너편 고층 빌딩에 걸린 옥외 광고판에 밤새 감염자가 수백 명 발생했다는 머리기사가 노출되었다. 사람들이 마스크를 쓴 모습을 낯설게 돌아보며 그녀 팔을 부여잡았다. 모두가 눈이 아름다웠다. 사람의 눈은 누구나 아름다운지도 모르겠다.

쇼팽의 1번 야상곡이 흐르는 도서관

그녀가 일을 그만두기 전까지는 나도 일해야만 했다.

전에 도서관 파견직으로 몸담았던 하도급 업체의 부장과 연락이 닿았다. 곤궁하면서 일방적인 메시지를 부장에게 보내고 나서 며칠간 아무 답이 없자 미련을 떨치고 더는 그들에게 구차하게 굴기를 포기하던 참이었다. 부장은 뒤늦게 답장했다. 쓸 만한 사람이 뽑히지 않아 궁여지책으로 나를 찾은 것이라 짐작했다. 부장은 일을 잘 아는 사람이, 나는 일이 필요했다. 그렇게 간단한 이해관계로 끝날 사이가 아닌데도 나와 부장은 그게 전부인 듯 메시지로 용건을 주고받았다. 아무렴, 부장이 어떤 성정인지 잘 아노라고 자부하건대 생김새와 표정에 낱낱이 드러나 있는 그대로 대하면 되었다. 부장은 인복이 없다는 불행한 현실에 사로잡힌 나머지 상대가 자기를 어떤 사람인지 진정으로 알아보는 자세만 취해도 쉽게 감동하여 너그러워졌다.

숱이 줄어 가는 앞머리를 한쪽으로 넘긴 부장은 얇은

은테 안경 너머로 스스로를 가여워하면서도 남한테는 질릴 대로 질려 찌푸려진 눈빛을 보내는 사람이었다. 햇빛 쐴 일 없는 이 바닥에서 오래 일해 피부는 허여면서도 노르스름하고 어깨가 안으로 말린지라 예의 그 눈빛과 어우러져 어쩐지 병약하고 비굴해 보였다. 그러한 외양은 부장의 딱한 처지를 떠올리게 했다. 손위 처남이 회사의 대표고 손아래 둘째 처남이 한 해 전까지 차장이었다가 과장으로 좌천당했다. 부장이 이 가족 기업에서 앞으로부터 차이고 뒤로부터 얻어맞는 역할이라는 사실은 전국의 도서관을 떠돌면서 여러 해 허드렛일한 계약직들 사이에서 공공연했다. 두 처남 사이에서 부장이야말로 그 생김새에도 불구하고, 아니 덕분에 그나마 인간적이고 섬세한 감성을 지닌 모습으로 보였으니 나머지 둘이 어떻게 생겼는지는 말할 것도 없다.

　나는 누워 있는 흰 그녀를 내려다본다. 창에서 쏟아지는 아침 햇살이 그녀의 희미한 윤곽을 날려 버려, 잠든 모습은 몹시 밝고 뜨거운 별이 그러하듯 온통 청백색 빛을 발한다. 새로 이사한 셋방은 오래된 벽돌집 2층으로, 천장이 옥상과 면해 그 열이 그대로 전달되고, 사방의 창으로부터 빛이 쏟아져 들어와 해가 진 뒤에도 실내는 더위를 식혀 내지 못하고 이글거렸다. 사늘한 아침에 연락했을 때 부동산 중개인이 굳이 당장 방을 보러 오라고 반긴 이유를 이사 오고 나서야 알았다. 우리에게 눈길 한번 없이 웅얼웅얼 마스크로 가려진 입을 계속하여 옴짝달싹하던 노년의 중개인은 먼저 안내해야 할 방을 지나치고 은밀히 옥상으로 우리를 이끌었다. 방수 페인트가 발린, 원래는 진녹색이었으나 시든 잡초같이 노랗게 바랜 옥상에는 창고로 쓰이는 옥탑방 말고 아무것도 없었다. 아침의 우중충한 하늘 군데군데 반투명하고 엷은 빛이 새어 나왔다. 그중 한 줄기 광선이 옥상에서 보이는 샛강 건너편 섬의 유달리 높이 솟은 황동색 빌딩에 닿아 금빛 광휘를 발했다. 그 빛에 홀린 나는 그녀와 시선을 맞추지도 않고 동의를 구하는 뜻으로 고개를 끄덕였다. 그녀가 동의했는지 아닌지, 그때 보지 못하였고 그 뒤로도 묻지 않았기에 알 길이 없다. 중개인은 눈에 보이는 풍경이 모두 댁들 거라는 듯 오른손을 활짝 펴 옥상과 그 너머를 가리키며, 집주인이 허락했으니 얼마든지 사용해도 좋다고 했다.

그녀. 밝아 오는 햇살에 낯과 표정이 지워지던 창백한 그녀. 나는 동트기 전 귀가한 그녀에게 내 돈만으로는 셋방 보증금을 채울 수 없다고 실토했다. 그녀는 군말 없이, 이삿날 당일 아침 자기 몫의 돈을 내게 부치고 이삿짐이 쌓인 방 한편의 간이 매트리스에 누워 아무런 잠버릇 없이 해 질 녘까지 얌전히 눈을 붙였다가 집을 나갔다. 일이 있었어. 귀가한 그녀는 마스크를 벗으며 그렇게 말하고는 했다. 나 역시 그 이상 이해하려 들지 않았다. 마찬가지로 돈을 벌어야 했기에 그녀와 비슷한 시간대 일자리를 구해 함께 집에 오래

28

있고 싶었다. 그러나 밤의 일자리란 나같이 쓸모없는 인간은 부르지 않는다. 그녀에게 동업하자고 순진하게 제안했던 사실도 밝힌다. 내 얼토당토않은 말에도 그녀는 나를 비웃거나 나무라지 않았다. 다만 눈동자의 빛을 꺼뜨리고는 더는 아무런 반응도 보이지 않았을 뿐이다.

전에 일했던 그 도서관은 이사한 집과 그리 멀지 않았다. 급행 전철을 타고 10분이면 인근 역에 도착이었다. 그 역은 여러 노선과 쇼핑몰이 얽힌 개미굴 같은 곳이어서 지하 여러 층을 오르내리며 모든 노선의 플랫폼을 거쳐 지상으로 올라야 했지만 그게 싫지 않았다. 혼자일 때는 유독 걸음이 재고 점점 가속이 붙어 지하의 굽이굽이 꺾인 통로를 자기 부상 열차처럼 매끄럽고 재빠르게 도는 재미가 있었다. 한데 마스크를 쓰게 된 뒤로 처음 탄 출근 전철은 성마른 긴장감이 감돌았다. 죄다 서로 몸이라도 닿으면 밀쳐 내거나 움츠렸다. 한정된 공간에서 모두가 서로 닿지 않으려고 밀어내니 핵분열이 일어날 기세로 응축과 팽창을 반복했다. 역에 이르러 마스크를 쓴 무리와 함께 쏟아져 나오면서 전과 같이 걸음에 속도를 붙이려 했다. 통로마다 사람들이 차 있는 데다 그 사이를 비집고 들어가려니 마치 견제하듯 틈을 내주지 않았다. 이내 지루하도록 느린 무빙워크에 갇혀 앞사람 목 뒤만 바라보았다. 누가 내 등을 어깨로 부딪치며 앞으로 비집고 나왔다. 순간 무의식적으로 고개를 꾸벅여 죄송하다고 중얼거리다가 진정 사과해야 할 자는 상대라는 걸 뒤늦게 깨달았다. 나는 인파 속을 거칠게 헤집어 나가는 그 뒷모습을 노려보았다. 내 눈총이 물리적인 영향력을 발휘하여 뒤통수를 따갑게 한 걸까? 납빛의 성난 얼굴이 뒤돌더니 많은 사람 중 나를 정확히 마주 보았다. 화가 치민 나머지 핏기가 싹 가신 듯한 그 낯은 마스크마저 쓰지 않았다. 상대는 몰려드는 군중에 밀려 허우적대면서도 흥분한 어조로 두고 보자며 나를 세우려 들었다. 그런들 어쩌겠는가. 인파 속에서 홀로 뒤돈 납빛 얼굴은 검은 뒤통수들이 이룬 거센 물결에 휘말려 떠내려가는 익사체 같았다. 무빙워크를 빠져나온 뒤 혹시나 하여 주변을 두리번거렸지만 두고 보자던 납빛 얼굴은 찾을 수 없었다.

출근길의 실랑이는 그게 끝이 아니었다. 무기한 휴관으로 텅 빈 도서관 로비 개찰구에서 보안 요원에게 붙들려 어느 시국인지도 모르는 멍청한 외부인 취급을 당했다. 여러 차례 부장의 이름을 거론한 끝에야 가방을 맡기고 외부 방문객이 드는 반투명한 노란색 손가방에 이력서를 옮겨 담았다. 어쩐지 마음에 걸렸다. 십 년 넘게 함께한 그 소가죽 가방은 최소한의 무두질만 거쳐 세월에 따라 자연스레 손때가 탄 것으로, 가진 것 중 가장 값비쌌다. 걸레짝 같이 바랜 내 가방을 누구에게도 맡겨 본 적 없었다. 하지만 오래되고 느려 터진 엘리베이터를 타고 내려가면서 늘 해결하지 못한 근심이 떠오르자, 내 가방 대신 도서관 이름이 박힌 손가방을 쥐었다는 걸 잊었다. 이를 어찌 설명한단 말인가?

번번이 떠났다가 돌아올 때마다 해내지 못했다. 지난 사람들에게 내가 돌아왔다는 걸 어떻게 설명해야 한단 말인가? 엘리베이터를 타고 사무실이 자리한 지하층으로 내려온 뒤로 낯익은 사람 하나를 벌써 지나쳤다. 마스크 위 두 눈이 휘둥그레진 옛 동료에게 눈웃음을 짓고 고개를 까닥였다. 얼어 버린 미소를 마스크 아래로 숨긴 채, 그대로 사무실로 입장했다. 넓은 사무실에 나란히 늘어선 컴퓨터 책상 열들을 지나면서 앉은 사람들의 당혹스러운 파문이 내 주변에서부터 창가 자리 관리자들에게까지 가닿았다. 아직 구인이 완료되지 않았는지 자리가 듬성듬성 비었다. 새로 온 이도, 구면도 보였다. 나와 같은 팀이었던 이도, 소속은 달랐어도 함께한 이도, 면만 익힌 사람도 있었다. 마스크 위로 드러난 눈이, 과거에는 우둔하거나 평범하고 교활해 보였던 그 눈동자들이 지금은 깊이가 가늠되지 않을 만치 맑고 그윽했다. 각자가 지닌 아름다운 한 쌍들은 내 눈과 마주치는 족족 시선을 돌려 공연히 모니터를 쳐다보았다. 멀찍한 창가에서는 관리자들이 모여 수군거렸고 부장은 아무것도 들리지 않는다는 듯 모니터에 시선을 박고 업무에 열중하는 중이었다. 내가 오기로 한 게 합의는커녕 전연 논의되지 않은 것이다. 뒤에서 만화 영화 속 악당의 멍청한 하수인 목소리 하나가 속삭이는 투로, 그러나 주변에 다 들릴 성량으로 어떻게 됐느냐며 내게 말을 걸었다. 과장은 한 해 전 나와의 앙금을, 좌천당한 자기 처지를 잊었나? 어느새 내게 바투 다가온 과장의 검붉고 부리부리한 낯에 화색이 돌았다. 너무나 저답게도 홀로 마스크를 쓰지 않은 얼굴이었다. 내가 부장을 돌아보자 은테 안경 속 패색 짙은 두 눈이 낮도깨비 같은 둘째 처남에게로 시선을 돌렸다. 과장이 히죽이는 눈으로 나와 부장을 번갈아 보았다.

잠시 후 나와 부장은 사무실과 한 층 위 지하 서고 사이의 층계참을 함께 서성이며 처분을 기다려야 했다. 다른 간부가 본사에 있는 대표에게 전화해 소식을 알렸고 수화기는 부장에게 넘어갔다. 부장은 마스크를 턱에 걸고 소리 없이 비통한 웃음을 지으며 네, 네, 거리다가 멀뚱히 선 나를 슬쩍 넘어다보았다. 패착에 무너져 축축해진 눈이었다. 수화기 너머에서 대표는 자신이 도서관에 도착할 때까지 나를 격리하고 감시하라고 명령했다. 모두가 원하지 않는 임무를 수행할 수 있는 사람은 다만 한 명뿐이었다. 부장은 헝클어진 머리를 한 손으로 움켜쥐고서 보이지 않는 우리를 맴돌아 작은 원을 그려 댔다. 벽에 기대선 나는 주머니 속의 두 손에 땀이 나도록 안감을 꼭 쥐었다. 우리가 선생님이라고 높여 부르는 사서들만 드나드는 지하 서고 문에 육중한 자물쇠가 채워진 모습이 내 머리 위로 비스듬히 올려다보였다. 아무도 없을 그곳에서 새어 나오는 아득한 피아노 선율이 차차 선명해졌다. 여느 공공 도서관에서나 자주 트는 쇼팽 1번 야상곡이었다. 관내의 침묵을 담당자가 견디지 못했거나 혹은 당분간 방문객이 없는 걸 까먹고 음악을 튼 모양이었다. 내가 이유 없이 벽에 기댔던 몸을 벌떡 세웠다. 정형 행동을 하던 부장이 기다렸다는 듯이 내게로 거리를 좁혀 왔다. 부장은 숨 막히는 패배감을 덜어 내고자 의연한 척 혀에 집히는 대로 시시껄렁한 소리를 주절댔다. 잠시라도 고립을 원치 않는 자의 발걸음에 부담스러워진 내가 뒤로 물러섰다. 짝을 지어 다가서고 물러서며 얼떨결에 야상곡 선율에 맞춰 삐걱거리고 엇박는 꼴이었다. 웃음거리가 되기에도 아까울, 곤혹스러운 한 쌍. 내가 부장의 축축하고 두툼한 손을 붙잡으면서 어색한 복식 춤은 끝났다. 부장의 조카가 나처럼 글을 쓰고자 그쪽으로 대학 진학을 준비하더라는 이야기 중이었다. 그렇다면 얼마든지 조카를 가르쳐 주겠다. 그것도 공짜로! 내 호언에 부장은 예의 일그러지고 비통한 웃음을 흘리면서 물러났다. 계단에 쭈그려 앉아 핸드폰을 꼭 쥔 모습이, 대표가 당도했다는 기별을 하염없이 기다리는 눈치였다.

가장 큰 사업장인 이 도서관에 대표가 자주 들렀기 때문에 그 불 같은 성정은 익히 알았다. 과장인 둘째 처남이 낮도깨비 같은 생김새와 예측 불가능한 성정을 가졌다면, 대표인 형은 상고머리에 까무잡잡하고 하관이 돌출되어 사

33

나운 오소리 같은 인상으로, 사무실 맨 구석 칸막이 안에서 매제와 동생을 몰아붙이며 삿대질하던 모습을 자주 보았다. 기별이 오자 축 처진 부장을 따라 도서관 로비로 올라갔다. 대표는 로비에 딸린 카페 테이블 자리에 앉아 다리를 떨고 있었다. 카페 역시 휴업 상태로 카운터는 텅 비었다. 테이블에는 커피 잔 대신 핸드폰과 손목시계가 놓였다. 나는 상대가 안 되는 거한에게 붙잡힌 듯이 저항하기를 체념하고는 담담히 대표 앞에 앉았다. 부장은 내 옆에 앉았다가 따가운 눈총에 어정쩡히 일어서 입술을 움찔거리며 쓰게 웃음을 지었다.

「웃어?」

뭐라 변명하려는 부장에게 대표가 한 번 더 쏘아붙였다.

「넌 새끼야, 가만히 있어.」

겁이 나지는 않았다. 그럼에도 붙잡힌 죄인은 그래야 하므로, 고개를 반쯤 숙였다. 테이블에 놓인 윤이 나는 금빛 시계와 거무튀튀한 구식 핸드폰을 내려다보면서, 대표가 크게 짓는 한숨을 가만히 들었다. 이윽고 대표가 마스크를 고쳐 썼다.

「작년 일은 유감입니다. 그러한 일은 일어나서는 안 되었고 회사 대표로서 다시 한번 사과드립니다.」

대표가 자리에서 일어나 허리 숙여 깍듯하게 사과의 인사를 건넸다. 나도 엉거주춤 일어나 고개를 주억거리며 아니라고 웅얼거렸다. 다소 굴욕스러운 연출을 하는 이유란 단지 화를 최대치로 끌어올리고자 밑바닥에서부터 도움을 닫는 거라는 생각이 들었다. 나중에 알고 보니 그건 적의에서 비롯된 것이거나 덫이 아니었다. 대표는 나에게 조금이나마 호의를 가졌다. 작년에 그런 일을 벌이고 기어코 끝까지 가 사업을 망쳐 버리고서 다시 도서관으로 돌아온 시건방진 애송이의 선택을 호기심으로 지켜본 거였다.

자신과 상의 없이 부장이 채용을 독단한 것이라며 대표가 다시 사과했다. 이번에는 부장도 고개 숙여 몇 마디 사과해야 했다. 대표가 단도직입적으로 물었다.

「꼭 여기서 일해야 합니까?」

「그렇지는 않습니다.」

「작년에 여기서 앙금이 있었잖아요. 사람들은 당신을 주동자로 알아요. 왜 그렇게까지 해야 했어요?」

대답할 수 없었다. 아무도 내가 나서기를 원하지 않았다. 내가 나섬으로써 일이 그 지경에 이른 것도 아니었다. 정작 극단으로 치닫도록 사측과 싸운 당사자들은 나를 달가워하지 않았다. 모든 일이 끝난 뒤에 그들은 내게 아무 말 없이 자취를 감추었다. 나는 부끄러운 기색으로 물었다.

「여기서 일할 수 없나요?」

「그럴 수 없어요. 모두가 원하지 않아요. 우리는 그때 막대한 손해를 입었고 아직도 그 손실을 메꾸지 못했습니다.」

버려진 마음으로 자리에서 일어났다. 대표가 따라 일어나 내 어깨 한쪽을 억세게 붙잡고 출입구로 향했다. 손에 쥔 노랗고 반투명한 손가방을 달랑거리며 꼼짝없이 끌려갔다.

「대표로서 부장의 발언과 행동을 책임져야 해요. 여기서 말고, 본사에서 일하는 건 어때요?」

대표가 씨근거리며 내 얼굴 쪽으로 더운 숨을 내뱉었다. 내가 시선을 맞대지 못하고 중얼거렸다.

「하지만……」

「본사는 여기서 멀지 않아요. 부장이 위치를 문자로 찍어 줄 거예요. 지금 가는 대로 계약서를 쓰세요. 대신 작년과 같은 말썽은 안 돼요. 일자리가 필요하잖아요. 그렇지 않아요?」

그렇다. 대표가 바로 어깨를 놓고 용건을 마무리했다.

「먼저 가요. 볼일이 남아서.」

어느새 출입구 밖으로 나왔다. 어리둥절한 상태로 전철역으로 걷다가 손에 들린 가방이 때 탄 소가죽 가방이 아니라는 사실을 뒤늦게 상기했다. 거대한 피라미드같이 생긴 도서관을 멀찍이서 뒤돌아보며 망설임 끝에 자신 없이 발걸음을 재촉했다. 얼마 뒤 본사에서 마주친 부장에게 가방을 찾아달라고 부탁했지만 이미 주인이 찾아갔다는 보안 요원의 답만 나중에 전해 들었다.

체감하기로는 짧은 소동이었지만 시간은 벌써 정오에

가까웠다. 한적한 전철을 타고 좌석에 앉아 무엇부터 따져야 할지 경황없이 머리를 쥐어뜯었다. 나도 모르게 1번 야상곡을 흥얼거렸다. 깜박 손가방을 두고 내릴 정도로 정신없었다. 빌딩 숲 사이 어느 한 건물로 들어가, 다들 점심 먹으러 가 잠겨 있는 본사 사무실 앞에 서서 손에 땀이 나도록 바지 주머니 안감을 쥐고 새로운 상사와 사수를 기다렸다. 집에 돌아가 이 일을 그녀에게 어찌 설명해야 할지 근심스러웠다. 직장에서의 내 초라한 신세를 들으면 그녀가 걱정하지 않을까? 그러다 아무것도 설명할 필요가 없음을 불현듯 깨달았다.

그녀에 관하여

그녀와 함께 여행하지 못하리라는 걸 알고 있었다. 지금 당장 길을 나서지 않는 한 우리는 영원히 이곳을 떠나지 못할 터였다. 우리에게는 지금과 당장이 없었다. 그 대신 일이 있었다. 그만두지 않는 이상 떠날 수 없었다. 일에 관하여 나는 아무것도 숨기지 않았고 그녀 또한 그러했다. 서로에게 설명하지 않았을 뿐이다. 발설되지 않았음에도 아는 사실이 있다. 그녀만큼은 일이 지속되는 한 절대 그만두지 않으리라고. 나와 함께하지 않는 훗날, 스스로 원해서가 아니라 일을 못 하는 처지가 되어서야, 지쳐 나가떨어질 지경에서야 그만두어지리라고.

그녀에 관하여 나는 비밀이 없다. 밝혀내야 하는 비밀 역시 없다.

사람들은 말한다. 괜찮으니 숨김없이 고백하라고. 그들은 솔직함에 집착한다. 진실하기를 바라서라기보다는 상대가 품은 비밀이 자신을 괴롭힐까 경계해서다. 솔직함은 대부분 타인에게 해로운 영향을 끼친다. 해가 되기에 솔직하지 못한 것이다. 때로 사람들은 낱낱이 고백함으로써 용서받거나 스스로가 떳떳해지기를 기대한다. 고백의 순간 진실은 박제되어 사람과 사람 사이에 놓인다. 서로를 바라본들 보이는 건 박제된 진실이다. 솔직함은 떨쳐 내야 할 강박에 지나지 않는다. 고백의 유혹을 뿌리쳐 내고 숨기고 만 진실은 아무도 해치지 않고 얌전히 상자에 담겨 봉해져, 서서히 삭아 간다. 시간이 지나 상자를 열어 보면 전혀 다른 물건이 들어 있기도 하다. 상자를 연다. 상자 안에 든 게 이전의 소유물인지 확인할 길은 없다. 그것에 붙인 이름표마저 떨어졌다. 이전의 그것이 맞으리라고 전제하지만, 틀린다고 한들 어쩌겠는가?

그녀에게서 듣고 본 기억, 그리고 함께한 시절을 나는 속절없이 붙잡는다. 왜 반드시 밝혀내고 보존해야 한다고들 여길까? 들은 것, 본 것, 함께한 것은 어떤 면에서는 아무것도 아니다. 영원하지도 않다. 듣지 못한 것, 보지 못한 것, 함께하지 못한 것이야말로 한없이 지속된다. 겪지 않았기에 일어나지 않았다고 술회할 수밖에 없다는 사실이 애석하다. 한없이 지속되지는 않으나 반영구적인 것, 그것은 일어나지 않았어도 일어난 듯 생생한 이미지다. 둘이 불 꺼진 방 창가에 기대앉아 바닥에 고인 어스름을 가만히 내려다보면서 각자가 혼자였던 때를 서로에게 속삭이는 이미지를 애절히도 추억하지만, 그런 일은 발생하지 않았다. 실제로는 일어났지만 찾을 수 없는 이미지도 있다. 식사를 함께한 기억의 부재. 길지 않은 시기 동안이지만 여러 끼니때를 거쳤을 테니 식사를 함께하지 않았을 수는 없다. 그런데도 이미지의 부재는 이 당연한 추측을 부정한다. 더 놀라운 건 실제로 일어난 일이면서 믿기지 않는 명제이다. 우리는 함께 살았다. 문장이 품은 간단한 이치에, 그렇게 단순히 확정지을 수 있다는 편리에 나는 놀라움을 금치 못한다.

나와 처음 만난 그날 그녀는 긴 시간 자리를 비웠기에 상사에게 혼났다고 했다. 그러지 않았다면 호텔 객실로 더 일찍 돌아올 수 있었는데 일이 끝나고도 상사가 놓아주지를 않았고 내내 꾸중을 들었댔다. 그 말을 듣고 분개하거나 정체 모를 상사에게 적개심을 느껴야 했을지도 모르겠다. 나는 괜찮다고, 돌아오지 않을 거라 여겨 기다리지 않고 잠들었노라고 그녀를 위로했다. 마음이 아팠다. 그렇다고 해서 그녀보다 위에 있는 사람을, 일자리를 꽉 쥔 사람을 내가 어찌하겠는가? 상사는 무소불위한 권력으로 시간을 빼앗아

댔다. 그녀는 한 달에 사나흘 겨우 쉴 뿐 일하지 않는 날이 거의 없었다. 그 사나흘도 상사의 부름으로 반납하기도 했다. 앞서 밝힌 대로 나는 그녀에게 동업을 제안한 바 있다. 나중에야 그게 그녀의 상사가 되어 주겠다는 의미임을 깨달았다. 그렇게 될 수는 없었다.

　　종종 망각한 듯하다. 그녀가 내게 기대했을 본분이 무엇인지. 그날 내 앞에 앉은 이유는 상대가 누구든 자기 의지로 앉을 수 있었으므로, 그게 다다. 떠난 이유도 간단히 유추 가능하다. 떠날 수 있었으므로. 떠날 때가 되었으므로. 나는 심각한 착각에 빠졌다. 그녀에게 내가 자유를 선사했노라고. 함께함으로써 비로소 그녀의 숨통이 트였노라고 그렇게 믿었다. 그녀에게 자유를 선사하고자 있는 힘을 다했다. 내게는 무겁고 윤택을 잃어버려 거무튀튀한 노트북이 있었다. 그녀를 그 앞에 앉혀 글을 쓰도록 한 날이 여러 번이었다. 진술서를 쓰는 범죄자를 감시하듯 곁에서 진척도를 확인하면서 고백을 강요한 셈이었다. 앞서 내가 고백했으므로 이제 그녀의 고백을 들을 차례라는 듯이. 그것은 공정이 아니다. 나는 고백이 필요치 않았다. 고백을 강요하는 줄도 모르고 글을 쓰게 했다. 관성적으로 그게 자유인 줄 알고. 한사코 거부하고 노트북 앞에서 쓰기를 망설이던 그녀를 끝없이 독려했다. 그녀는 거듭된 요청에 흔들렸고 자신이 그동안 믿고 지켜 온 길을 잠시 의심한 나머지 하나의 글을 썼다. 나는 그 길 잃은 글을 매우 감동적으로 읽었다. 글에서 몇 가지 고쳐야 할 점들을 일러 주고 직접 시범을 보이기까지 했다. 그녀는 항복하였고 다시 글을 써 보였다. 그 글을 출력하여 그녀 스스로 읽게 했다. 그녀는 읽으며 눈물을 흘렸다. 그녀의 눈물은 방울지지 않았다. 볼에 난 작은 물길을 따라 고갈되지 않고 일정하게 흘러내렸다. 나는 내 글을 읽으면서 한 번도 울지 않았다. 그녀의 눈물이 감동이나 깨달음 때문이 아니라 수치에서 비롯되었음을 눈치챈 뒤로 다시는 글쓰기를 권하지 않았다.

함께한 시간이 오로지 실수와 후회였다고 믿고 싶지는 않다. 그랬다면 그녀는 더 이르게, 여지없이 떠났을 터다. 내가 자유를 선사한 게 아니듯이 그녀를 구속한 것도 아니었다. 자유는 그녀에게 달렸고 구속 역시 마찬가지였다. 한동안 우리는 함께 살았다. 잠든 그녀를 두고 아침에 출근하여 저녁에 퇴근했고 그녀는 내가 귀가하기 전에 방을 나서 자정이 지난 시각에 돌아왔다. 나 또한 그녀와 시간을 보내기 위해 평일이면 퇴근하자마자 자리에 누워 자정쯤 일어났다. 짧은 새벽을 함께했다. 그녀가 적게나마 자려면 시간을 많이 쓸 수 없었다. 어디로든 들어가지 않는다면 새벽은 전염병에서 비교적 자유로운 시간이었다. 그녀와 함께, 섬과 내륙을 이은 긴 현수교를 걸어서 건넜다. 초여름 밤은 광해(光害)로 밝은 남색을 띠었고 뭉실뭉실한 구름 사이로 모습을 드러낸 희미한 달이 푸르게 빛났다. 우리는 마스크 없이 걷고, 다리 끝에 다다르면 길을 되짚어 돌아왔다. 사람들은 조깅을 하거나 자전거를 탔다. 그들도 마스크를 쓰지 않았다. 말을 건네거나 시비를 걸지 않고 서로가 지나가도록 길을 비켜 주었다. 아름답고 고양되는 새벽이었다. 얼마 안 되는 밤을 되도록 대화로 허비하지 않았다. 그럼에도 고양감은 자꾸만 상대에게 말을 건네라고 우리를 부추겼다. 그녀는 나란히 걷는 나를 여러 번 훔쳐보며 고개를 주억거리고 입술을 깨물었다. 그녀의 깊은 한숨이 곁에 선 내 볼에까지 닿았다.

그때 무슨 말을 했나? 말을 건네고픈 유혹을 떨쳐 냈나? 그러지 못했다면 긴 이야기를 들려주었을 것이다. 다리 아래로 내려가 샛강에 만들어진 작은 하중도(河中島)의 벤치에 앉아 새벽빛이 자아낸 환한 지평선을 각자 바라보았을 테다. 아니면 셋방 옥상에 올라 낮에는 황동색이던 빌딩이 어둠에 잠기면서 희고 뿌연 빛을 멀리까지 발하는 모습을 보면서 우두커니 서 있었을 것이다. 그녀는 생각에 잠겨 차가워진 얼굴로 가만히 이야기를 듣고, 나는 이야기했을 것이다. 최초와 최후에 대하여. 도래하지 않은 미래를 이야기했을 것이다. 그건 지금이 지난 뒤 이야기였다. 나와 그녀가 없는 시대였다. 말하자면 우리가 소멸한 이후였다. 그 시대에 한 사람이 깨어난다. 지난 시대의 사람인 그는 그 시

대에 이르러서야 옛 도서관에서 눈을 뜨고 깨어났다. 사람
들은 깨어난 그가 혼란스러워하지 않도록 그 시대를 설명한
다. 그가 잠든 사이에 일이 있었다. 그 일로 인하여 지난 시
대는 이곳 옛 도서관만을 남기고 흔적 없이 소멸했다. 그가
깨어난 지금은 지난 시대의 과오를 극복하고 새로이 탄생한
시대다. 오늘날은 모든 게 이루어졌다. 그가 지난날에 해결
되지 않은 모든 문제, 충족되지 못한 모든 불만 중 무엇이든
끄집어내서 물어도 그 시대의 사람들은 모두 현재에 이르러
해결되었노라고 일러 준다. 그는 왜 자신이 옛 도서관에 있
는지 묻는다. 그 시대의 사람들이 말한다. 지난 시대의 사람
인 그에게는 지금에 적응하도록 시간이 필요하다고. 그러므
로 그 시대를 살아갈 준비가 될 때까지 옛 도서관에 유폐되
는 거라고. 왜 하필 옛 도서관인가? 그 시대의 사람들이 설
명한다. 당신이 소설가이기 때문이라고. 지금은 소설이 없
는 시대이며 그 소멸로 완성된 시대, 아무도 읽지도 쓰지도
않음으로써 평화와 번영에 이른 시대라고. 그의 유폐는 소
설이 소멸한 시대를 받아들일 준비를 마칠 때까지의 격리
절차라고. 그는 앞으로 어떻게 되느냐고, 그녀가 묻는다. 나
와 눈을 마주치지 않고, 고개를 숙여 머리칼이 장막처럼 낯
을 가린 채로. 그가 받아들이지 못하고 지난 시대에서 이어
진 관성대로 소설을 쓸 거라고, 나는 자신 없이 중얼거렸을
것이다.

그 시대는 전염병도 존재하지 않을 테다. 함께 살던 때가 전염병 시기 한창이었다는 걸 자주 잊었다. 유행의 여파가 어떠했는지도 체감하지 못했다. 그녀는 그야말로 전전긍긍하였을 텐데도. 전염병에 걸린 자들이 잡혀서 격리되고 인터넷과 뉴스에서 병의 동선을 공개했다. 정부와 지자체가 감염이 발생한 집단에 징벌적 손해 배상 소송을 일삼았다. 그녀는 숨어 다니면서 세상에 모습이 드러나는 순간마다 자기가 아닌 다른 누구이며 다른 일을 하는 척했을 테다. 시대는 내게 입을 비롯한 하관 정도를 가릴 마스크를 내밀었으나 그녀에게는 말하고 숨쉬기 불가능할 만치 밀봉된 입마개와 가면을 씌웠다. 입마개와 가면은 자기 입이 어디까지인지, 자기 얼굴이 어디까지인지를 망각하게 만든다.

그녀의 약병. 누가 사용하던 거였는지 모를 빈 단백질 보충제 용기에 담긴 약들. 황색 원형 정제, 흰색 장방형 서방정, 주황색, 갈색, 담회색 캡슐 따위들. 매일 집으로 들어오면서 그녀는 신발장 위에 놓인 커다란 플라스틱 용기에서 모양과 색깔별로 한 알씩 골라 꺼내 입에 물고 부엌으로 건너가 물을 꺼내 마셨다. 언젠가 그녀는 망설임 끝에 내게도 그 약이 필요할지도 모른다며 권했다. 무슨 약인지 묻지 않고 흔쾌히, 우리는 함께 복용했다.

그녀는 떠났다. 방이 지글지글 타오르는 여름이었다. 기억나지 않는 꿈을 꾸었다. 몹시 괴로운 꿈이면서도 떠오르는 건 없다. 꿈이라고 알아채기 힘들 정도로 현실 그 자체 같았다는 확정적인 인상만이 남았다. 무더운 방에서의 꿈은 매번 그러했다. 다만 평소와는 달리 강한 충격음, 혹은 파열음, 내려치는 소리, 무너져 내리는 굉음이 꿈 밖에서 한 번, 두 번, 연이어 반복되어 울렸고 꿈으로부터 소스라치며 벗어나 비로소 안정적이고 온전한 수면으로 넘어갔다. 아침부터 작열하는 햇살에 땀범벅으로 눈뜨고 나서 그녀가 옆에 눕지 않았음을, 떠났음을 알았다. 자는 도중 내내 그러했는지 주먹이 꽉 쥐어졌고 팔이 저렸다. 현관으로 이어지는 통로에 나의 거무튀튀한 노트북이 산산조각 나 있었다. 그녀에게 전화를 걸었다. 그녀는 매우 곤란한 목소리로, 급히 떠나야 했는데 자기 글이 든 노트북을 어찌해야 할지 몰라 그렇게 했다고 설명하고 사과했다. 목소리 너머로 차 소리가 들렸다. 도롯가인지 아니면 달리는 차 안인지 분간되지 않았다. 그녀는 이제 떠나며, 보증금의 반, 그러니까 자신이 낸 몫으로 노트북값을 치른 셈 치자고 제안했다. 그리고 내게 약속해 달라고 했다. 노트북에 저장된 글을 복원하지도 누구에게 보이지도 말라고. 약속한다는 말이 끝나기 무섭게 전화는 끊겼고 얼마 안 가 그녀의 전화는 먹통이 되었다. 나는 자동적으로 출근 준비를 마치고 이미 일어났어야 하는 일이라고 되뇌면서 어느덧 전철역으로 뛰었다. 골목을 구불구불 도는 동안 시야 멀찍이서 황동색 빌딩이 나를 앞서거니 뒤서거니 하며 애절하게 흔들거렸다. 대로로 나오자 건너편 상가 너머로 하행 열차 꽁무니가 승강장을 떠나는 모습이 스쳐 보였다. 회사에 제때 도착할 수 있는 마지막 전철이었다. 나는 셔터가 내려진 어느 점포 앞에 멈춰 섰다. 목구멍 바로 위에서 할딱거리는 숨을 골랐다. 죽을 것 같았다.

일에 관하여

일어나지 마!

아침의 이글거리는 방은 언제나 그렇게 말한다. 충분히 익지 못해 미처 깨어 있는 정신으로 몸부림친다. 솥에서 튀어 오르는 미꾸라지처럼 매트리스를 벗어난다. 반쯤 익은 몸을 제대로 가누지 못하고 다시 매트리스로 끌려가 마저 데워지고 달궈진다. 봐봐. 좋을 거 없잖아. 받아들여. 지금은 가깝게 느껴져도 점점 멀어져 가는 고통과 의식을 말이야. 멀어질 거야. 거의 울상이 되어 방에게 대꾸한다. 일어날 거야. 그래야 해. 이대로 일어나지 않을 수는 없어. 방이 내게 말한다. 네 의식이 깨어 있다고 해서 온전하다고 확신해? 너는 익어 가는 중이야. 지금 일어나면 반쯤 익어 버린 뇌로 세상을 살아가야 해. 반쯤 익은 뇌는 세상을 온전히 받아들이지 못할 거야. 모든 게 순식간에 지나가면서 네 곁에 영원한 잔상을 남길 거야. 너의 하루는 끝나지 않고 다음 날과 중첩되는 거야. 나날이 겹겹이 쌓여 가는 하루들을 동

46

시에 사는 거지. 그건 고통이야. 무의미한 고통의 회귀야. 그러니 누워. 눈을 감고 하루라도 더 뒤로 밀어내야지. 그게 이득이야. 너를 푹 익힐게. 울부짖을 힘도 없게. 눈물을 비롯한 모든 체액을 줄일게. 네 팔과 다리를 녹여 몸뚱어리에 붙여줄게. 울부짖고 몸부림칠 필요 없어. 아무리 고통스럽더라도 의식도 몸부림도 없으면 그게 무슨 상관이지? 얼마 남지 않았어. 내게 몇 분만 줘. 너는 일어나고파도 그럴 필요가 없게 될 거야.

1분을 남기고 일어난다. 거의 다 익어 버린 채로. 이제 방은 말을 걸지 않는다. 대신 속에서 누가 이해할 수 없는 소리를 외쳐 댄다.

죽음! 절대적인 죽음! 결단코! 죽음!

울분에 찬 외침이 입 밖으로 새나가지 못하도록 삼키면서 출근을 준비한다. 더는 못하겠다 싶은 순간에는 머리통을 주먹으로 서너 번 세게 내리쳐 가며, 사람들에게 거지 같은 행색으로 비치지 않게 옷을 갈아입고 누구도 감염시킬 의지가 없는 사람으로 보이도록 마스크를 쓴다. 그녀의 약통에서 더듬더듬 종류별로 한 알씩 꺼내 입에 털어 넣고 현관문 밖으로 나선다. 출근길은 가히 호전적이다. 나는 여러가지 처형 도구를 구상한다. 허공에 매달린 올가미를, 목을 매고 까치발로 출근하는 자를 상상한다. 날이 무뎌 목을 단칼에 베지 못하고 처참하게 으깨는 기요틴을 그려 본다. 살을 얇게 포 뜨는 형벌 이름이 뭐였는지 기억을 더듬는다.

혼자일 때 내가 얼마나 빨리 걷는지. 비결은 반복적이고 빠른 음악을 상상하면서 내면의 박자에 걸음걸이를 맞추고, 익숙해지면 박자를 반으로 쪼개 두 배 빠르게 걷는 것이다. 박자를 맞추고 쪼개는 것이야말로, 빠른 걸음이야말로 다른 사람보다 우월하다고 느끼게 만들고 상대를 증오하도록 부추기는 전쟁 도구다. 인도를 박차듯이, 뛰다시피, 허벅지가 아니라 종아리 힘만으로 동작을 최소화해 걷는다. 빠른 걸음은 앞서 걷던 사람들을 비롯해 내 앞의 사물들을 휘몰아친다. 그들은 잡아당겨져 뒤로 내동댕이쳐진다. 좁은 인도에서 나란히 걷는 무리를, 우중에 큰 우산을 펼친 이를, 길가가 아니라 길 한가운데를 걷는 이를, 피해 지나갈 길 없이 몹시 비틀거리는 이를, 느리게 걷는 모든 이를 증오한다. 그들의 방심한 등을 쳐다보면서 처벌을 떠올린다. 가로막은 그들을 처벌하는 게 아니라, 누구든 간에 형벌 도구가 살갗을 죄는 순간에 몰입한다. 빠른 걸음에 땀을 흘리고 마스크가 젖어 가도록 헐떡인다. 마스크를 쓴 누가 나와 가까이 하기를 원할까.

사람들을 비집고 전철로 뛰어든다. 누가 소리친다. 「밀지 좀 마요!」 그러자 발작이 일어난다. 이 한 량에 들어찬 사람이 몇 명인데 밀지 않을 수 있겠느냐고. 밀지 좀 말라고 소리치는 사람마저 손 대기도 불결해 팔꿈치로 밀어 대는 이 바닥에서 우리는 꼼짝없이 붙어 서서 서로로부터 고개를 돌려 심호흡한다. 전철이 선로를 틀거나 급제동할 때마다 서로에게 쏟아진다. 우리는 전철에서 튕겨 나온다. 지상으로 올라가지 않고 지하 샛길을 통하여 각자 소굴로 기어 올라간다. 에스컬레이터에서 인파에 갇혀 컨베이어가 천천히 돌아가는 꼴을 견디며, 속으로 곱씹는다.

복수! 피의 복수!

사무실에 도착하면 복수심에 지쳐 기진맥진해 있다. 누구를 더는 미워하기 지친 그때 슬픔이 찾아온다. 사무실 일은 슬프다. 모든 일이 그렇다. 누구나 일의 보람이나 분노, 슬픔 따위를 이야기해도 유독 슬픔에 관해서는, 그 비통함이 못된 상사나 거래처 탓이 아니라 애초 태생적인 감정임을 인정하지 못한다. 일의 슬픔은 정말이지 태생적이다. 사무실에 있던 자들, 동료이고 사수이고 상사이던 자들에 관해 자세히 이야기할 수도, 아는 것도 없으며 그리 좋게 말할 마음도 안 들지만 상기만으로도 애틋함이 자동적으로 솟는다. 누구에게도 전달 못 할 애틋함이.

내가 일한 본사 사무실에는 자리를 비운 책상이 몇 있었다. 자리의 주인들은 전국 각지의 도서관으로 파견 나갔다. 그중 내가 차지한 책상이 부장의 자리라는 걸 나중에야 알았다. 대표가 매제를 모욕하고자 그 자리를 줬는지는 알 수 없지만 나에게는 모욕적이었다. 창가에 면한 그 자리는 다른 직원들보다 널찍한 책상에다 기능이 많은 회전의자가 놓였다. 직원들은 내가 앉은 책상과 서랍에서 필요한 서류들을 스스럼없이 꺼내 가거나 나를 세워 두고 회전의자에 눕다시피 기대앉아 전화로 업무를 보기도 했다. 부장을 찾는 전화가 올 때마다 아무것도 모르는 내가 수화기를 들고 쩔쩔매기도 했다. 그 꼴을 노려보던 대표가 지그시 눈을 감고는 한마디 했다.

「쟤 전화선 뽑아.」

대표는 가타부타 따지는 말 없이 필요한 지시만을 내렸다. 동시에 복잡한 맥락에다 해석 여지가 넘치는 의사 표현 방식을 구사했다. 아랫사람이 자기 말 한마디에서 그 이상의 맥락을 찾지 못하는 불상사가 벌어지는 순간 매섭게 질책하고 추궁했다. 그런 사람에게 잘못 걸렸다가는 직장 생활이 온통 핍박이고 간단한 말 한마디도 이해 못 한 채 벌벌 떠는 인간이 되기 십상이었다. 내 처지야 대표가 꽉 쥐었기에 오히려 두렵지는 않았다. 일은 어렵지 않았고 더 잘하기도 불가능했다. 내 의지로 이룰 수 있는 게 아무것도 없으니 할 수 있는 노력 역시 마찬가지였다. 유예된 처분을 기다리는 담담한 심정으로 마음도 졸이지 않았다. 나는 매여진 신세에 금세 익숙해졌다. 사람들은 회사를 견디지 못하고 자유를 그리워하면서도 일터 밖으로 나갈 생각은 하지 않는다. 우리가 진정으로 견디지 못하는 대상은 회사가 아니라 자유다. 자유는 얼마든지 밖에 있다. 우리는 노예 의식으로 똘똘 뭉쳐 회사를 버텨 낸다. 태생부터 노예인 듯 조아리고, 글월을 깨우친 노예처럼 바깥의 자유를 의식하고, 노예 계급의 투사가 되어 회사와 싸워 나간다. 마름으로 승진하리라는 기대로, 신세가 더 나아지리라는 기대로 주인 눈에 들려고 다른 이와 경쟁하고 아득바득 일하기도 한다. 그런데 내게는 뜻밖의 자유가 주어졌다. 대표가 부장이 벌인 독단을 책임진다거나 구직에 대한 배려로, 혹은 나를 높이 평가하여 본사에 채용한 거라고 나는 생각지 않았다. 말썽의 원천을 풀어놓기보다는 미연에 차단하고 통제하려고 자신 곁에 묶어 두기를 선택한 거라고 짐작했다. 대표의 의중이 정말 그렇다면 본사에 속한 한 내 신세가 더 나빠지거나 나아지리라는 어떤 기대도 필요 없는 것이었다. 나아가 사무실에서 유일하게 신세가 고정된 사람으로서 아무도 내게 함부로 해를 끼치지 못할 것이었다. 그러나 내가 짐작한 대표의 의중은 실제와 하나도 들어맞지 않았다. 대표는 나를 향한 호의로 부장의 실수를 책임졌고, 내가 이를 배신했다.

　　나는 부장 명의 계정으로 전국 도서관 시스템에 접속해 빈칸들을 입력하는 일을 했다. 작가, 책 같은 건 도서관에서 아무것도 아니다. 내가 통제하고 제어한 요소들이 도서관 내부를 종합하고 규정했다. 회사 사람 전부 도서관에 관해서는 전문가인데도 최하급자인 내게 일임하고 매번 할당된 작업을 끝낼 때마다 검수도 하지 않고 다음 할당량을 배분했다. 오직 비애감이 나를 꾸준히 일하지 못하게 막았다. 매번 할당량을 서둘러 마치는 대로 사무실을 벗어났다. 자리에 그저 앉아만 있기도 견디기 힘들어 다른 층의 휴게실에 숨어 테이블에 머리를 박았다. 머릿속에 오니가 낀 모양이었다. 이마를 테이블 모서리에 짓이겨야만, 사물에 닿으면서 차갑고 표면적이 똑바른 통각을 동반해야만 머릿속 구정물을 그럭저럭 견딜 만했다. 입을 가린 마스크를 심호흡으로 들썩거리며, 나는 일어나야 한다고 되뇐다. 머리에 수평으로 난 테이블 모서리 자국을 앞머리로 가리고 사무실로 돌아간다.

나는 직원들 각자가 지녔을 개인적인 면모를 알지 못한다. 마스크로 하관만을 가렸을 뿐인데도 그들이 어떤 사람이며 각자에게 무슨 근심이 자리했는지 짐작도 못했다. 마스크를 벗었다면 한결 더 깊이 이해했으리라. 반면 대표 일가를 낮잡아 보고 혐오할지언정 한편으로는 인간적으로 이해한 부분이 있었다. 이들만이 실내에서 마스크 쓰기를 게을리해서였다. 직원들을 인간적인 시선으로 바라보고 이해하고파도 마스크라는 장벽에 사로잡혀 아무것도 알아내지 못하기 마련이었다. 그러나 민낯을 마주했더라면 이번에는 그들 눈이 품은 세밀한 질감을 알아채지 못했을 것이다. 그들을 못 견뎌 냈을 테다. 반면 사무실 모두가 내 상태를 알

왔다. 가장 아랫사람이었기에 훤히 내려다보여서였을 수도 있다. 한여름에 내게 이상이 생겼음을 그들이 눈치챘다. 자리를 비운 채 어디로 가는지 짐작했고, 매일 작업량과 품질을 점검하면서 기복이 일정치 않다고 파악했다. 사려 깊지 않은 그들로서는 그저 언젠가 내가 지쳐 나가떨어지기를 기다릴 뿐 딱히 업무 태도를 문제 삼지는 않았다. 하나하나 따지기에는 일이 바빴다.

그들이 일하고 오가던 풍경은 활인화(活人畫), 혹은 구성주의 회화 속 기하학적 패턴으로 기억된다. 사무실을 캔버스로 친다면 대표는 평면을 관통하여 가로지르는 단 한 번의 강렬한 붓 터치다. 출퇴근이 일정치 않은 대표는 항상 쿵쾅거리며 직원들 자리를 가로질러 대표실에 들어가 문을 쾅 닫은 직후에 아랫사람을 불러 밖에서도 들릴 만치 고래고래 혼냈다. 혼이 난 아랫사람이 나오면 연기로 자욱한 대표실 안으로 책상에 걸터앉아 전자 담배를 뻑뻑대며 분을 삭이는 대표가 엿보였다. 사무실에는 대표와 나를 제외하고 네 명 더 있었다. 혼란 없이 지칭하고자 예외적으로 체, 평, 줄, 깨로 분류하겠다. 대표의 동생이 차장에서 과장으로 좌천됨으로써 대신하여 차장으로 승진한 체는 이미 전에 나와 안면을 텄다. 대표의 매제도 동생도 아닌 체는 주어진 직분에 맞게 늘 벌레 보는 시선으로 나를 바라보며 거리를 두었다. 때로는 모두가 건드리기 곤란스러워하는 나를 닦달하기도 하였다. 체는 공사다망하여 자주 통화했고 대표만 없다면 자유롭게 사무실을 돌아다니고 문밖으로 나섰다가 금방 돌아왔다. 다른 층 휴게실에서 머리를 박다 나오는 길에 피식피식 핸드폰을 두드리며 걸어오는 거북목의 체를 발견하고 비상구에 숨은 적도 있었다.

평은 사무실에서 체 다음으로 오래 일한 대리로, 곧 과장을 달 차례였으나 늘 허둥대는 인상으로 비쳐서인지, 혹은 곧 관리자 감으로 부러 혹독하게 길을 들이는지 대표와 체한테 자주 혼났다. 평은 최선임 실무자로서 자기 자리에 잠시도 못 앉고 이리저리 불려 갔다가 지시 사항을 전달하고자 후임들 자리를 오가느라 업무 내내 기하학적인 프랙탈을 그려 냈다. 연차는 낮아도 같은 대리인 줄은 과묵하였고 친해지기에는 재미없는 사람이었다. 그런 뻣뻣한 면 때문에 도리어 상사들은 매사 쩔쩔매는 평보다 줄을 편하게 여겼다. 줄은 사무실에서 필요 이상으로 움직이지 않고 자기와 상사 자리로 이어지는 몇 개의 선분만을 올곧게 오갔다. 깨는 계약 만료를 앞둔 인턴으로 신세가 나와 크게 다르지 않았다. 선임들이 지나다니며 일감을 던져 줄 뿐 아무도 깨를 자기 자리로 부르지 않았다. 종일 모니터만 들여다보면서 제자리에 가만히 머물렀지만 실상 가장 활발한 사람이었다. 참견할 기회가 생기면 언제든 총총거리는 걸음으로 나와 재잘재잘 자기 의견을 피력했으나 매번 상사들의 험악한 시선에 가로막혀 시무룩이 제자리로 돌아갔다.

　직원들은 잘 섞이지 않고 각자 따로 놀다가도 대표의 단호한 붓 터치 한 번에 사각 프레임 속 하나의 완결적인 구성을 이루었다. 거기에 나는 없었다. 포함되지도 끼어들 수도 없었다. 대표를 구심으로 구성원들이 형성한 완결성은 동시에 강한 원심을 버텨야만 유지될 수 있었다. 내가 그들의 공전 궤도 바깥 지대를 맴돈 두어 달간, 멋모르고 일원으로 편입했다가 초짜에게 배타적인 이 사무실 환경을 배겨내지 못하고 금세 탈락한 이를 여러 번 보았다. 계약 만료를 앞둔 깨나 무리에 섞이지 못한 내가 그다음 순서일 터였다. 사무실의 완결성은 구성원 개개, 혹은 정족수의 달성에 좌우되지 않고 공간이 이루는 사각 프레임만으로 손쉽게 사람들을 일원으로 끌어들여 획책 가능한지도 모르겠다.

　사무실에서 퇴근한 저녁이면 이번에는 하찮은 일이 기다린다. 격이 낮은 일일수록 열정과 정성을 배로 요구한다. 나는 몇몇 젊은이들에게 정성을 팔았다. 전염병이 창궐하고서부터 이 일이 전보다는 수요가 줄어들리라 예측했지만 착각이었다. 사람들은 병을 무릅쓰고 내게 연락했다. 퇴근한 저녁과 주말마다 그들이 사는 지역으로 찾아가 정성을 팔았다. 그들은 대개 경계심이 강하고 조심스러워 자기 집으로 부르지는 않고 인근 카페를 약속 장소로 지정했다. 가장 두꺼운 마스크를 쓰고 가 얼음이 다 녹도록 음료를 한 모금도 마시지 못했다. 잔뜩 긴장하던 그들은 막상 내게 자신의 결여되고 결핍된 부분, 자기 살 중 가장 연약한 부위를 보여주었다. 내가 그들의 빈 부분을 채웠다. 마찬가지로 비어 있던 내 속이 그 순간 열정적으로 충족되면서 그들에게로 전이되었다. 미치광이처럼 벌떡 일어서 보이고 연극적으로 발화하며 나의 것이 당신 게 될 수 있다고 속였다. 그들은 울기도 하고 때로는 불편해하기도, 맞서기도, 하소연하기도 했지만 상대의 가장 연약한 부위를 쥔 내게는 죄다 허사였다. 한두 시간 후 그들은 카페에서 나와 한층 삶에 자신감이 넘치는 걸음으로 귀가했다. 소진되고 고갈된 나 또한 집으로 돌아갔다. 그들에게 전한 것은 다름 아니라 내게 솟을 수 있었던 가능성이었다. 억지로 그런 게 아니었다. 돈 벌려고 한 일이더라도 그들을 버거워하기는커녕 아끼고, 신세가 나아지기를 바랐다. 내 무언가를 전하려고 온 힘을 다했다. 그들은 몰랐다. 그들은 나를 대전사로 삼아 대신 싸움시켰으나, 그래서 안전했겠지만 거듭된 싸움으로 충만하고 독해지는 이는 그들이 아니었다.

하루의 일과가 끝난 밤, 더는 누구도 마주하기를 원치 않기에 고개를 푹 숙이고서 내가 사는 동네로 돌아온다. 밤중에야 방의 문이 열린다. 식어 가는 방은 아무런 말도 걸지 않는다. 중고로 산 묵직하고 거무튀튀한 노트북을 켠다. 백지를 띄운다. 아무도 말을 걸지 않는다. 나조차도 말을 걸지 않는다. 외로워 죽을 지경이다. 내게 말을 걸지 않는 자에게 말을 걸고과 죽겠다. 모두가 읽는 글을 쓰는 법을 누가 가르쳐 준다면, 돈 되는 글을 누가 가르쳐 준다면, 쓸 수만 있다면 얼마든지 쓸 텐데! 누가 아무도 읽지 않는 글을 쓰려고 하겠는가? 항상 이번에는 많은 이가 읽어 주리라고 기쁨에 차 확신한다. 헛일이다. 돈도 안 될 뿐더러, 누구든 읽기 곤혹스러워하거나 잡상인 피하듯 쳐다도 안 보고 지나쳐 간다.

한 글을 구상 중이다. 한 번도 그러한 글을 쓰지 않아 망설였다. 오직 한 사람에게 읽힐 글. 편지가 아니고서야 불가능한 일이다. 일기조차도 내가 모르는 타인 누구든 읽을 수 있다는 의식으로 썼다. 그 일기장은 이제 아무도 읽지 못한다. 오직 한 사람만 읽을 글을 쓰고픈 마음이 당황스럽다. 특정 한 명을 위한 이타심이 아니다. 설령 한 사람만을 위해 글을 쓰더라도 상대가 그걸 읽고 퍽이나 도움받겠는가. 도무지 강박이다. 나는 쓰지 못한다. 공포심이 몰려온다. 그렇게 된다면, 그렇게 되지 않는다면? 지금은 몰라도 나중은 그러거나 그러지 않는다면? 대가를 혹독히 치를 심판의 날이 도래한다면? 텅 빈 속을 채울 뭐가 필요하다. 식욕과는 다른, 안달복달 못할 만치 조바심 드는 갈망이 어느 틈에 솟아난다. 그 갈망이 어디를 가리키는지는 모른다. 베개에 얼굴을 처박는 순간 잊힐 한순간 충동이다. 나는 유품을 정리한다. 죽고 나면 쓸모없을 물건을 몇 개 선별하여 담벼락에 쌓인 쓰레기 더미에 버리고, 그녀가 흘리고 간 긴 머리카락을 주워 창밖으로 날린다. 매트리스로 돌아가 가슴 위에 손을 가지런히 올리고 잠이 나를 처분하기를 기다린다. 그러나 도통 소식이 없어 데굴데굴 구르다 베개에 머리를 처박는다.

꿈의 기다림

푹 꺼진 베개에 처박혔다. 한쪽 볼살이 짓눌리고 구겨지는 감각이 이를 증명했다. 모로 누운 몸에 눌린 오른팔이 저리고 웅크린 다리가 뻐근했다. 선잠이었다. 꿈을 꾸는 중이라는 인식은 잠든 몸을 깨울 만큼 충격적이지 않았다. 바깥에서 전해지는 불편한 감각들이 몽중(夢中)의 내게 지속하여 반영되었다. 꿈속 어디에 어떤 자세로 있든, 외형이 존재하든 않든 다른 한편에서는 처박히고 웅크려 구겨진 상태였다. 처음에는 외형이 없는 생각만이 존재했다. 생각은 불쑥 발생하였거나, 그 이전 상태가 기억나지 않았다. 근원적이고 일목요연하고 명백하고 완전한 생각이었다. 영적이다시피 완벽하여 그 자체로 완결된 하나이며, 쓰고자 했음에도 번번이 놓친 중심이었다. 오직 한 사람에게만 읽힐 글을 쓰겠다는 지난밤 우스꽝스러운 강박이 여기에 다다르기까지의 시행착오로 치부될 만치 지난 모든 시도를 한 방향으로 강력하게 아우르는 원이었다. 생각은 정점에 이르고서부터 급격히 연약해졌으며 어떻게든 붙잡으려고 의식할수록 불완전해졌다. 애초 완전히 손에 넣지 못하리라고 체념하던 참이었지만 한편으로는 두고 보란 듯이 이를 갈았다. 지금 사라지는 이 순간을 빠짐없이 써내릴 때가 올 거야.

하지만 이 생각은 내가 지어낸 거야.

결혼을 약속한 애인과 만나기로 했다. 애인이 사는 지역이 거리가 멀어 고속 열차를 타는 게 나은데도 평소 습관대로 지상철을 이용했다. 전철 좌석에 앉아 누구에게 변명하려는 것처럼, 스스로 느끼기에도 얼토당토않은 꿈에 나름 그럴듯한 부분이 있다는 걸 찾아 내세우려고 궁리하는 중이었다. 그보다 더한 걸 약속할지언정, 현실에서 누구와도 결혼을 약속하지 않았다. 혼약이 꿈에서 지어낸 전제에 불과할지라도 애인으로 지정된 여자는 분명 현실에서 맞닥뜨린 특정한 누구였다. 지상철에서 보내는 지루한 시간은 고향으로 내려가던 경험을 반영한 것이었다. 그뿐만 아니라 내가 이용 중인 노선은 꿈속에서는 애인이지만 현실에서는 남남인 누가 실제로 사는 지역을 관통했다.

내린 역은 고향도, 애인이 사는 지역도 아니었다. 전철이나 기차를 갈아타며 몇 번 이용한, 신도시에 새로 지어진 환승역이었다. 대합실은 유리 궁전식 투명한 돔 형태고 내부가 에스컬레이터를 통해 바로 옆 고층 빌딩으로 이어졌다. 애인과 만나기로 한 약속은 내리는 장소에 따라 갈릴 운명이었는지 자연스레 없던 일이 되었다. 갈 곳 잃은 이방인 신세였지만 애당초 잘못 내리거나 환승 목적이 아니라 내 뜻으로 여기에 내렸다. 끼니를 때울 장소를 찾아 두리번거리다가 에스컬레이터 위에 대롱거리는 식당 팻말을 발견했다. 그리하여 올라간 매 층의 공간은 모두 텅 비었다. 그때마다 여전히 위에 달린 팻말을 따라 다시 한 층을 올라가야 했다. 에스컬레이터에 오르기만 하면 유별나게도 나를 노골적으로 의식하는 남자가 뒤따라 올라탔고 그러기를 반복하여 우리는 최고층까지 이르렀다.

남자는 아무런 특색이 없었다. 눈에 띄는 외양이 없었다. 이리도 범상한 자가 꿈의 무대에 등장하는 게 의아했다. 최고층에 자리한 식당 문전에서 1인 식사가 안 된다는 이유로 무례하게 쫓겨났다. 나를 의식하던 남자도 뒤따라 문전 박대당했다. 다시 내려가고자 최고층을 헤매는데 어디에도 에스컬레이터가 보이지 않았다. 막막한 심정으로 길을 헤맸다. 헤매는 통로는 내가 일하던 사무실이 속한 건물 내부와 닮았다. 벽이든 통로든 온통 미색이고 코너를 돌거나 문을 열기 전에는 그 너머가 어떤 장소인지 파악할 도리가 없었다. 자주 화장실과 흡연실을 지나쳤다. 한때 애타게 찾은 장소들이었다. 같은 곳을 반복해서 지나치는지는 몰라도 화장실과 흡연실은 때로는 비어 있었고 때때로 나를 의식하던 남자가 초조한 기색으로 담배를 피우고 소변을 보고 있었다. 남자도 내려가는 길을 찾지 못해 갇힌 것 같았다. 누구를 기다리는지도 몰랐다. 오로지 누구를 만나려고 최고층까지 올라왔건만, 헛걸음 아닐까? 자꾸만 마주치는 나를 곁눈질하는 이유도 기다리는 상대가 누군지 몰라서였을까? 누구의 계략인지 몰라도 남자는 철저하게 헛걸음했다. 최고층에 외부인은 그와 나뿐이었다. 그가 기다리는 누구도 없었다.

빌딩이 기울어져 쓰러졌다. 위에서부터 아래로 폭삭 내려앉은 게 아니라 모로 쓰러졌다. 빌딩이 쓰러지면서 벽이 바닥이 되고 바닥이 벽이 된 걸 제외하면 내부는 멀쩡하였고 나 역시 다치지 않았다. 남자는 사라졌다. 꿈이 화제를 전환하면서 퇴장당했다. 나 홀로 최고층에 갇혔다. 거기서 생존해야만 했다. 바닥의 창 아래로 칼같이 격자형으로 구획된 계획도시가 깔린 게 보였다. 쓰러진 빌딩은 구획들 위를 이리저리 굴러다녔고 나 또한 수시로 위아래가 바뀌어 구분이 무의미한 벽과 바닥, 천장에 이리저리 부딪히며 데굴데굴 굴렀다. 내가 매트리스에서 굴러떨어졌거니 했다. 꿈 밖 감각으로는 여전히 처박히고 웅크려 구겨진 상태였다. 이른 뙤약볕이 모로 누운 몸을 따갑게 데웠고 살이 맞닿은 부분이 땀으로 끈적했다. 꿈은 산만해졌다. 신도시 개발을 무작정 허가한 포퓰리스트 정치인이 되어 자신의 부정부패로 허술하게 지은 빌딩에 갇힌 신세를 한탄하기도 했다. 갑자기 빌딩이 낙차가 큰 저 밑으로, 수면 아래로 떨어져 가라앉았다. 근처에 바다나 호수가 없음에도 불현듯 그렇게 됐다. 나 또한 철렁 내려앉았다가 내부에 차오르는 물속에서 질식하여 잠시 의식을 잃었다. 꿈속 상황임에도 실감 나는 감각이었다. 현실에서 모종의 연유로 추락하여 숨 막히는 상황에 직면하거나 무의식적으로 호흡을 꾹 참았을지도. 꿈 밖에서 물리적인 충격이나 고통에 직면했다면, 그게 숨 막히는 수준이라면 꿈에서 깨야 마땅했다. 꿈은 잠든 내 위에 베일처럼 덮인 희고 얇은 모시 이불에 불과했다. 나는 홑겹의 천 아래서 질식하여 죽어 갔다.

깨보니 어머니의 집이었다. 몸이 흠뻑 젖었다. 집은 지금 어머니가 사는 낡은 빌라가 아니었다. 어릴 적에 야간 운행을 마친 아버지가 안방에서 자는 낮 동안 나머지 네 식구가 숨죽여 생활했던 좁은 방, 그 단칸이 여기서는 어머니의 집이었다. 과거의 영향 아래 놓인 공간임에도 꿈속에서만큼은 아버지가 영원히 부재했기에 엄연히 어머니의 집이었다. 침대 역시 그 시절의 돌같이 딱딱한 더블베드로, 그 위에 웅크린 내가 있었다. 어머니는 누운 나를 관상용 돌처럼 닦으며 정성스럽게 간호했다. 침대를 독차지한 건 극진한 대우를 받는다는 뜻이었다. 나머지 식구는 침대 아래 요에 누워 자야 하니까. 어린 내가 앓아누웠다가 새벽녘에 깨면 좁은 요에 누운 어머니와 남동생과 여동생이 내려다보였지. 아무리 비좁아도 서로 결코 살을 맞대지 않았다. 좁은 공간에 임시로 안치된 시신들같이 반듯하게 누워 얼굴만 내놓은 그들의 차가운 육신은 천에 가려졌다. 꿈속에서는 바닥을 내려다보지 않았다. 어머니는 서 있었다. 여동생과 남동생이 보이지 않는다는 데에 생각이 미친 때마침 둘이 방으로 들어왔다. 내가 혼수상태인 동안 여동생은 남동생에게 괴롭힘을 당했고 한 대 얻어맞아 얼굴에 열상이 났다. 내가 병상을 박차고 일어나 남동생을 붙잡아 여동생을 때린 오른팔을 대번에 부러뜨렸다. 큰오빠이자 가장으로서 근사하게 행동한 것이다. 뒤이어 평화가 찾아왔다. 가장이 막 혼수상태에서 깼으니 가족에게 더는 근심이란 없었다. 서민이라 통틀어지는 계층의 가정에 어울리는 전형적인 화목이 찾아왔다.

나의 어머니는, 내내, 거듭된 체념에 무뎌진 얼굴로, 집안이 돌아가는 꼴을 바라만 보았다.

아직도 아침을 넘기지 못했다. 만일 해가 중천이면 햇살 또한 창가 위로 넘어갔을 테니 모로 누운 몸 바깥쪽 살갗이 이리도 따가울 수가 없었다. 이렇게까지 꿈속에서 꾸물거리는데도 여전히 아침이니 눈뜨면 어쩔 도리 없이 출근해야 할 판이었다. 해가 넘어가기를 기다리며 우러나는 초조한 감정이 꿈을 어그러뜨렸다. 꿈에서 가족 모두가 퇴장했다. 홀로 단칸방에 남아, 날이 어둑해짐에 따라 낡고 촌스러운 침대를 비롯한 가구마다 길고 깊은 그림자를 드리우는 풍경을 바라보며 우두커니 서 있었다. 이제 초조한 연유는 꿈속에서 누구를 기다려서였다. 내가 마주하기를 고대하는 누구는 가족이 아니었다. 그러지 않고서야 그리도 바들바들 떨 수는 없었다. 떠나간 그녀일 수도 있으나 확정적이지는 않았다. 주머니에서 담뱃갑을 꺼내 떨리는 손으로 겨우 입에 담배를 물었다. 라이터를 켜는 작은 마찰에도 가슴팍이 시큰하도록 아렸다. 한 입만 빨아도 담배가 순식간에 타들었다. 매운 연기가 몹시 메마르고 고갈된 기관지를 넘나들었다. 수분이 죄다 방광으로 내려갔는지 아랫배와 샅이 욱신거릴 정도로 요의가 일었다. 잠든 지금 요의는 매우 곤란한 감각이라 연이어 담배를 빼물며 화장실을 찾아 두리번거렸지만 보이지 않았다. 기다리던 누가 오기 전까지 최대한 버티려고 발을 동동 구르며 방 안을 배회했다. 마침내 누가 밖에서 문을 은밀하게 두드렸을 때는 도리어 절망적인 심정이었다. 떳떳한 자가 내는 소리가 전혀 아니었다. 당당했으면 문을 두드리지 않고 초인종을 눌렀으리라. 내가 원하는 사람이 아닐 가능성이 있었다. 이미 지치고 쇠약해진 상태로 문을 열었다. 마스크를 쓴 사람이 경계하는 눈빛으로 나를 올려다보며, 문전박대를 당할 거라 예상했는지 잽싸게 문 안으로 몸을 들이밀었다. 그자가 누군지 알기 전에는 들어와 신발을 벗도록 비켜 줄 마음이 없었다. 찌푸린 눈으로 망설이던 그자가 마스크를 벗었다. 실망이었다. 그자는 내가 원한 사람이 아니었다. 빌딩 최고층에서 마주친 남자였다. 그 역시 실망을 감추지 못하고 수치스러운 나머지 고개를 숙이고 애써 나를 외면했다. 어디 하나 시선 둘 데 없이 특색 없는 그 얼굴, 불쾌하도록 단순화된 그 표정. 내가 화를 내며 언성을 높이다 못해 그를 밖으로 내쫓고 문을 거칠게 닫았다. 평정심을 잃고 화를 낸 게 실로 오랜만이었다. 성이 채 가시지 않아 삭막한 실내에서 울먹이기까지 했다. 방금 문을 세게 닫을 때의 거센 반동으로 오른팔이 얼얼했는데 벌레에게 물린 것처럼 미칠 만큼 가려웠다. 왼손으로 오른팔을 박박 긁어 대자, 동전으로 복권을 긁을 때같이 어떤 문자, 혹은 이미지가 살갗 위에 드러났다. 낙인이나 다름없이 누구든 나를 식별하여 알아볼 수 있는 무엇으로, 극단적이게도 오른팔을 잘라 내야 한다는 생각에 인생이 끝난 듯이 절망스러웠다.

별안간 핸드폰 진동 소리에 깨어났다. 침대 어딘가에서 계속해서 진동하는 핸드폰이 도통 보이지 않았다. 침대와 벽 사이 틈으로 손을 비집어 넣자 달달 떠는 그게 잡혔다. 끄집어내 확인하지 않아도 누가 전화를 걸었는지 이미 몸이 알았다. 공포심이 나를 머뭇거리게 했다. 감당 못할 끔찍한 소식이나 선고라는 확신이 들었다. 이윽고 핸드폰을 꺼내 뜨겁게 달아오른 귀에 댔다.

그 뒤로도 꿈은 더 이어졌으나 기억은 여기까지였다. 왜 여기서 끊겼는지 짐작할 만했다. 기억하기를 거부하였거

65

나, 그렇게까지 끔찍할 수 있는 통보가 무엇인지, 소식을 전하는 상대가 누구인지 지어내지 못해서일 것이다. 나는 울고 있었다. 내가 흐느껴 우는 소리에 꿈에서 깼다. 자면서 거칠게 닦아 냈는지 얼굴이 쓸려 따끔하고 눈물범벅이었다. 의식하지 못한 새에 한참 흐느껴 운 모양이었다. 누가 내 귀에다 대고 비명을 지른 것처럼 귓속이 먹먹하고 정체 모를 음파가 메아리쳤다. 땀에 젖은 몸이 매트리스에 모로 누워 웅크리고 구겨져 처박혀 있었다. 몸에 눌린 오른팔이 피가 통하지 않아 저리고 자는 내내 주먹을 꽉 쥐고 있어 손바닥에 손톱자국이 붉게 났다. 햇살이 아직 창가에 사선으로 내리비쳤다. 직장에 출근하기 겁났다. 핸드폰에는 어떠한 부재중 전화도 기록되지 않았다. 헛구역질이 일 정도로 불안했다.

꿈속에서 깨달은 생각은 희미해지다 못해 전혀 이해할 수 없었다. 그녀가 두고 간 약이 다 떨어졌다.

내 꿈을 이야기할 수 있을까? 병원의 무더운 대기실에서 좌석이 부족해 펼쳐 둔 불편한 간이 의자에 앉아 고민했다. 몇 달 사이에 병원을 찾는 환자가 기하급수적으로 늘었다. 확진자가 다녀간 통에 폐쇄된 적도 여러 번이었다. 몇 시간을 기다린 끝에 만난 의사에게 내가 꾼 꿈을 이야기하고 싶었지만 그러지 못했다. 의사가 정신 분석이 아니라 정신 병리학을 전공한 건 명백했다. 무엇을 이야기해도 의사는 신체에 작용하는 증상을 캐묻고 이에 상응하는 약물만을

66

처방했다. 의사에게 꿈을 설명할 길을 찾지 못했다. 꿈은 발설하는 순간 속임수가 되기 십상이었고 의사는 말속에서 내가 자신을 속이려 든다는 유일한 진실을 간파할 터였다. 호들갑의 시간이 지나고 차츰 냉정해지면서 누구에게도 꿈을 설명할 필요가 없음을 깨달았다. 꿈은 이미 쓰였다. 꿈을 들어 달라는 건 쓰인 글을 건네지 않고 굳이 소리 내어 읽어 줄 테니 들어 달라는 거나 다름없었다. 누가 내 꿈을 읽으려면 머릿속에 뭐라 적히었는지 들여다봐야지, 구술과 청취는 적확하지 않았다. 나이 든 의사는 내가 말하지 못한 사항을 이해하고 적극적으로 약을 증량하여 처방했다. 그 무렵부터 약을 모았다. 빈 단백질 보충제 용기에 의사가 처방한 3주치 수면제와 항우울제 그리고 위장 보호제를 채워 넣었다. 마치 저금통에 쓰다 남은 동전을 넣듯이 약들을 모았고 나중에는 처방받은 전량을 쏟아부었다. 온갖 종류의 항생제와 소염제, 진통제, 소화제, 향정신성 약물을 별다른 의식 없이 플라스틱 용기에 쏟아 넣고 뚜껑을 닫았다. 약을 복용하지 않았으므로 증상들은 여전했다. 치료를 원치 않는다기보다는 처방대로 따라야 치료가 진행된다는 사실을 간과하고 잊은 것 같았다. 의사들은 청진기를 가슴에 대어 보고, 피를 뽑고, 엑스레이를 찍고, 초음파 검사를 진행하고, 코나 입에 확대경을 들이밀고 점막을 관찰한 끝에 내게 병과 증상이 있음을 인정하고 정량의 약물을 처방했다. 거기까지가 치료였고, 병원을 나서는 순간부터는 내 몸에 관해 할 말을 잃었다. 제때 자는 것, 일어나는 것, 식사하는 것, 일터로 떠났다가 제자리로 돌아오는 게 무의미하고 두려웠다. 몸은 아무것도 아니었다. 육신은 정신 속에, 정신은 꿈에 처박혔으며, 꿈은 잊혀 갔으므로, 마찬가지로 내가 스스로에게조차 잊히고 사라져 간다고 내심 여겼으리라.

층계참에의 연루

일을 마친 어느 날 집으로 돌아갈 수가 없어졌다. 그렇게 되자 한동안 직장이 소재한 건물의 서늘한 층계참에 머무르며 생활했다.

지하나 층계참에 관하여 특별하게 할 말은 없다. 사람들이 자기 책상 위가 어떤지 구구절절이 말할 수는 있어도 그 아래에 관해서는 범상하고 우둔한 말밖에 하지 못하듯이. 나는 상대가 던진 말을 반사적으로 되묻고 고심 끝에 책상 아래에 의자가 놓이고 먼지 약간이 굴러다닌다는 당연한 말을 자신 없이 중얼거릴 뿐이다. 하지만 책상에 앉아 온종일 일하는 사람이란 책상 아래에 종일 엉덩이가 못 박힌 사람이니, 상체가 지상에 머무를지언정 나는 엄연히 지하에 속한 사람이다.

층계참에 관하여 여러 번 추궁당했으니만큼 훗날 지하에 관해서도 얼마든지 추궁당하리라고 본다. 역학 조사관은

68

왜 셋방을 내놓고 직장이 있는 건물 층계참에서 생활하기를 선택하였는지, 층계참에서 무슨 일이 있었는지, 어찌하여 번화가를 배회하였는지를 전화로 캐물었다. 층계참에서는 아무 일도 발생하지 않았다고, 거듭하여 밝혀도 소용없었다. 그 비좁은 바닥에는 나 외에 아무것도 없었으며 어떤 음모도 없었노라고, 당신이 기대하는 무엇도 없노라고 여러 차례 재확인시키고 다른 화제로 넘어가려고 애썼다. 얼마 지나지 않아 내가 층계참에 연루되었다는 사실을 알았다. 역학 조사관에게 부여된 임무는 층계참의 하부 조직원인 나를 실마리로 삼아 음모와 혐의를 밝혀내는 것, 종국에는 병을 암암리에 퍼뜨린다고 추측되는 지하 조직들을 일망타진함으로써 끈질기게 살아남은 전염병의 재유행을 미연에 차단하는 것이었다.

「저는 격리 수용되었습니다. 더는 자신만의 이익을 위하여 음모를 획책할 수 없습니다. 격리되고 수용되기 이전에도 음모는 없었습니다. 저는 혼자입니다. 제 동선은 조사관님께 진술한 그대로, 조사관님이 유관 부처와의 공조로 파악한 그대로이며 그 외는 없습니다.」

「그렇지 않습니다. 당신의 동선에는 사각지대가 있습니다. 층계참에는 CCTV가 설치되지 않았으며, 당신이 배회한 번화가의 CCTV에도 사각지대는 있습니다. 우리가 밝혀낼 것은 사각지대에서 벌어진 일, 노출되지 않은 한구석에서 당신과 비밀을 공유한 이, 그러니까 장막이자 배후입니다.」

역학 조사관의 마스크 쓴 목소리는 또렷하지 않아도 완고했다. 여러 차례 통화한 그 목소리의 주인은 실은 한 명이 아니라, 수사관을 포함한 여럿일 수도 있었다. 완고한 목소리는 내 근황을 속속들이 알았고 초법적인 권한으로 나를 즉결 심판하려 했다.

「댁의 그 권한은 어디에서 오는 겁니까?」

생판 억지에 인내하는 침묵 끝에 역학 조사관이 침착하게 대답했다.

「하늘에서 내려와 모든 이에게 공동으로 주어지는 권리입니다.」

「제 일거수일투족은 이미 말하였습니다. 조사관님은 말할 수 있는 그 이상을 요구하시네요.」

「당신이 말한 것은 오로지 선택입니다. 그 선택이 지금과 같은 불편한 상황을 초래하리라는 걸 당시 당신은 알았습니다. 그럼에도 당신은 선택했습니다. 무엇을 꾀하였기에 선택하였습니다. 당신은 꾀한 부분을 진술하지 않았습니다. 당신은 당당한 사람이 아닙니다. 그렇지요?」

나는 아무런 상처도 받지 않고 고분고분히 인정했다.

「우리는 자격을 갖춘 자로서 법령에 의거해 교육을 이수받고 임명된 전문가입니다. 당신이 격리된 뒤 우리는 지난 행적을 면밀히 관찰하였습니다. 당신은 당당한 사람이 아님니다. 그랬다면 층계참에 숨어 살지 않았겠지요. CCTV에서 본 당신은 대로를 걷는 사람이 아니며, 한가운데로 걷는 자들을 혐오하고, 쥐새끼처럼 되는 한 벽에 바싹 붙어 도망 다닙니다. 당신은 우리에게 순종합니다. 우리에게 자신을 점잖고 상식적인 사람으로 보이려 애씁니다. 당신은 권위에 순종적입니다. 전문가에게 힘을 쓰지 못하지요. 전문가의 말이란 따를 수밖에 없음을 누구보다도 잘 압니다. 우리는 전문가입니다. 그 사실을 명심하고 존중해야 합니다. 당신의 당당하지 못한 면에는 석연치 않은 구석이 있습니다. 우리가 빛을 밝힐 부분이란 바로, 짙게 그늘져 드러나지 않은 한구석입니다. 그런데 당신은 빛을 알지 못하는 사람같이 구는군요. 성경에서 도둑들을 그렇게 일컫는다지요?」

떠보는 침묵이 지속되었다. 대답하지 않았다. 대답할 게 없었다. 나는 폭풍이 지나간 뒤에 홀로 선 그루터기와 같았다. 말할 만한 것들은 폐허가 되어 그 모든 구조물과 부산물이 저 아래로 꺼짐으로써 숨겨진 한 그루 그루터기가 명징한 모습을 드러냈다. 층계참이고 지하고 굴이고 뭐고 다 무너져 내린 마당에 말하는 건 부질없었다. 역학 조사관이 그에 관해 물었다면 대답했을 테다. 그러나 그루터기는 역학 조사관에게 아무런 쓸모없었다. 침묵은 길었다. 그 사이에 조사관이 바뀌었는지도 모르겠다. 다시금 재정비해서 모습을 드러낸 완고한 목소리가 원점으로 되돌아가기를 요구했다.

「당신은 층계참에서 생활하기를 선택했습니다. 그러고는 얼마 지나지 않아 임대인에게 허락을 구해 인터넷 커뮤니티 구인란을 통하여 셋방을 다른 사람에게 넘겼습니다. 한데 셋방의 짐을 빼지도, 새로 이사 갈 집을 구하지도 않았습니다. 이사 당일에도 당신의 짐은 셋방에 그대로 있었습니다. 그동안 연락이 두절되었습니다. 관대한 임대인은 셋방에 걸린 보증금을 당신의 계좌로 반환하였지요. 새 임차인은 전입 신고를 완료하였고 행정적인 절차에 따른 말미가 소요되고 나서 당신과 당신의 동거인은 거주지 불명 처리되었습니다. 시간을 더 되돌려 보겠습니다. 임대인과 이웃의 목격담에 의하면 당신의 동거인은 자정 이후, 늦게는 새벽에 귀가했습니다. 동거인이 목격되지 않은 무렵은 전염병의 유행 사이클과 유의미하게 일치합니다. 동거인은 지금까지도 행방이 묘연합니다. 동거인이 사라지고 나서부터 당신은 직장에 제때 출근하지 않았습니다. 그즈음부터 달라졌습니다. 직장과 병행하던 불법 방문 영업을 일시에 중단하였습니다. 직장에서 퇴근한 야밤이면 번화가의 카페에 머물렀습니다. 거리 두기 정책으로 이르게 영업시간이 종료되면 당신은 카페를 나가 소재가 불분명해졌다가 전철을 이용하여 셋방으로 귀가했습니다. 거처를 옮긴 뒤부터는 층계참으로 귀가하였고요. 마침내 층계참에서 구제되기 전 새벽에 당신은 번화가에서 수 시간을 사라졌다가 인근 호텔 내에서 모습을 드러냈습니다. 우연하게도, 지난 늦봄에 당신이 그녀를 처음 만난 날 함께 숙박한 장소이기도 합니다. 당신은 아침 일찍 호텔을 나가 직장으로 돌아갔고, 마침내 층계참에서 구제되었습니다. 이 모든 사실은 관련인의 신빙성 있는 증언과 당신의 진술, 유관 부서와의 공조로 확인한 바입니다.」

그렇다. 사실이었다. 역학 조사관은 정황들을 이용해 이야기를 만들었다. 인과적으로 열거된 정황에는 과연 불온한 분위기가 서렸고 역학 조사관이 주장하는, 외부에서 획책한 음모가 정말로 도사리는지도 몰랐다. 이야기의 빈 부분을 채우려면 내 머릿속 의도만이 필요했다. 정작 내 머리는 역학 조사관이 말하는 정황들을 주워 담고 받아들이는 데에 급급하지 아무것도 밝혀내지 못했다. 사실들을 이용해 결백을 증명하거나 반대로 나를 깊숙이 연루시킬 방법을 강구해야 했을 것이다. 나를 변호하는 게 부질없는 짓으로 여겨졌다. 돌바닥에 널리고 널린 하찮은 돌멩이 같은 사실들로 그럴듯한 구조물을 지어야 한다는 데에 다소 난감하기까지 했다. 내가 어리둥절해하고 갈팡질팡하자 역학 조사관 또한 어려움을 겪는 듯했다. 듣자 하니 그렇게까지 전지전능한 권한을 부여받은 건 아니었다. 역학 조사관은 훈련받은 전문 수사관이 아니었다. 자기 임무에 경도되었을 뿐 어찌할 바를 모르는 것 같았다. 역학 조사관은 내게 한 가지

혐의를 연루시키고자 여러 가지 정황을 들이밀었지만 정작 혐의를 인정하느냐는 단 한마디를 하지 못했다. 당국의 처분을 체념하고 받아들일 준비가 된 내게 답답한 심정을 표출하기까지 했다.

「잘 알지 못하는가 본데, 이러한 태도는 모두에게 이롭지 않습니다. 이 자리는 당신이 최근 사실 관계를 우리에게 제공하여 역학 조사에 협조하라고 마련된 것입니다. 단지 제공하면 되기에, 자신을 애써 변호할 필요가 없으며 그렇기에 변호사 역시 필요하지 않습니다. 그럼에도 자신이 유리하도록 변호할 권리가 있습니다. 내용에 거짓이 없다면야 그 역시도 우리가 신속히 역학을 밝혀내는 데 도움을 줄 테니 무엇이든 머릿속에 집히는 대로 꺼내 해명해 줘야 합니다. 당신이 밝힌 내용은 동선의 형태로 재구성되어 언론과 지자체가 보유한 모든 채널에 공개될 겁니다. 동선은 수많은 이를 위한 지침입니다. 그래야만 당신과 동일한 길 위에 있었던 수많은 이가 자진하여 협조할 것입니다. 당신 하나로 끝이 아닙니다. 그런데 당신 하나로 끝난다는 착각에 빠진 것처럼 구는군요. 왜 스스로가 모두와 연관 없는 혼자라고 여기는지 모르겠습니다. 당신은 혼자가 아닙니다. 최근에 걸쳐 독단적인 행동을 한 것뿐입니다. 당신의 독단이 모두와 연관되지 않는다는 생각은 그야말로 비과학적입니다. 무엇이든 말해야 합니다. 불필요한 오해 살 필요 없지 않겠습니까? 그렇지요? 당신은 우리가 이해하도록 충분히 협조해야 합니다.」

「아닙니다. 저는 이전에도, 지금도 제 몫을 다해 노력했습니다. 그래서 저는 층계참에 있었던 거고요…….」

「그게 당신의 몫이었습니까?」

나를 혼자라고 여겼나? 그랬던 것 같다. 여태껏 아무도 내가 스스로를 외톨이로 본다고 직접적으로 언급하지 않았다. 당연하고 단순한 진리에 갇혀 속으로 속절없이 중얼거렸다. 나는 혼자인 거다…….

「왜 당신은 층계참으로 향했습니까?」

「늦지 않으려고.」

「당신은 그 정도로 직장을, 일을 사랑했던 것입니까?」

침묵했다. 역학 조사관은 참을성 있게 대답을 기다렸다. 인공호흡기에서나 날 법한 식식거리는 숨소리 너머에서 전화벨 소리가 여러 차례 울리고 사람들이 일하면서 내는 소음들, 타자 치는 소리, 누구에게 윽박지르거나 차분하게 설명하는 목소리가 어렴풋이 들렸다. 나는 아침에 일어나기가 힘들었고, 일에 자주 늦었다. 차장 체는 지각 건으로 매일 몰아세웠고 어쩐 일인지 그게 통했다. 체가 나를 어떻게 평가하는지는 알 바 아니었다. 더는 대표를 실망시키고 싶지 않았다. 출근의 애로보다도, 더는 집에 돌아가기 두려웠다. 발이 떨어지지 않았다. 집을 비우기로 결심하자 내 발은 다소 설레는 걸음으로 문지방을 넘어 안으로 들어갔다. 생활하는 데 필요한 최소한을 트렁크에 채웠다. 집에는 싸구려 조립식 가구들만 남았다. 불시를 대비한, 이사 키트라고 이름 지은 트렁크 한 짐이면 어디서든 충분했다. 사무실 책상 아래에 그것을 숨겼고 퇴근하면 밖으로 나가 그녀를 만났던 번화가를 배회했다. 건물 정문이 잠기기 전에 돌아와 층계참에 자리를 펴거나, 종종 번화가에서 밤을 지새웠다. 경비원 눈을 피하기는 간단했다. 경비원은 모든 문을 잠그고 나서 마지막 순찰을 위해 엘리베이터를 타고 최고층으로 올랐다. 고요한 빈 건물에서 도르래가 도는 소리가 들리면 비상구로 나와 복도에 숨었다. 층계를 내려가는 구둣발 소리가 가까워졌다가 다시금 멀어지기를 기다린 뒤 층계참으로 돌아와 그제야 잠을 청했다. 더는 집에 머무르지 않아서, 셋방이 필요치 않았다. 새 임차인이 임대인과 임대차 계약을 체결한 그때가 버티고 버틴 마지막이었다. 그녀가 떠났다는 이유만으로 내가 무너져 내린 건 아니었다. 그녀를 만나기 전에도 이미 여러 번 망가졌다. 살면서 주기적으로 진창에 빠졌다가 헤어났다. 층계참이란 내게 어떤 일도 발생하지 않고 아무것도 써지지 않는 구간이었다. 어쩌면 나도 모르는 본능에 의하여, 망각과 기다림의 시간을 버티고자 숨을 장소를 찾아갔는지도 모른다. 층계참 생활에 관해서는 별다른 기억이 없다. 거기서는 아무 일도 없었다.

「당신이 번화가에서 접선을 기다렸을, 누군가를 찾아 다녔을 가능성이 농후합니다. 상대는 정황상 그녀밖에 없어 보입니다. 한데 우리나 당신이나 그녀에 관해 아무것도 모르는군요.」

나는 역학 조사관이 그녀에 관한 단서를 찾아내기를 기다렸다. 새로운 감염자가 발생할 때마다 갱신되는 소식들, 감염자와 밀접 접촉자의 동선을 살펴보며 그녀가 연루되어 선상의 한 점으로 나타나기를 고대했다. 역학 조사관이 그녀를 사라진 고리로 규정하고 그렇게도 나를 추궁한 터였으니 적발은 시간 문제라고 생각했다. 그녀는 어느 동선에서도 모습을 드러내지 않았다. 폭발적으로 감염자가 늘어나면서 더는 유의미한 동선 추적이 불가능해지기도 했다. 역학 조사관이 왜 그리도 그녀를 추적하는지, 내가 짐작하는 연유란 이렇다. 모조리 밝혀지지 않은 용의자는 오로지 그녀만이었던 것. 가능성이 닿는 모든 혐의에 연루시킬 수 있는 자도 그녀뿐이었다.

끝내 소식은 없었다. 나중에는 반대로 내가 새로운 소식을 캐물었다. 역학 조사관은 쓰디쓴 어조로 아무 소식도 진전도 없다고 짧게 대답했다. 마지막 통화에서 역학 조사관에게 물었다.

「나와 접촉한 모두가, 아무도 병에 걸리지 않았군요. 그렇지요? 혐의와 연루는 있지만 병만이 없었던 것입니다.」

역학 조사관은 대답하지 않았다. 한동안 씨근거리는 숨소리만이 들렸다. 그 소리를 들으며 나는 마음을 졸였다. 이내 역학 조사관이 숨을 차분히 하고 뜸을 들이자, 나는 상처 주는 날카로운 말을 하리라고 예상했다.

「당신이 숨어 산 층계참이 있는 건물은 폐쇄되었습니다. 만일 거기서 일하던 모든 사람이 당신으로 인해 병에 걸리고 몇몇은 음압 병동으로 실려 가고 몇몇은 죽었다고 상상해 보세요. 그들 삶 뒤에 아무것도 이어지지 않았을 가능성을 생각해 보세요. 그게 어떨지 당신이 짐작이나 하겠습니까? 당신 하나만이 아니라 공동체의 삶이 잠깐의 열병으로 소멸하고 끝없는 끝만이 이어질 뻔했습니다. 죽든, 죽지 않든, 저마다가 영위하던 삶이 부재하게 되면서 엄습하는 공허를 어느 누구도 감당할 필요는 없습니다. 죽은 사람들은 산 자에게 어떤 책임도 전가하지 못할 테니까요. 그러나 당신만큼은, 삶의 뒷면, 아무것도 없는 뒷면을 떠올려 보아야 합니다. 당신이 자초할 뻔했고 그들에게 초래할 수 있었을 공백, 기억과 자아가 남지 않은 백지, 목소리를 전달할 어떤 매질도 존재하지 않는 진공을 당신은 체감해야 합니다. 무엇으로도 채울 수 없는 무(無)의 세계를 당신은 받아들여야 합니다. 못 받아들이겠다면 앞으로는 조심하세요. 두문불출하고, 마스크를 착용하시고, 본인 소재를 명확히 하시고, 상황이 벌어지면 공동체의 요구에 응하세요. 전문가의 권고에 귀 기울여 유의하세요. 전염병 시기에, 당신이 살아 생전에 할 수 있는 노력은 그뿐입니다.」

역학 조사관은 그렇게 말하지 않았다. 그렇게 듣기 두려워한 그 말이 마스크로 가려졌을 입에서 발설되는 일은 없었다. 역학 조사관이 내게 실제로 전한 말은 이미 충분히 받아들이고 체념한 일에 대한 것이었다.

「당신은 해고되었습니다. 사회 통념상 근로관계를 지속 못할 심각한 정도에 이르러 당신을 해고함으로써 사측은 연루와 책임에서 벗어났습니다. 연락받지 않는 당신에게 곧 서면으로 해고 사실을 전달할 예정이며 30일분의 급여에 달하는 해고 예고 수당을 당신 명의 계좌에 지급하기로 결정했음을 대신하여 전해 주라고 우리에게 부탁했습니다.」

이내 차갑고 경멸 어린 침묵만이 남았다. 먼저 전화를 끊을 수는 없었다. 역학 조사관이 조사를 종료한다고 표명하기를 숨죽여 기다리면서 상대의 씨근거리는 숨에 서린 냉기에 소리 없이 몸부림쳤다.

되찾은 번화가

역학 조사관의 말대로 정황상 나는 그녀를 기다리고 찾아 헤매기 위해 번화가로 되돌아온 것으로 보인다. 그때는 그렇다고 의식하지 못했다. 우연히 마주칠 수 있다고도 여기지 않았다. 의지와는 관계없이 장소가 내게 목적을, 혹은

79

관성을 부여했다. 퇴근 뒤면 노트북을 들고나와 예전에 그녀를 만났던 번화가 24시간 카페에 머물렀다. 나는 거기서 유일하게 노트북을 켠 하나였다. 퇴근 뒤에도 바쁜 직장인으로 위장해 주는 도구에 지나지 않는 듯 나는 노트북을 켜 두기만 했다. 오랜 버릇이었다. 별다른 자각 없이 의무를 방관했다. 쓸 수 있는 도구를 상비하고 다니지만 언젠가의 내킬 때를 기다리며 방치하는 것. 초연한 태도로 앉아만 있었다. 카페에 서너 시간 머무르는 건 아무리 넋 놓고만 있어도 기운이 빠지는 일이었다. 무얼 해보고자 시도조차 하지 않은 건 아니다. 몇 가지 쓸모없는 단어, 죽음, 비가 내린다, 따위를 입력했다가 지웠고 간혹 정체 모를 의무감으로 나를 가리키는 주어를 썼다 지우기를 반복하며 무엇을 말하려고 애썼다. 나에 관해 무엇을 설명한다는 행위가 무척이나 주제넘은 짓으로 보인 데다 무얼 쓰든 그것은 내게 일어난 일이 아니라는 의심이, 심지어 아주 낭만적으로 포장된 거짓말이라는 불안이 들어 주저 끝에 말문을 닫기 일쑤였다.

써지지 않을 때는 나의 발화를 경청하는 너를 넣으렴. 그럼 써질 거야. 다 쓰고 나서 너를 삭제하기만 하면 너가 이 글에 잠깐이나마 존재했다는 사실을 아무도 모를 거야. 오래전 교수님의 말을 떠올렸지만, 다른 여러 가지 방식으로 나를 기만해 왔을지언정 그런 식으로 손쉽게 피해 갈 수는 없었다. 그렇게 간단히 해낼 수 있다면 진작에 그랬을 터였다. 내게 남은 것은 주어가 빠진 사실, 또는 문장 몇 가지로는 쓸 엄두도 나지 않는, 마치 날씨나 대기처럼 벗어나기 불가능한 형태 불명의 반 쪼가리 기억들이었다. 그런 의미에서, 분명한 목적 없이 24시간 카페에 앉아 하염없이 머무르는 것은 과거의 경악을 잊지 않으면서도 자아를 흐리는 행위로, 나는 다소 아둔하고 쇠해진 기분으로 카페 안을 오가는 사람들을 바라보았다. 내 앞에 아무도 앉지 않음에도, 근 반년이 다 되어 가는 과거와 달라진 부분이 없었다. 그녀를 만난 날과 지금이 마치 어제와 오늘같이, 아까와 지금처럼 찰싹 달라붙어 떨어지지 않았다. 카페는 더는 밤새워 영업하지 않고 늦은 밤이 오기 전에 문을 닫았다. 그 뒤에는 혼자서 바깥을 떠돌아야 했다. 촉박하게 전철 막차를 타고 층계참이 있는 직장으로 돌아가거나, 도롯가의 벤치, 고층 빌딩 아래에 조성된 화강암 조형물 따위에 걸터앉아 밤을 지새우며 첫차를 기다렸다.

이제 카페 2층으로 통하는 층계 앞에는 테이블과 의자들로 얽어 쌓은 바리케이드가 자리했다. 손님은 줄었고 점원도 감축한 듯했다. 카페는 나름 전염병 시기에 대처하였으나 유행이 길어짐에 따라 서서히 방치되었다. 당국의 지침에 따라 자리 간격도 늘리고 테이블마다 투명 아크릴 칸막이를 세워 놓았으며, 수용 인원이 줄면서 생긴 여유 공간을 이용해 벽 한 면을 비워 놓고 영사기를 설치해 종일 소리 없이 영화를 틀어 놓았다. 카운터에 비치된 필수품들, 출입 명부는 종이를 다 썼는데도 새로 갈아 끼우지 않아 손님들이 종이 여백 여기저기다 연락처를 기재한 통에 걸레짝이 되었고 휴대용 전자 체온계는 건전지가 나갔다. 젤 타입 손 소독제는 용기가 끈적끈적해져 아무도 손을 대지 않았다. 아크릴 칸막이들은 접착부가 헐거워져 테이블 위에서 조금만 팔을 움직여도 기우뚱거리며 기분 나쁜 마찰음을 내는 데다 손때와 침방울이 잔뜩 묻은 나머지 더는 투명하지도 않았다. 카운터에 못 박힌 점원들이 주기적으로 짜증 나게 소리쳐 가며 음료수를 마실 때를 제외하고는 마스크를 써달라고 주의를 환기했다. 인근 클럽을 비롯한 유흥업소들이 영업 정지를 당하면서 젊은 손님이 눈에 띄게 줄었다. 대신하여 외지인이 분명한데 왜 하필 여기로 흘러들어 왔는지 속내를 전혀 모를 중장년들이, 그러니까 나 같은 외톨이들이 넓은 자리를 각자 하나씩 차지했다.

그들은 죄다 남자이며 비위생적인 구석이 저마다 하나씩 있었으나 몇 가지 공통점이 있다고 해서 카페에 머무르는 목적 또한 일치하는 것처럼 보이진 않았다. 그들은 거의 매일 찾아와 얼음이 녹아 맹탕이 된 커피를 앞에 둔 채 죽치고 앉았다. 마스크를 제대로 쓰는 법이 없는 그들이 노출하는 무방비한 얼굴은 대화라는 게 통할 인상이 아니었다. 희로애락의 표정을 지어 본 적 없는 듯 눈꼬리든 입꼬리든 세월을 따라 아래로 처져 꿈쩍 않았고 고집스럽다 못해 거스르기 힘든 관성이 느껴지는 견고한 무표정을 그들은 고수했다. 누구는 머리를 감지 않았고 누구는 면도하는 법이 없었고 누구는 손톱이 손끝에 말리도록 깎지 않았고 누구는 매일 같은 옷이었다. 점원이 카페 내부를 순찰하면서 무안 주듯 툭툭 던지는 말투로 마스크를 쓰라고 경고하고 나서야 그들은 부직포로 만든 조악한 마스크로 얼굴의 반을 가렸다. 음울한 하관이 가려지고 나면 그 위로 순종적이고 꺾일 대로 꺾여 총기라고는 없는 처량하고 외로운 축축한 눈 한 쌍이 모습을 드러냈다. 카페에서 무슨 목적으로 죽치는지는 몰랐다. 그들 중 누구는 엎드려 잠만 잤으며 누구는 가죽으로 장정한 책을 펼쳐 몇 시간을 중얼중얼했고 누구는 혼자서 허공에 대고 무얼 따지고 응수해 가며 혼잣말을, 누구는 턱을 괴고서 무료하게 핸드폰만 두드리고 누구는 테라스에 멍하니 앉았다가 종종 담배를 구걸해 얻어 피웠고 어디가 아파 보이는 누구는 마스크를 턱에 건 채 입을 추하게 일그러뜨리고 울음 같은 신음을 내내 흘렸다. 그들은 서로에게 결코 친밀감을 느끼지 않고 어떤 대화도 시도하지 않았다. 아무리 처지가 비슷한 그들이라도 서로 엮이고 싶겠는가? 외양 어디에서도 대화하고자 하는 욕구란 찾아볼 길이 없는 그들끼리는 어떤 대화도 불가능했다. 그들은 서로를 쳐다도 보지 않고 간혹 눈이 마주치더라도 미친놈을 피할 때 그러하듯이 시선을 돌리고 딴청을 피웠다. 우리는 카페에 앉아 함께 시들어 갔다. 카페에 들어오기 전부터 이미 시든 우리였지만 영업 종료 시각이 다가올수록 한층 더 추하고 눅진하게 썩어 갔다. 나 또한 그들 속에서 구분되지 않는 한 남자이리라. 원래도 점잖지 못한 내 몰골은 층계참에서의 생활을 지속할수록 꼴이 더해 갔다. 아침 일찍 가장 먼저 사무실로 출근해 트렁크를 뒤적여 그나마 때가 덜 탄 옷을 골라 갈아입고 공용 화장실에서 비누로 열심히 씻은들 내 꼴에는 층계참 냄새, 습기 차고 곰팡이가 슨 시멘트 바닥의 찬 내가 묻어 나왔다. 날이 무덥고 비가 쏟아질수록 층계참 냄새가 진동하여 카페 실내의 에어컨 바람을 타고 그들의 냄새 속으로 섞여들어 갔다. 무고한 점원들이 마스크로 코와 입을 가린 게 천만다행이었다.

우리는 확정된 목적 없이 카페에 머물렀다. 목적이란 카페에서 우연히 획득되거나 획책할 수 있는 먹잇감인지도 몰랐다. 우리가 기다리는 게 있다면 그것은 순번이었다. 순번이 다가올수록 초조하게 다리를 떨었고 드디어 차례가 오면 맹탕이 된 커피를 테이블에 버려 두고 서둘러 카페를 나갔다. 그리고 다시는 카페로 돌아오지 않았다. 때때로 순번은 타인의 모습으로 찾아오기도 했다. 누구는 아내, 혹은 딸의 동정과 경멸 어린 시선을 받으며 몸을 추슬러 함께 떠났다. 경찰이 찾아오는 일도 있었다. 경찰은 애먼 사람을 붙잡는 일 없이 단번에 정확하게 대상을 찾아내 일으켜 세우고 신원을 조회한 뒤 데리고 나갔다. 그럴 줄 알았어. 다 인과 응보야. 우리 중 누가 끌려 나갈 때마다 그렇게 속으로 중얼거렸다. 카페 밖으로 뉘엿뉘엿한 풍경을 뒤로하고 마스크를 쓴 직장인들이 우르르 쏟아져 나와 전철역으로 서둘러 걷는 모습이 보였다. 대로에 차들이 들어차더니 붉은 꽁무니를 빛내며 번화가로부터 멀어지는 긴 행렬을 이루었다. 어쭙잖은 비가 내리는지 몇몇 행인이 우산을 막 펼쳤다. 테이블 위에 놓인 핸드폰이 잠시 덜덜거리다가 뚝 멈추고 계좌로 돈이 들어왔다는 알림이 부재중 연락이 수북한 화면 위에 떴다. 액수로 보아 셋방 보증금이었다. 좋았어! 소리 내환호하려 했지만 입이 턱 막혀 아무 말도 뱉지 못했다. 제대로 대화를 나눈 지 너무 오래였다. 꼴이 이러할진대 직장에서도 누구 하나 업무 지시 외의 불필요한 말을 걸지 않았다. 몇 마디 이상 하는 경우는 병원에서 어디가 아픈지를 설명할 때가 다였다. 의사는 새 부리 형태의 주둥이가 도드라진 매우 두꺼운 마스크를 쓰고서 나를 흘겨보며 힐난조로 한마디 쏘아붙이고는 했다. 잔병에 차도가 없군요. 건강에 신경좀 쓰세요. 그 말에 상처받아 잠시 말문이 트였다. 들어 보세요. 저는 정말 제 몸을 끔찍이도 신경 씁니다. 그러니 늘병원에 오지요. 증상을 번번이 소상히 말씀드렸어요. 머리가 띵하고 벌레가 기는 듯하고 벌써 머릿속 몇 부분이 파먹

혔는지 생각이나 기억이 끊어지고 사고가 쏜살같이 내달리는 통에 멀미가 일어나요. 안압이 높고 입속이 헐었고 명치께에 딱딱한 게 만져져요. 앉을 때마다 좌골 신경통으로 고생이며 아무것도 안 먹어도 아랫배가 부풀어 오르는 모양새가 방광이 비대해진 게 확실해요. 감기가 낫지를 않고 설사가 멎지를 않아 미치겠어요. 나는 의사를 어떻게 부를지 몰라 잠시 말을 멈추었다. 하마터면 나으리라고 부를 뻔했다. 약을 처방하겠습니다. 모든 증상에 대해서요? 그래요, 모든 증상에 대한 처방이요. 감사합니다, 나으리!

마침내 내 순번이 온 모양이라고, 지나가듯 생각했다.

그날 저녁, 종일 벽에서 소리 없이 재생되는 영화를 조금 멀리서, 자막을 분간할 수 있을 거리의 자리에 앉아 구경 중이었다. 영화는 죄다 흑백 영화이고 무성과 유성을 가리지 않으며 취향을 종잡을 수 없었다. 무성 영화 시대의 코미디 배우가 고정된 구도에서 우스꽝스러운 실수로 엉겁결에 파티를 난장판으로 만드는 장면을 보고 나서 잠시 정신을 팔다 다시 시선을 벽으로 돌리면 카메라가 아름다운 정원으로 유려하게 미끄러져 들어가 을씨년스럽지만 대칭적이고 우미한 저택을 정면으로 비추었다. 잠시 꾸벅 졸다 깨보니 이번에는 유치장에 갇힌 신사가 자기보다 훨씬 어려 보이는 여자가 내민 손을 쇠창살 밖으로 붙잡고 속절없이 참회하며 속엣말을 중얼거렸다. 이건 본 영화야. 이 사람은 잡범에 불과했어. 시대가 시대인지라 신사처럼 정장을 입었을 뿐이지. 영화는 여기서 끝이야. 정말로 화면이 암전되며 끝났다.

새로운 흑백 영화가 시작되었다. 이전 영화보다 적어도 10년은 넘게 뒤에 나온 영화 같았다. 비록 흑백이더라도 옷차림이 다양하고 간편했고 장소가 다변화했으며 온통 대화 위주에 주인공 남자가 여러 여자를 만나는 모양새를 보아 혁명 시기 직후로 보였다. 영화는 참으로 길고 따분했다. 우울한 남자가 내뱉는 따분하고 쓸데없이 변덕스러운 장광설이 적힌 자막을 인내하며 읽어 주기가 참 힘들었다. 인내심 강한 애인이 아니고서야 들어 주지 못할 팔자 좋은 한탄이고 속임수뿐이었다. 모두가 남자의 말에 경청하고 속아 주었다. 기분이 좋지 않았다. 환기해야 했다. 이러한 장소에서 상쾌하게 환기하기란 불가능한 일이었다. 카페를 벗어나야 해. 여행을 떠났어야 했는데. 지금이라도 떠나면 되잖아. 내게는 돈이 있으니까. 수도를 떠나 어느 방이든 세 들 수 있는 액수야. 뭐든 사고 탕진할 수 있다고. 그러고 나서 빈털터리로 새로 시작하는 거야. 아니면 목이나 매달지, 뭐. 마음이 편해졌다. 당장 택시를 잡아 가까운 터미널로 달려갈까 싶었다. 영화는 아직도 끝나지 않았다.

아무래도 카페 영업 종료 시각 전에 끝날 기미가 보이지 않았다. 배역을 연기하는 배우들은 젊었고 극 중에 한해 돈 걱정이 많지는 않아 보였다. 배역들 간의 대화가 어딘지

87

노숙한 데에 미루어 보건대 아마 감독은 배우들보다 열 살, 적어도 대여섯 살 가까이는 더 먹었을 것이다. 배역들은 부지런히 오가며 대화했다. 시내에서, 카페에서, 방에서, 침대에서, 떨어져 있을 때도 전화로 대화했다. 나는 그렇게까지 대화할 자신이 없었다. 주인공이 여러 애인 중 한 명인 여자와 함께, 작은 침실 등이 밝혀진 방에서 벌거벗고 매트리스에 앉아 대화를 나누었다. 여자에게 여러 이야기를 들려주었다. 안온한 분위기였다. 여자는 불붙인 담배를 손에 들고 이야기를 들으며 미소 지었고 종종 입을 벌리고 웃음을 터뜨렸다. 이제 주인공이 가라앉고 심각한 표정으로 뜸을 들이고 여자는 미소를 잃지 않고 다정하게 바라보며 속 깊은 이성 친구와 같은 태도로 남자의 말을 기다렸다. 이윽고 주인공이 입을 열자, 경청하느라 올라가 있던 여자의 입꼬리가 서서히 부드럽게 내려갔다. 주인공은 과거 어느 날 아침 봄비는 카페에서 모두가 울던 아름다운 광경을 여자에게 들려주었다. 화면이 주인공의 단독 구도로 전환되며 다소 아리송한 대사가 이어졌다. 현실의 균열, 두려움, 모든 것이 사라지는. 카페 밖에서 앰뷸런스 사이렌이 가까이 다가왔다. 그 거슬리고 불길한 소리에 흠칫 놀라 카페 창가로 시선을 돌렸다. 앰뷸런스는 보이지 않고 소리는 이내 멀어졌다. 한 여자가 내 바로 뒷자리에 앉아 영화가 틀어진 벽을 멍하니 바라보는 게 창에 비쳤다.

테이블 위에 음료도 진동벨도 없는 것이 여자는 아직 아무것도 주문하지 않았다. 주문 중인 손님도 보이지 않고 짐작해 보건대 일행이 따로 없었다. 여자는 손바닥만 한 핸드백을 어깨에 걸치고 앉아 테이블에 두 팔꿈치를 올려놓고 영화가 나오는 벽 방향으로 몸을 기울였다. 두 손은 아무 의미 없이 약간의 허공을 쥐었다. 상체가 여러 갈래로 매듭지어지고 옆구리와 등 몇 부분 맨살이 노출된, 입기 복잡해 보이는 열대풍 붉은 꽃무늬 원피스 차림이었다. 여자가 영화에 넋이 나간 틈을 타 몸을 뒤로 틀어 대놓고 관찰했다. 작은 얼굴을 헐겁게 가린 마스크와 더불어 멍한 눈빛으로 인해 여자는 터무니없이 순진하고 어린 인상이었다. 최소한, 지루한 흑백 영화에 시선이 팔릴 만큼 나이 들지는 않았다. 햇볕에 그을린 여자 목 언저리는 검고 우둘투둘하게 각화되었고 손으로 긁었는지 군데군데 피딱지가 앉았다. 주인공이 이야기를 마치자 화면이 암전되면서 장면이 전환되었다. 여자가 최면에서 깨어나 나와 눈이 마주쳤다. 피곤하게 반쯤 감기고 퉁명스러우면서도 동요가 확연한 눈빛이었다.

너무 늦었어. 말 걸지 말아야지. 뜻밖의 대치를 멈추고 다시 자세를 돌려 정면의 벽을 마주했다. 영화는 도무지 끝나지를 않았다. 노트북을 접어 걸레짝 같은 천 가방에 집어넣었다. 여자를 지나쳐 맹탕인 커피가 조금 남은 잔을 반납대에 놓으며 몇 가지를 유추했다. 번화가 사람이군. 전이라면 이상하지 않겠지만 요 며칠 동안 카페에서 이렇게 화려히 차려입은 여자를 본 적이 없어. 카운터 뒤에서 지루히 어슬렁거리던 점원이 이쪽을 쳐다보았다. 아무것도 사지 않은 여자에게 주문을 요구하거나 쫓아낼 것 같았다. 그녀를 알지도 몰라. 소식을 물어보자. 아, 이렇게 추레한 꼴로 말을 건다고? 돌아가자. 층계참으로.

한 손에 천 가방을 들고 여자를 지나치던 참이었다. 아무것도 쥐지 않은 반대쪽 손등에 섬찟하도록 차가운 손끝이 닿았다. 여자가 힘주어 칼로 깊숙이 찌르듯 저릿한 냉기를 전했다.

「……맞으세요? 앉아 봐요.」

여자가 쭈뼛거리며 나를 올려다보았다. 여자의 확신 없는 태도에 잠시 망설였지만 함부로 거절하지 못한 채 맞은편에 앉았다. 여자는 혼란스러워 보였다. 내가 어떤 말을 하거나 선택하기를 기다리는 듯했다. 억지로 입을 열었다. 끔찍이도 컬컬한 쇳소리가 내 입속에서 비어져 나왔다. 여자는 몸을 살짝 뒤로 물렀다가 단지 커피를 마시겠느냐고 권하는 말이라는 걸 눈치채고는 손사래 치며 당황스러운 눈웃음을 지었다.

「아까 마셨어요.」

여자는 손을 가만히 두지 못하고 어깨 위의 긴 머리칼을 매만지다가 목 언저리께에 닿자마자 화들짝 테이블 아래로 숨겼다.

「주문하지 않고 계속 앉을 수 없어요. 뭐라도……」

「어차피 나갈 거잖아요! 어떻게 할 건데요?」

짜증 낸 여자가 잠시 내 눈치를 살피다 핸드백에서 진동하는 핸드폰을 꺼냈다. 여자는 발신자만 슬쩍 확인하고는 다시 집어넣었다.

「가요?」

여자가 재차 물었다. 억지로 위장한 태도에 어안이 벙벙했다. 여자가 꾸민 위장이 점차 풀리면서 난처한 기색이 드러났다. 여자에게 설명했다. 나는 그쪽이 기다리던 사람이 아니며 여태 나타나지 않은 걸 보아 하니 바람맞은 것 같다고. 단지 내가 아는 그녀와 아는 사이인지가, 같은 상사를 두었는지가 궁금하고, 그렇다면 소식을 전해 듣고 싶은 것뿐이라고. 더듬더듬 장황히 설명하던 중 점원이 10분 뒤에 영업을 종료한다고 소리 질렀다. 외톨이 남자들이 주섬주섬 바지를 추켜올리고는 일어나 힐끗거리며 지나쳤다. 보금자리로 돌아갈 시간이었다.

「그래서요?」

그렇게 대꾸한 여자는 정작 잔뜩 언 모습이었다. 나를 빤히 마주 보며 태연함을 가장했으나 자꾸 눈동자가 흔들렸고, 결국 시선을 돌렸다. 다시 핸드폰을 꺼내 누구와 메시지를 주고받던 여자가 자리에서 벌떡 일어났다. 그러고는 황급히 카페 밖으로 도망치다시피 뛰쳐나갔다. 따라 나갔지만 이미 여자는 저만치서 뒤돌아보며 소리 질렀다.

「꺼져! 따라오지 마!」

악에 받친 소리에 겁이 나 우두커니 섰다. 다시 카페로 돌아가려다 시간을 깨닫고는 갈팡질팡했다. 호되게 귀싸대기를 얻어맞은 듯 귓속이 먹먹했다. 도롯가로 나와 한 벤치에 앉아 코를 훌쩍였다. 겨우 악쓰는 한마디에 혼난 아이 꼴로 진정하지 못했다. 몹시 심약해져 아무것도 감당할 자신이 없었다. 드러누워 꼼짝도 않고 싶었다. 층계참으로 돌아갈 시간이었다. 갈증으로 갈라지고 추해진 목소리가 온 힘을 다해 쉭쉭거리며 애걸했다. 돌아와. 돌아와 줘. 이 혼잣말 한마디에 지난 몇 달간 한 사람을 기다려 온 사람이 되었다. 텅 빈 속을 심장이 덜커덩덜커덩 굴러다녔다. 그동안 잘 알지 못했던 조바심 어린 갈망이 정체를 드러냈다. 그게 무엇인지를 밝혀내는 데는 그리 어렵지 않았다. 그 갈망은 하나의 본질이었다. 아무도 거기에 이름 따위를, 예컨대 사랑이나 공포 같은 그럴듯한 개념을 갖다 붙이지 않았거나, 명칭이 있더라도 그 명명 속에 전연 속하지 않았을 뿐이다. 명명 없이도 갈망은 존재했다.

벤치 맞은편 캄캄한 지하 주점 간판 불이 켜지고 내부에도 꼬마전구가 여러 색깔로 깜박이며 컴컴한 층계를 밝혔다. 한 노인이 층계를 올라왔다.

「이봐요, 어르신. 사람을 찾습니다. 내 이야기를 들어봐
요.」

나이가 지긋한 노인은 말 한마디마다 싹싹하게 고개를
끄덕이고 내 어깨를 두드리기까지 했다. 자기가 이 바닥을
잘 안다며, 그녀를 찾으려면 돈이 필요하다고 말했다. 노인
은 내가 그녀에게 지불한 액수를 상기하기를 권했다. 아! 마
침 내게는 탕진할 돈이 있었다. 인근의 편의점 ATM 기기에
서 두어 번에 걸쳐 최대한도로 현금을 인출해 노인에게 건
넸다. 빗방울이 툭툭 떨어졌다. 맞을 만한 비였다. 노인이 나
를 지하 주점 앞에 세워 두고 넌지시 일렀다. 지하 주점은
사실 통로이며 자신이 문지기라고. 이 통로는 번화가 비밀
스러운 어디로든 닿으며 모든 정보가 여기를 통하여 전달된
다고. 자신이 내려가고 나서 10분이 걸릴 수도 있고 수 시간
이 소요될지도 모르며 그녀를 직접 데려오거나, 못해도 쓸
만한 정보를 가져오겠다고. 불현듯 낭패스러운 예감이 들었
다. 하지만 지친 나머지 군말 없이 고개를 끄덕이고 노인을
내려보냈다. 곧이어 10분이 지났고, 그 이후로도 몇 시간이
지나도록 비 맞은 생쥐 꼴로 지하 주점 앞을 괴롭게 서성였
다. 층계를 색색이 물들이던 조명은 어느덧 꺼졌다. 간판 불
도 스파크가 번쩍번쩍 일더니 눈부신 섬광을 마지막으로 비
내리는 어둠에 잠겨 잠잠해졌다. 청소차가 지나가고 나자
거리에는 나 혼자였다.

굴속으로

쫄딱 젖은 고양이 한 마리가 건물 옆 담벼락을 타고 내려와 캑캑대며 기침했다. 고양이는 낮게 수그린 자세로 야윈 몸을 크게 울렁이며 발작적으로 콜록거렸다. 죽을병에 걸린 모양이었다. 아닌 게 아니라 이제 고양이는 하찮은 기침 소리 말고 알아들을 수 있는 말 한마디를 반복해서 토해 냈다.

「죽음!」

당장 나로서는 죽음으로부터 고양이를 구할 처지가 아니었다. 나 또한 흠뻑 젖었고 정신도 만신창이였다. 고양이에게 줄 먹이가 있으면 좋으련만. 편의점 애완동물 코너를 뒤지면 먹일 만한 게 있을 테지만 이 꼴로 안에 들어갈 수는 없었다. 비를 피하지 못한 같은 신세더라도 꼴은 고양이가 더 나았다. 털 무늬는 신사처럼 흰 셔츠에 검은 드레스 코트 차림이고, 거기다 흰 장갑과 스타킹까지 갖춘 모양새였다. 흰 가슴 털에는 넥타이를 맨 듯 검은 마름모꼴이 박혀 있어 그야말로 야회에 어울리는 격식이었다. 이제 고양이는 지하 주점 출입구에 걸터앉아 젖은 흰 장갑을 혀로 정성스레 빨았다. 몸을 이리저리 뒤집어 가며 단장하다 보니 꽁무니에 달린 불알 두 쪽이 눈에 띄게 대롱거렸다. 자원봉사자들의 손길이 닿지 않아 중성화 수술을 하지 못한 모양으로, 그 고양이가 한층 더 가여워졌다. 고양이는 태연하고 무심한 노란 눈으로 나를 흘겨봤다가 단장을 마치고, 여전히 젖은 차림새지만, 지하 주점 층계로 폴짝 내려갔다.

돈을 돌려받으려면 나도 지하로 내려가 노인을 잡아내야 할 판이었다. 지불하는 데는 아무 거리낌 없으면서 돌려받는 데는 어찌나 큰 용기와 당위가 필요한지. 이내, 지하로 내려가 사기꾼과 드잡이해야 할 이유를 찾아냈다. 셋방을 빼면서 반환받은 보증금의 반은 그녀 것이었다. 언젠가 돌려줘야 하는 돈이었다. 만나지 못하더라도 그녀의 돈은 죽는 순간까지 맡아야 했다. 젖은 장작같이 무거운 다리를 겨우겨우 움직여 이미 사라진 고양이를 따라 층계로 내려갔다.

층계 위에서부터 번져 내려오는 미미한 인공조명에 기대 침침한 내부에 서서히 적응했다. 독거 감방같이 음습하고 비좁은 정방형 장소로 주점은 이미 예전에 철거되고 흔적도 남지 않았다. 장판을 뜯어내면서 드러난 곰팡이 핀 시멘트 바닥에는 아마도 철거 인부가 버렸을 담배꽁초와 말라붙은 인변 따위가 나뒹굴었다. 그리고 층계가 달린 면을 제외한 세 면의 벽에, 페인트칠이 벗겨져 원래 색을 알 수 없는 녹슬고 찌그러진 철문이 자리했다. 그중 가운데 문만 살짝 열린 걸로 보아 고양이는 저 캄캄한 틈새로 사라졌을 터였다. 아, 얼른 가여운 짐승의 뒷덜미를 붙들고 밖으로 데려가야 할 텐데. 노인도 고양이도 보이지 않아 누구를 먼저 잡아낼지 골라야 했다. 버둥거리는 고양이를 붙들고 노인을 쫓아다닐 수는 없으므로 당장은 가운데 열린 문을 내버려 두기로 했다. 왼편, 아니면 오른편. 누가 연장으로 흉포하게 내려친 듯 구깃구깃한 두 철문에 차례로 귀를 가까이 댔다. 왼편 문에서는 쥐 죽은 듯 스산한 침묵이 감돌고, 오른편 문에서는 바깥으로 통하는지 비가 부슬부슬 내리는 소리가 들렸다. 만약 노인이 오른편 문으로 빠져나갔다면 잡아낼 길이 없다. 자포자기한 심정으로 왼편 문을 열면서 혹시나 노인이 쥐새끼처럼 숨어서 떨고 있기를 바랐다. 부실한 경첩 탓에 철문이 시멘트 바닥에 갈리면서 소름 끼치는 쇳소리를 냈다. 젖어서 헐거워진 마스크를 꾹 눌러 고쳐 쓰고 노트북 든 천 가방을 상체에 가로질러 메고서 안으로 들어섰다.

번개가 친 듯 찰나에 시야가 번쩍였다. 문 너머는 한없이 공활한 어둠이었다. 문 열리는 쇳소리가 어둠 깊숙토록 울렸고 조심스레 안으로 발을 들이미는 도둑놈 같은 나의 발소리가 이어졌다. 문이 달린 벽을 오른손으로 더듬어 가며 벽을 따라 천천히 탐색하듯 걸음을 옮겼다. 몇 걸음 지나지 않아 금세 모퉁이에 다다랐고, 벽이 직각으로 꺾였다. 꺾인 면을 따라가니 또 철문이 나왔다. 문이 살짝 열려 있었다. 다시 벽을 더듬으며 몇 걸음 더 나아가니 또 다른 모퉁이가 나왔고, 수직으로 선회하면서 세 번째 철문이 달린 벽으로 이어졌다. 문 안으로 들어오기 전에 마주한 세 철문은 지금 벽을 더듬으며 만져진 세 철문인 것이다.

누가 불쑥 새어 나오는 기침을 틀어막는 소리가 등 뒤에서 들렸다. 소리가 난 내부 깊숙이를 향해 내가 몇 걸음 딛자, 작게 쿨룩대던 누군가는 기척을 들켰다는 사실을 받아들였는지 곧 크게 헛기침하고 가래침을 칵 뱉어 냈다. 남녀 여럿이 참지 못하고 낄낄대는 소리가 울렸다. 누구는 고양이 흉내를 내며 우스꽝스레 울었다. 한껏 야옹대던 목소리는 차차 구슬퍼지더니 나중에는 입을 헹구면서 목젖을 떨어 대는 기이한 울음소리로 바뀌었다. 누가 딸각딸각 스위치를 누르더니 드디어 전등불을 켰다.

「뭐야. 누군가 했네.」

안심하는 그들은 멀리 있었다. 교복을 입은 학생들이었다. 캄캄한 기억 한편에서 떠오르는 총천연색 한 시절처럼, 학생들이 자리 잡은 불 켜진 모퉁이가 어둠 위에 둥실둥실 떠 있었다. 그들은 내가 겪은 과거 한 시절이 아니었다. 그들은 커다란 매트리스 위에 뒤엉키고 포개져 널브러지거나 삐딱하게 앉아 나를 보았다. 교복만 입었지 학생이 아닐지도 몰랐다. 하나같이 몸집에 비해 교복이 한두 치수 작아 보이는 데다 유흥과 밤샘에 찌든 낯을 하고 피곤하고도 신경질적인 기색이기 때문이었다. 으레 비행 청소년이면 그럴 수도 있겠다는 생각이 한편으로 들었다. 그들이 학생 같아 보이지 않는 이유가 더 있었다. 놀이공원에서 쓸 법한 고양이 귀 모양 머리띠를 쓰거나 얼굴에 조악한 분장을 한 탓에 교복 역시 일종의 가장 놀이로 보였다. 한껏 치장한 학생들은 자기네 중 누가 영원히 떠나기라도 했는지 울적한 표정이었다. 이렇게 어찌어찌 모여 봤자 언제나처럼 노가리밖에 까지 못하는 신세로 보였다. 아지트에 갇혀 지내는 처지에 화가 났지만 누구 하나라도 폭발했다가는 공동체에 분열이 나고 끝내는 아지트가 위험에 노출될까 봐 꾹 참고 아슬하게 현재를 버티는 모습이었다.

「야. 마저 끝내자.」

그들 중 누군가가 말했다. 그렇다고 해서 별다른 것은 없었다. 학생들은 마저 무료하게 누워 있고 핸드폰을 만지작거리고 담배를 피우고 자기들끼리 시비를 걸어 댔다. 천장에서부터 내려오는 전깃줄에 달린 알전구가 외롭게 대롱거리며 그들의 그림자 장난을 부추겼다. 바람도 불지 않는 실내에서 전깃줄이 흔들리도록 진동이 일었다. 머나먼 메아리가, 사람들이 노래하고 춤추는 자리에서 날 법한 앰프의 진동과 북적북적한 소음이 공활한 아지트에 전해졌다. 학생들은 매혹적으로 방치되었다. 나를 비롯한 누구의 시선에도 아랑곳하지 않는 체하면서도 의식적으로 도모한 듯 무방비한 상태로, 전체가 하나의 설치 예술품이거나 어른들을 유혹하는 덫같이 보였다. 어둑한 실내가 익숙해지면서 매트리스 주변에 널브러진 다른 학생들이 어슴푸레 드러났다. 거의 한 학급이 통째로 모인 셈이었다. 바닥에 쓰러진 한 학생이 믿을 수 없다는 듯 천천히 두리번거리며 고개를 들었고 그 위로 학우들끼리 서로를 잡으려고 천진난만하게 뛰어다 녔다. 붙잡힌 학생은 이내 순순히 목을 졸려 바닥에 쓰러졌 다. 바닥에는 어른들의 값비싼 손가방과 지갑, 지폐 다발이 내팽개쳐졌고 커터 칼로 나이프 게임을 하는 학생의 손도 있었다. 길을 잃은 학생 하나가 이 벽 저 벽으로 돌진하며 머리를 찧어 대고, 학우들로부터 침울하게 돌아앉은 학생 이 바닥에 떨어진 형형색색 사탕들을 우악스럽게 집어삼켰 다. 눈에 띄는 그 아이들은 그래도 무리에서 도태되지는 않 았다. 매트리스 아래에 몸을 구겨 넣은 채 머리를 바닥에 박 고 매트리스가 흔들거리도록 후들대는 학생을 발견하자 마 음이 좋지 않았다.

「저기, 애들아. 잠깐만 멈춰 봐. 그러지 말아.」

내가 학생들에게 다가가며 말했다. 그들이 행동을 멈추 고 나를 뚫어져라 빤히 쳐다보았다. 내게 시선을 고정하고 서 씩씩거리며 몸을 일으켰다. 그들의 적개심에 겁먹은 내 가 기어드는 목소리로 물었다.

「혹시 고양이 어디로 갔는지 봤니……? 검고 흰 말쑥한 고양이 말이야……」

그리 말하고는 만약을 대비하고자 퇴로를 찾아 뒤를 힐 끔힐끔 돌아보았다. 불이 켜지기 전에 손으로 더듬어 분간 했던 삼 면의 벽이 디귿 형태로 이어져 내 쪽으로 도드라져

99

있었다. 그중 가장 돌출되어 나와 가까이 자리한 면, 그러니까 가운데 벽의 철문으로 바로 뛰어들 요량이었다.

「굴속으로요.」

퉁명스러우면서도 충실한 대답이 돌아왔다. 용건을 마치자 두 손바닥을 펼쳐 보이고는 그대로 뒤돌아섰다. 누가 바닥을 요란하게 박차고 일어나 괴성을 질렀다. 나이프 게임을 하던 학생이었다. 커터 칼을 치켜들고 괴성을 지르며 내게 돌진했다. 소스라치게 놀란 내가 가운데 철문에 매달려 허둥지둥 손잡이를 돌려 당겼다. 순간 전등불이 나가면서 사방이 어두웠다가 다시 밝아졌다. 제때 문을 열지 못하고 버벅거리던 내가 공포심에 뒤돌아보니 바로 몇 발짝 뒤에서 보이지 않는 목줄에 매인 듯 고개가 뒤로 팽팽히 젖혀진 학생이 더는 앞으로 나아가지 못하고 제자리를 뜀박질하며 커터 칼을 휘두르고 있었다. 학생이 분을 못 이겨 컹컹 울어 대자 뒤에서 지켜보던 학우들이 동요하여 내게 적대적으로 외쳐 댔다.

「내가 봤어! 이 새끼! 너 누군지 딱 봤어! 우리를 건드려? 가만 안 둬! 넌 끝났어! 도망쳐 봤자 소용없어!」

나는 혼비백산 철문 밖으로 나갔다. 뒷전에서 철문이 어떤 탄성에 의해 닫혔고, 날카롭게 땅땅 울리는 소리가 마치 단호하게 못질할 때의 소리 같았다.

문밖은 처음 내려온 지하 층계로 닿지 않았다. 세 면의 벽이 나를 둘러싸고 벽마다 철문이 버티고 서 있는 것은 같았지만, 지하 층계가 있어야 할 자리는 뻥 뚫린 긴 복도로 이어져 있었다. 내가 나온 가운데 철문은 잠잠했다. 귀를 기울여 본 끝에 문을 당겨 보았으나 꿈쩍도 하지 않았다. 혹시나, 처음 들어갔던 왼편 문을 열었다가 끔찍한 꼴을 보고 황급히 닫았다. 한 학생이 눈물에 젖어 조악한 분장이 지워져 가는 지저분한 낯을 하고서 아까 내게 커터 칼을 휘두르던 학생의 목줄을 쥐고 함께 문을 향해 달음박질해 오고 있었던 것이다.

또 다른 문을 열어 볼 엄두를 내지 못하고 이번에는 고개를 뒤편으로 돌려 복도를 기웃거렸는데 이제야 제대로 찾아왔는지 상상하던 그런 장소의 인상과 그럭저럭 가까웠다. 어두운 대리석으로 마감된 내부는 감춰진 조명들로 은은히 밝혀졌고 복도 양편으로 점잖은 문들이 가지런히 늘어섰다. 누가 철문을 쾅쾅 두드렸다. 학생들이 달려들던 왼편 철문이었다. 얼마 안 가서는 애처롭도록 낑낑대며 철문을 박박 긁어 댔다. 내가 문밖에 있다고 여겨지는 이상 포기할 마음이 없는 듯했다. 혼란스럽고 망설여졌지만 주저 끝에 철문 가까이 가서 고양이 흉내를 내며 울기 시작했다. 다소 심취하여 나중에는 꽤 서럽게 울었다. 문 너머 상대가 문 두드리기를 멈추고 맥 빠지는 목소리로 중얼거렸다.

「뭐야. 누군가 했네.」

잠잠해졌다. 자포자기하고 지쳐서 철문을 등지고 주저앉았다. 복도 양옆의 문들이 열리고 사람들이 오갈 때마다 기대와 부끄러움에 움찔했다. 이들은 모두 쌍이었고 마스크를 쓰지 않았다. 다정하지만 의아하게도 한쪽이 한쪽을 부축하고 있었다. 마찬가지로 움찔한 이들은 나와는 달리 뭘 기대하거나 부끄러워 보이지는 않았다. 내 꼴이 여기에 어울리지 않아서겠지. 그러나 딱히 불결해하는 기색 없이 내 꼴을 자세히 들여다보면서 서로에게 수군거리다 자기네 방으로 다시 돌아갔다. 그들이 어떤 행색이었는지 설명하기가 힘들다. 옷차림은 통일되지 않았다. 각자 일상에서 입던 옷 그대로, 편안한 차림이었다. 도착적으로 시민적인 외양에 헛구역질이 날 지경이었다.

방들을 돌면서 시중을 드는 웨이터를 불러 세웠다. 복식도 면모도 격식도 그럴듯한 모습은 한 움큼도 없었으나 어쨌든 웨이터가 확실했다. 이 장소에 그럴듯한 건 아무것도 없었다. 다들 양식이나 격식 없이 역할만 부여받았을 뿐이다. 주정뱅이처럼 실내에 주저앉은 꼴일지라도, 웨이터는 제 역할을 벗어나지 못하고 내키지 않은 기색이 비어져 나오더라도 부름에 응해야 하는 거다. 나는 기세가 등등해져 돈을 돌려받으러 왔다고 으름장을 놓았다. 곤란해진 웨이터가 당황스러울 정도로 공손해졌다.

「손님. 환불을 원하시는 건가요. 저희 가게에서 어떤 불

만족한 경험이 있으셨는지…….」

웨이터는 내 설명을 듣고 고개를 갸우뚱거리더니 금세 알겠다는 표정으로 깔보는 웃음을 지었다. 곧이어 나를 두고 복도 끝으로 건너갔다. 아마 무전기로 상부에 내 요구를 보고하는 모양이었다. 상황은 금방 정리되었다. 복도 끝 양 모퉁이에 통로가 있었는지 한쪽에서 노인이 장정에게 붙들려 나왔다. 노인은 겸연쩍은 낯으로 끌려와 내 손에 멱살을 잡혔다.

「이 노친네는 우리와 상관없어요. 앵벌이야, 앵벌이. 나가서 조용히 해결 봐요. 알았지?」

나는 짐짓 화난 체하며 노인의 주머니를 거칠게 뒤져 봤지만 돈 한 푼 나오지 않았다. 경찰서로 가려는 척 멱살을 끌어당겼다. 노인이 발버둥 치고 화내고 사정해 봤자 내 손을 떨쳐 낼 수 없었다. 억지로 앞에 세우고 밀어붙이자 노인은 불쌍하게도 힘없이 내몰렸다. 허약한 노약자를 완력으로 다뤄 본 적 없던지라 내가 이리도 폭력적으로 구는 것에 속으로 겁이 났다. 그럼에도 여기서는 왜인지 역할에 충실해야 할 것만 같았고 내 거침없는 태도에 웨이터가 겁먹고 중재를 시도하기를 바랐기에 멈출 수가 없었다. 정말로 웨이터가 나를 제지했다.

「보아하니 오늘 돈 받기는 틀렸는데. 야, 노친네. 돈 어딨어?」

노인이 처량한 웃음을 흘렸다.

「모르지. 없어.」

웨이터가 나와 노인을 내버려두고 다시 복도 끝으로 가 무전을 했다. 그동안 나와 노인은 머쓱히 서서 웨이터만 하염없이 기다렸다.

「그러니까. 기다리고 있었다는 거잖아. 이 노친네가 거짓말을 한 건 아니에요. 찾을 수 있어. 시간이 필요한 거지. 어차피 오늘 노친네한테 돈은 못 받아, 내가 보기엔. 그쪽 보기에도 그렇죠? 내가 책임질 테니까 방 하나 잡고 기다려요. 돈 더 낼 필요도 없고, 우리 도망 안 가니까 안 되면 그때 가서 내 돈 줄게.」

안 될 일이다. 또다시 기다릴 수는 없었다. 내 손에서 벗어난 노인이 이번에는 웨이터에게 목덜미를 붙잡혔다. 노인은 목이 졸려 낯이 불그죽죽해지는 와중에도 내게 비굴한 미소를 지었다. 돈 받기를 포기하거나 웨이터의 말을 따라야 했다. 말마따나 노인한테서 돈을 돌려받을 가능성은 없어 보였다.

「여기 상사 있어요?」

내 자신 없는 물음에 웨이터가 빙긋 웃었다.

「요즘 세상에 상사가 어딨어요. 다 개인 사업자예요.」

내게 지정된 방문이 안에서부터 열렸다. 한 여자아이가 문 사이로 고개를 빼꼼 내밀고 나를 향해 고갯짓했다. 다급하게 항변하려 했으나 웨이터와 노인이 합심하여 나를 안으로 떠밀어 넣었다. 잠금장치가 돌아가며 맑고 명료한 멜로디가 짤막하게 울렸다.

「한 대 피우실?」

여자아이가 바닥에 쪼그려 앉아 담배에 불을 붙였다. 내가 세차게 고개를 저었다. 여자아이는 어깨를 으쓱하고는 실실 민망한 웃음을 흘렸다. 바닥에는 꽁초와 침이 목까지 차오른 생수병이 놓여 있었다. 여자아이가 거기다 재를 털고, 목을 쭉 내밀어 가래침을 조심스레 흘려 넣었다. 이렇게 꽁초로 가득 찬 생수병이 너저분한 개수대 위에 몇 개 더 있었다. 탁상에는 형광 조명이 깜박이는 컴퓨터와 부속품들, 헤드셋, 방송용 간이 장비와 링 형태 조명 장비 따위가 놓여 있었다. 깔끔하게 정돈된 더블베드 매트리스 옆에 보름달 모양 조명이 노랗게 켜졌고 창가로 여겨지는 벽에 암막 커튼이 드리워졌다. 바닥 어디든 종이컵이나 배달용 플라스틱 용기들이 널브러졌고 잿빛 털 뭉치가 여기저기 굴러다녔다. 여자아이가 거듭 채근한 뒤에야 나는 쓰레기들 사이를 비집고 바닥에 앉았다. 여자아이는 추레했다. 머리도 안 감았고 짧은 털이 잔뜩 묻은 옷은 다 늘어져 있었다. 간혀서 학대당한 건 아닐까? 무례하게 자기를 훑어보는 시선에 여자아이가 흠칫했다가 곧 고개를 돌리고 담배를 쥔 손을 입가에서 내리더니 잠자코 있었다. 그 순응적인 태도에 눈을 잠시 질

끈 감았고 더는 자세히 볼 수 없었다. 눈에 띄는 학대의 흔적은 없었다. 밤샌 듯 초췌한 몰골이기는 했다. 나와 같이 있는 순간도 새벽이니까. 누가 강제로 못 씻게 했다기에는 방에 화장실도 딸렸다. 여자아이가 담배를 생수병에 넣어 끄고 짐짓 쾌활하게 말을 붙였다.

「오빠. 너무 늦었잖아. 괜찮겠어?」

어떻게든 해명해야 했다. 나는 오빠가 아니고, 어떤 사람을 찾을 때까지 기다리라고 이 방으로 보내졌을 뿐 아무래도 착오가 분명하다고, 다시 나가 봐야겠다고 두서없이 변명을 덧붙였다. 여자아이는 주의 깊게 경청하면서 자꾸 시선을 피하는 나와 눈을 맞추려고 했다. 다소 허둥대는 기색으로 맥락 없이 고개를 끄덕이고 상대 말속의 숨겨진 요구를 파악하고자 곰곰이 궁리하는 모습이었다. 종국에 내가 자신 없이 말을 흐리자 여자아이가 엉뚱한 말대답을 했다.

「왜 그래. 무섭게.」

여자아이가 겁먹은 표정을 지으면서도 장난치지 말라는 듯 썰렁하게 웃었다. 여자아이가 짓는 웃음은 잔뜩 얼어 있었다. 쩔쩔매는 내 모습에 당황한 눈치였다.

「돈 냈어? 냈지. 그게 무슨 말인지 모르겠어. 간다고? 왜? 돈은? 그럼 너무 미안하잖아. 말이 서로 좀 엇갈린 거 같아. 날 봐봐. 어쨌든 여기 왔잖아. 이 방에는 내가 다고, 다른 사람은 없어. 다른 언니가 온다면 그렇게 해. 그런데 여기는 내 방인걸. 다른 언니는 안 와. 그냥 나랑 여기 좀 있자. 재촉 안 할게.」

잠시 할 말을 잃고 망연자실하다 겨우 말을 꺼냈다.

「하지만 너도 자야지······.」

「시간은 그렇게 중요하지는 않아. 돈값만 치르면 언제든지 나가도 돼. 편하게 천천히 치러. 나 비싸게 굴지 않아.」

여자아이의 친절 속 어딘가 간절한 기색 때문에 나는 더욱 안절부절못했다. 함정에 빠졌다. 여자아이는 희생양인 동시에 덫이었다. 여기를 빠져나가야 하지만 충실히 제 역할 하는 덫에 계속해서 붙잡혔다. 덫을 강제로 망가뜨리지 않는 이상 스스로 덫을 풀도록 해야 해. 회유하자.

「그럼, 대화하자.」

「응.」

「원래 이 방에 살아······?」

「나 여기서 친구랑 살아. 걔는 오늘 술 마시러 나갔어. 아침에나 들어올걸?」

「일을 누가 시켜서 하는 거야? 상사가 있어?」

「아니? 친구 통해서 소개받았어. 개인 사업자인데 상사가 어딨어. 그냥, 혼자서 하기에는 밤이 무섭잖아. 이상한 사람도 많고······. 원래 이렇게 묻기만 해?」

「이제부터 네가 물어봐.」

「가방 좀 풀어서 내려놔. 안 무거워? 뭐 들었는데?」

「깜박할까 봐. 노트북이야.」

「노트북? 노트북은 왜?」

「일하는 데 써…….」

「무슨 일? 잠깐만. 내가 맞혀 볼게. IT 쪽은 아니야. 생긴 게…… 이과같이 생기지는 않았어. 노트북 들고 다니는 거 보면 사무실에서 일하지는 않나 봐? 혹시 작가야? 정말 대단하다. 중요한 글이 들었나 봐. 읽어 보고 싶어.」

「……있잖아. 사람을 찾고 있어. 그 사람은 상사가 있다고 했어. 어디서 만나야 하는지 알아? 사실 몇 시간 전만 해도 그 사람을 찾겠다는 생각은 없었어. 어쩌다 우연히 여기로 굴러떨어졌어. 그래도 왔으니 그 사람이 어떻게 지내는지 알아야겠어. 방법이 없을까?」

「아.」

여자아이는 다급하게 담배를 찾아 불을 붙였다. 두 눈동자에 작은 불꽃이 일었다가 훅 사그라들었다. 여자아이는 담뱃재와 침을 생수병에 채우면서 핸드폰을 멍하니 들여다보다 짜증스레 툭 내뱉었다.

「여기 우연히 오는 사람은 없어.」

분위기를 풀려고 딴 이야기를 꺼냈다.

「고양이 키우나 봐……?」

여자가 핸드폰에서 시선을 떼지 않고 경멸조로 쏘아붙였다.

108

「널린 게 고양이야.」

그래, 그렇지…… 고개를 주억거리다가 더는 할 말을 찾지 못하고 시간이 가기만을, 서로 간에 아무 일 없이 가도 되는 충분한 시각이 되기만을 기다렸다. 여자아이도 핸드폰을 내려놓고 한숨을 푹푹 쉬며 담배 연기만 내뿜었다. 나를 힐끔거리는 게 생각을 고쳐먹고 단념의 말을 하려는 듯했다. 방을 노랗게 밝히던 달 조명이 꺼졌다. 컴퓨터 불도 꺼지고 캄캄한 실내에서 초록색 픽토그램 비상등이 출구 방향을 가리켰다. 여자아이가 담배를 끄고 담담히 말했다.

「이제 나가야 해요.」

문밖 복도에서 사람들이 부산히 움직이고 긴급하게 무전하는 소리가 들렸다. 천장에서 사람들이 수런수런 쿵쾅거리며 한 공간으로 몰리다가 누군가가 지시하자 일사불란하게 함구했다. 곧이어 새로운 사람들이 들이닥치고 전동 드릴이 돌아가는 소리가 이어지더니 문이 거칠게 뜯기는 것 같았다. 소요가 일어났으나 지엄한 목소리가 그들을 제지했다.

「앉아! 전화기 꺼! 감염병 예방법 위반으로 전부 현행범……」

천장의 소리에도 여자아이는 아랑곳하지 않았다. 여자아이가 플래시를 켠 채로 핸드폰을 입에 물고 벽에 달린 암막 커튼을 뜯어냈다. 창도 무엇도 없는 맨 벽 한 부분을 누르자 숨겨진 문이 열리며 까만 속을 드러냈다.

「비상구로 나가면 잡혀요. 굴속으로 들어가야 해요.」

그럴 수 없었다. 낯선 굴로 들어가 또 헤맬 수는 없었다. 요지부동으로 굴자 여자아이가 포기하고 혼자 들어가 문을 닫았다. 벽 속을 기는 소리가 점차 멀어지던 중 갑자기 멈췄다. 코러스같이 아련하게 울리는 목소리가 벽 너머에서 나를 불렀다. 내 대답에 조그맣고 길 잃은 목소리가 힘을 얻어 한층 또렷해진 어조로 약속을 요구했다.

「잡히면 아까 나한테 이야기한 대로 말하면 돼요. 약속해요. 그쪽은 내 방에 머무르지 않았어요. 머무르지 않았으니 방에 내가 있었는지조차 몰라요. 어디에서도 마주치지 않은 거예요. 당연히 서로 간에 아무 일도 발생하지 않았고요. 나에 관해 말할 수 있는 건 아무것도 없어요. 그쪽한테는 존재하지도 않았으니까.」

그래. 방에서 내내 혼자였으니까, 더는 머무를 필요도 없어. 방을 나섰다. 천장에 늘어선 초록 비상등이 깜박이는 어둡고 적막한 복도를 되짚어 걸어갔다. 복도 한편에서 아기 울음소리처럼 고양이가 가냘프고 끈질기게 우는 소리가 복도에 울려 퍼졌다. 목이 컬컬한지 간혹 울음소리는 목에 턱 걸려 발작적인 기침으로 변주되기도 했다. 걸어갈수록 울음소리가 가까워졌다. 얼마 안 있어 소리가 나는 방을 찾아내 문을 홱 열어젖혔다. 오페라 극장 박스석 형태로 꾸며진 실내에서 연미복 차림 신사가 문으로부터 뒤돌아서 옷을 추스르며 사납게 포효했다.

「문 닫아!」

앙칼진 울부짖음에 질려 문도 제대로 닫지 못하고 물러났다.

금방 세 철문이 놓인 장소로 다시 돌아왔다. 돌아갈 문은 가운데 문을 정면으로 바라봤을 때 오른편 하나밖에 남지 않았다.

이제 내 뒤에는 방금 열고 들어온 하나의 철문만이 있었다.

비가 내렸다. 공간 안쪽 천장에 뚫린 커다란 원을 통하여 바람의 영향을 받지 않고 일정하고 차분하게 내렸다. 아직도 그치지 않은 모양이었다. 비는 윤이 나는 검은 유리 바닥에 부딪힌 뒤 경사를 타고 모여 왼쪽 구석의 커다란 배수구로 콸콸 쏟아졌다.

이 공간은 건물의 본격적인 안 같지는 않았다. 화강암 외벽에 덧붙여진 간이 공간 같았다. 공간이 네모반듯하지 않은 삐뚤빼뚤한 다변형이고 문이 달린 화강암 벽을 제외한 나머지 면들은 셔터 형태 철책으로 막혔으며, 높은 천장 역시 앙상한 철골 프레임에 철판을 올린 조악한 형태였다. 벽마다 살짝 벌어진 그 셔터들 사이로, 달과 별에서 비롯된 듯 은은한 빛이 내부를 비추었다. 그리고 공간의 왼쪽 편에서 그보다 선명한 광선이 천장의 비 내리는 원을 비스듬히 가

로질러 화강암 벽에 선명한 빗살무늬 타원을 그려 냈다. 그
한가운데에 기름때로 얼룩진 잿빛 점프 슈트 차림 노동자가
목제 의자를 놓고 앉아 한창 담배를 피우고 있었다. 짧은 철
회색 머리카락이 사방으로 뻗치고 주름진 낯에 시름과 깊은
그늘이 드리워진 남자였다. 앞에는 흙을 채운 작은 항아리
가 놓였는데 아마도 재떨이 용도였다. 남자는 고개 숙인 채
로 정신이 팔린 듯 담배가 다 타들어 가도록 손에 들고만 있
었다.

「한 대 피우시겠소?」

남자가 잠시 고개를 들어 물었다. 그렇게 수심 어린 얼
굴을 한 자를 나는 본 적 없었다. 그러나 어딘가 낯익은 듯
했다. 남자는 꽁초를 항아리에 버리고 새 담배를 앞주머니
에서 꺼내 불을 붙여 빤 다음에 내밀었다. 침으로 축축한 담
배를 입에 물고 오랜만에 힘껏 빨았다. 간헐적으로 기침이
나왔다. 나쁘지 않았다. 긴장이 풀리고 노곤해져 잠시 비틀
거렸다.

「자리가 하나인 걸 양해해 주시오. 오늘은 내 차례야.
이제 한 시간이 채 안 지났거든. 여기는 건물을 짓고 남은
자리. 자재와 잔해들을 치우고 빛이 저 아래까지 발하도록
유리 바닥을 깔았다오. 때때로 여기에 들러 담배를 피우면
서 유리 바닥 저 아래까지 훤히 내려다보고는 했지. 참 장관
인데 이미 밤이 늦어 보여 주지 못해 안타깝구면. 다음에는

밝은 대낮에 오시오.」

　사람과 대화를 나눈 지 오래된 듯 우물쭈물 중얼거리는 목소리였다. 남자는 자신의 말과는 달리 유리 바닥을 한사코 내려다보며 저 아래가 아닌 어슴푸레 비치는 자신의 검은 음영을 마주하고 있었다. 세월을 거치면서 외양이 짓눌리고 무뎌졌을 뿐 소싯적에는 영민한 사람이었을지 모를 일이었다. 담배 연기를 몇 모금 뱉고 나서야 누구를 닮았는지 알아챘다. 오래전 가르침을 받았던 교수님이었다. 내가 아는 교수님은 예술가였다. 세상을 짊어지느라 쭈그러진 외양이었지만 인자하고 현명한 사람이었지. 작업복이 어울리는 사람은 아니었다. 반면 남자는 만일 교수님이 세상이 아니라 세월에 쫓겨 살았다면 이러지 않았을까 싶은 모습이었다. 학문의 우물을 천착하지 않고 돈 몇 푼에 영문도 모를 흙구덩이를 매일 파내 받은 품삯으로 하루하루를 모면하는 말로를 겪는 교수님인 셈이었다. 과거에 교수님은 내가 세상에 존재하는 이유와 가치를 가르치려고 온 힘을 다했지만, 교수님 닮은 남자는 기껏 인생을 살아도 훗날 자신에게 떨어지는 몫이란 재떨이용 항아리가 전부라고 말해 주는 듯했다. 남자의 그러한 인상에 도리어 안심이 되었다. 더는 아무런 기대 없이 끽연했다. 어디에도 가지 않고 함께 이곳에 머물다 시들어 죽어 가는 것도 나쁘지 않았다.

　한없이 내리는 비가 안정적인 지속성을 가져다주었다.

교수님 닮은 남자는 나를 신경 쓰지 않았다. 빗소리도 소곤
소곤하게 들릴 만큼 사위가 고요했다. 그러자 남자가 왜 아
무것도 보이지 않는 유리 바닥에 정신이 팔렸는지 알았다.
쇼팽의 야상곡을 연주하는 피아노 소리가 아득한 저 아래
에서부터 선명하게 거슬러 올라왔다. 바닥 아래가 관(管)인
양 소리는 몽환적으로 메아리쳤다. 본디 하나인 곡의 주제
가 다변화하면서도 도로 하나로 귀결했다. 하나의 연주에서
발생한 이중성이 두 영혼으로 갈라져 나왔다. 그 두 갈래의
선율이 바닥 아래서 메아리치면서 무한히 나뉘었다. 조각난
수많은 영혼이 관을 두드려 대며 아우성쳤다. 교수님 닮은
남자가 듣던 것은 그 아우성이었다. 다변화하던 주제가 다
시 본 주제로 돌아오고 연음부가 나선형으로 유려하게 잇달
으며 유리 바닥에 연이어 당도하자, 밤의 부름을 받은 듯 온
감각이 차갑게 깨어났다. 나는 떨면서 온 힘을 다해 간신히
서 있었다. 몸속 깊숙이에서 끓어오르는 흐느낌을 억누르며
말했다.

　「가야겠어요. 가야 할 시간이에요.」

　나는 어느새 다 타버린 꽁초를 놓쳐 떨어뜨릴 정도로
상체를 크게 들썩이며 연달아 기침을 토해 냈다.

　「나온 문으로 나갈 수 없는 건 당신도 알 거요.」

　교수님 닮은 남자가 넌지시 일렀다. 그렇다면 어디로
나가야 하는지, 남자가 손가락으로 가리켰을지도 모르지만

기침하느라 수그린 목을 들어 올려다볼 여력이 없었다. 그 럼에도 어디를 가리켰을지 알았다.

「굴속으로.」

그렇게 화답한 뒤에 콸콸 흘러드는 빗물을 헤쳐 배수구로 뛰어들었다. 배수구를 통해 굴속을 지나 나온 곳은 오래된 성곽 아래 배수구였다. 홀딱 젖어 성벽에 대고 더러운 물을 한바탕 토해 냈다. 정신을 추스르는 사이 성곽 너머에서 고양이 한 마리가 캑캑대며 기침해 댔다. 그런 다음 알아들을 수 있는 말 한마디를 토해 냈다.

「죽음!」

화가 치민 내가 성벽을 두드려 대며 고함쳤다. 고양이는 잠시 멈칫했지만 곧 나와 마찬가지로 목소리를 높여 울부짖었다. 그러다 또 죽을 듯이 기침했다. 어찌할 바를 모르고 분풀이할 대상을 찾아 정신없이 주위를 두리번거리던 나는 어깨에 멘 천 가방을 꺼내 길바닥에 내동댕이쳤다. 노트북이 완전히 박살 날 때까지 가방끈을 움켜쥐고 투석구처럼 빙빙 돌려 가며 길바닥에 내려치고 패대기쳤다. 그러고는 성벽에 머리를 대고 발작적으로 기침하다 그대로 미끄러져 주저앉았다. 이제 고양이는 떠나고 없었다. 누가 뒤에서 등을 두드리더니 다정하게 부축하여 일으켜 세웠다. 마치 유형지로 끌려가는 죄수처럼 몸을 새우같이 숙이고서 누군가의 힘으로 간신히 긴 성곽 길을 걸었다. 호송차와 경광

115

등을 켠 경찰차 여러 대가 길 건너편에 서 있었다. 겉옷으로 머리부터 상반신을 덮은 사람들이 줄줄이 호송차에 올라탔다. 팔짱을 끼고 이들을 지켜보던 제복 경찰관이 우리를 불러 세웠다. 억센 힘이 나를 잡아끌어 어느새 눈앞에서 빙글빙글 도는 회전문에 집어넣었다. 유리 문짝에 살짝 부딪히는 바람에 문이 잠시 작동을 멈췄다. 푸른 경광등 불빛이 번쩍이며 내가 갇힌 회전문을 포위했다. 회전문이 다시 움직였다.

호텔 로비 데스크 직원이 친절하게 물었다.

「같은 방으로?」

계산을 마치자 직원이 카드 키와 함께 새 마스크를 내밀었다. 잠시 얼이 빠져 내민 손을 내려다보던 나는 순순히 마스크를 받아 들어 귀에 걸었다. 그러고는 비척걸음으로 엘리베이터에 올라타 객실 층으로 올라갔다. 방은 그때 나가기 전 모습 그대로였다. 내가 잠들었던 침대의 시트가 구겨져 있고 창가 커튼도 걷힌 채였다. 창밖에는 새벽 어스름에 잠긴 단단하고 거친 빗살무늬 벽이 비를 맞으며 굳건히 서 있었다.

얼마 안 있어 호텔을 나섰다. 비가 그쳤어도 흐린 아침이었다. 출근하는 사람들을 따라 호텔 성곽을 말없이 걷다가 그들과 함께 전철역 입구로 내려갔다. 마스크를 쓴 사람들이 추레한 나를 발견하자 불결해하는 기색을 내비치며 피했다. 나를 보고 찌푸린 눈들은 언제나 그렇듯이 모두 아름다웠다.

깨어남

잠들지 않았으니 회사에 늦을 일은 없었다. 그렇다고 아주 이른 시각도 아니었다. 막내인 깨를 비롯한 몇 명이 이미 자리에 앉아 있을 시각이었다. 지난밤 여러 번 비에 젖었다 마르면서 행색과 몸내는 차마 말 못할 지경이었다. 호텔 객실에서 씻을 기회가 있었음에도 씻지 않았다. 아주 게으른 연유에서였다. 밤을 새웠고 피곤하고 졸렸다. 출근해야 하니 잘 수는 없지만 맨정신이고 싶지도 않았다. 계속 피로에 취한 채이고 싶었다. 꼴이 이러하니 사람들이 보기 전에 옷이라도 갈아입어야 하는데 내 모든 짐이 담긴 트렁크 가방은 사무실 책상 아래에 있었다.

사무실에서 일어난 일련의 반응에 이해하기 어려운 부분은 없었다. 그날은 모두가 일찍 출근했다. 처음 마주친 깨가 몹시 놀라 숨을 크게 들이마시느라 딸꾹질 비슷한 소리를 낸 것을 빼고, 그들은 침착하게 나를 외면했다. 평은 상사인 체에게 달려가 나를 가리켜 보이며 그 심각성을 인지시켰고, 줄은 원래 마스크를 두 장씩 쓰고 라텍스 장갑을 끼고 생활하던 사람이라 내 쪽으로는 쳐다보지 않을 뿐 추가적인 조치를 취하지는 않았다. 체는 기가 차 허, 웃어넘겼다. 내게는 아무 일도 주어지지 않았다. 걸인의 꼴로 자리에 앉아 있기만 했다. 그날은 도서관으로 파견 나간 대표 일가, 처남인 부장과 동생인 과장이 사무실로 불려 왔다. 이미 내가 오기 전에 둘은 대표실에 들어가 있었다. 대표는 평소보다 이르게 출근했다. 인사하는 하인배들을 지나치다 나를 보고 흠칫 멈췄지만 곧 아무렇지 않게 대표실로 들어갔다. 얼마 뒤 회사에 고용된 노무사가 사무실을 방문해 역시 대표실로 들어갔다. 작년에 일했던 도서관에서 본 적 있었다. 그때 일어난 소요에서 사측을 자문했던 사람이 다시 불려 온 것이다.

예후가 좋지 않았다. 기침이야 어떻게든 틀어막아도 발열로 인한 오한으로 사지가 떨렸다. 천장에서 누가 콩콩거리며 뛰어다니는 소리에 신경이 곤두섰다. 알고 보니 관자놀이에서 맥박이 뛰는 소리였다. 온갖 약이 뒤섞인 약통이 트렁크 가방에 들어 있다는 데에 생각이 미쳤다. 사무실 사람들이 보란 듯 트렁크 가방을 책상 아래에서 꺼내 열고 커다란 약통을 뒤적이는 짓은 내가 집 없이 떠돌며 건강도 좋지 않다는 치명적인 정보를 적에게 그대로 드러내는 행위나 다름없었다. 누가 내 머릿속을 들여다보았다면 몸의 증상에 비해 그런 걱정은 부질없다고 생각할지도 모르겠다. 전염병 시기라는 점을 비추어 보았을 때 나는 누구보다도 더 심각성을 잘 이해했다. 다른 사람 눈에 어찌 비칠지 아주 잘 알고 머지않은 훗날 어떻게 처분될지도 예상이 갔다. 정해진 절차대로 방역은 진행될 것이다. 신변을 정리할 기회도 주어지지 않고 축출될 것이다. 그런 상황을 아주 잘 알았다. 성인이 된 뒤로 두 번 큰 전염병 시기가 있었고 그때 죽은 이들 중 내가 아는 사람도 있었다. 한 명은 첫 번째 시기에 제때 치료제를 투여받지 못해 죽었으며 또 한 명은 두 번째 시기에 격리 병동에서 죽음을 맞았다. 그때 죽은 몇 안 되는 사람들을 어떻게 아느냐면 그들의 장례식에 참석했기 때문이다. 장례식은 애초 고인이 빈소에 안치되지 않았거나 이미 화장한 상태에서 치렀다. 참석한 모두가 마스크를 쓰고 흐느꼈다. 죽은 이들, 그들은 신변을 정리하거나 자신에게 다가온 운명을 받아들이기 위해 마땅히 주어져야 할 시간적 여유 없이 즉시 처분되었다. 나는 병에 걸렸을 테다. 그 병이 무엇인지는 잡혀 들어간 뒤에야 알 것이다. 전염병 여부는 중요하기는 해도 필수 불가결하지는 않다. 나는 격리될 것이다. 시간문제다. 남들이 보기에는 거취가 떳떳하지 못하기에 나의 격리는 감염 여부와 관계없이 큰 혼선을 야기할 것이다. 여기에 유감은 없으나 정부가 최악의 수를 고려해야 하듯이 나 역시도 그 점을 고려해야 했다. 몇몇 동물 사회에서는 전염병에 걸린 개체가 무리로부터 떨어져 나와 자살이나 다름없는 죽음을 선택한다고 했다. 이 나라의 전염병 시기에 감염된 사람은 아무도 자살하지 않았다. 그 누구도 사회에서 증발하거나 자살하는 법을 택하지 않았다는 사실이 의아했다. 어쩌면 시도했다가 체포되고 격리되어 행동을 구속받았을지도 모를 일이다. 정부는 피치 못할 죽음이 발생하기 전까지 최대한 사건을 지연하고 외면하는 데에 총력을 다하므로. 나 역시 감염을 늦출 수 있다면 한동안은 지연시키고 싶었다. 약통에 있는 약들을 잘 배합한다면 나름의 대증 요법이 가능할지도 몰랐다. 관자놀이에서 나는 맥박 소리를 따라 생각이 걷잡을 수 없이 빨라졌다. 그러다 우선 잠을 자는 게 가장 현명한 선택이라고 결론짓기에 이르렀다.

대표가 문을 벌컥 열고 성큼성큼 걸어 나왔다. 넓지 않은 실내를 몇 걸음 딛지 않아 곁으로 다가온 대표는 꼴에 치가 떨린다는 듯 나를 노려보았다. 마스크를 쓰지 않은 낯에 붉고 깊숙한 선들이 그어졌다. 바둑알처럼 윤이 나는 검은 눈동자에 핏발이 서렸고 오소리 같은 안면이 도드라지게 불거져 내 위로 쏟아질 것 같았다. 고맙게도 대표는 인내심을 발휘하여 아무 말 없이 사무실을 떠났다. 뒤이어 간부들이 대표실을 어슬렁거리며 나왔다.

「어떻게 된 거야?」

낮도깨비 같은 과장이 말 거는 동안 부장은 내 자리, 그러니까 자기 자리에 올려 둔 서류 가방을 챙기고 서글픈 낯으로 나를 내려다보며 모든 게 틀려먹었고 오판투성이라는 의미로 고개를 연신 저어 대다가 비참한 웃음소리를 마스크

밖으로 흘리며 노무사와 함께 사무실을 빠져나갔다. 과장은 금세 내게 흥미를 잃고 탕비실로 사라졌다. 체가 실내를 어수선하게 걸으면서 머리를 긁어 대다가 내 이름을 불렀다. 체가 내 이름을 부른 건 처음이었다. 하지만 내 쪽으로 오지 않고 넓지 않은 실내를 여전히 어지럽게 돌아다니며 다정한 척 안부를 물었다. 요새 하루에 몇 번, 아니 씻기는 하는지. 옷은 갈아입는지. 집에 우환은 없는지. 집에 불이 나서 들어가지도 못하는 건 아닌지. 펑이 킥킥거리다가 체가 쏘아 보자 웃음을 뚝 그쳤다. 나는 아무 말도 하지 않았다. 체가 자상한 체하기를 포기하고 내게 통보했다. 이대로는 안 된다고. 오늘부로 떠나야 한다고. 계약 기간이 남지 않았느냐고 내가 물었다. 발끈한 체가 계약의 의무를 다하지 않은 건 나라고 쏘아붙였다. 체는 이제 깨의 책상에 걸터앉아 말했다. 체의 몸에 가려져 깨의 마우스 쥔 손만 보였는데 상사가 조성한 불편한 분위기 때문인지 힘줄이 서고 새빨갰다. 체가 오늘 회의 내용을 내게 일러 주었다. 해결되지 않은 작년의 앙금을 논의하고자 모인 것으로 사측과 싸운 당사자 중 한명이 아직도 도서관과 정부에 민원을 제기 중이라고 했다. 그 사람과 나는 아무 상관도 없다고 말해도 체는 듣지 않았다. 중요한 건 작년에 당사자도 아니면서 오지랖 넓게 나선 내가 여전히 회사에 빈대처럼 들러붙어 회삿돈을 횡령한다는 거였다. 내가 대표의 신용을 깎아 먹었다는 거였다. 나의 추레한 꼴이 작년의 패배를 상기시킨다고 체는 작정하고 말했다. 대체로 맞는 말이었다. 이런 말을 직접 들은 이상 사무실에 계속 머무를 수는 없었다. 줄이 체를 빤히 쳐다보며 내 트렁크 가방을 가리켰다. 체 또한 언급하기도 싫다는 듯 고갯짓으로 책상 아래를 가리켜 보였다. 진작에 들켰다는 사실에 창피하고 화가 난 내가 30일분의 급여에 달하는 해고 예고 수당을 요구했다. 아니면 오늘 해고를 예고했으니 앞으로 한 달을 기다리라고 비아냥거렸다. 체가 가당찮다며 너털웃음 쳤지만 나는 여기 사람들이 노동자의 생떼에 얼마나 노이로제가 큰지 잘 알았다. 책상에서 내려온 체가 오늘은 됐으니 퇴근하라고, 어디라도 가서 좀 씻으라며 지폐 한 장을 내 자리에 올려놓고 자기 자리로 돌아갔다. 돈을 주머니에 구겨 넣다가 과장과 눈이 마주쳤다. 탕비실 문에 기대선 과장이 커피를 홀짝이며 구경 중이었다.

트렁크 가방을 끌고 사무실 밖으로 나왔지만 갈 데가 없었다. 서둘러 눈을 붙이고 피로를 풀고팠다. 그리하여 층계참으로 발걸음을 옮겼다. 문 열린 비상구에 다다랐을 때 뒤에서 과장이 나를 불러 세웠다. 마스크를 턱에 건 채 전자 담배를 입에 물고 뭐라 우물거리는 과장의 어깨에 걸린 내 가방을 알아봤다. 도서관에 맡겼다가 찾지 못한, 걸레짝처럼 바랜 그 가방이었다. 과장은 전자 담배를 입에서 빼고서 한때는 친구라고 여긴 나에게 위로의 말을 건넸다. 자기도 이제 도서관으로 돌아가야 하니, 같이 내려가면서 마지막으로 오해나 풀자는 것이었다. 나는 대답하지 않고 과장의 어깨로 손을 뻗었다. 「내 거야.」 내가 간신히 말했다. 과장이 시치미를 떼다 못해 자기가 대학생 때부터 메던 가방이라고 거짓말했다. 「중요한 건 그게 아니야.」 그 말에 내가 고함쳤다. 「그게 중요해!」 동시에 가방끈을 우악스레 잡아당겼다. 전자 담배가 층계에 떼떼구루루 굴러떨어졌다. 내가 마스크를 벗어 던졌다. 안 그래도 답답하던 참이었다. 버티는 과장의 낯에 대고 기침하며 침방울을 튀기고 성이 채 풀리지 않아 침이 질질 흐르는 턱을 문질러 댔다. 과장이 뒤로 자빠져 울부짖어도 아랑곳하지 않았다. 단단히 감싸 안고 함께 층계참 아래로 굴러떨어지면서 한사코 얼굴에서 떨어지지 않았다. 욕설을 퍼붓고 입을 맞추어 댔다. 너 같은 천둥벌거숭이는 망신은 수도 없이 당해 봤어도 진정으로 혼쭐난 적은 많지 않을 것이다. 형과 매형이 네가 친 사고를 다 수습하니 인생에 불행이나 근심은 한 번도 없었겠지. 내가 네 버르장머리를 뜯어고쳐 주마. 더는 천둥벌거숭이 모양으로 굴지 못하도록. 그래, 마지막 자비로 중요한 걸 알려 주겠다. 나는 병에 걸렸다. 너한테 그게 가장 요긴한 정보 아니겠는가? 병은 내게 중요하지 않다. 최소한 이 가방보다는 귀중하지 않다. 이 가방을 왜 아끼는지, 이 값비싼 귀중품을 살 돈을 가난한 내가 어찌 마련하였는지 과장의 얼굴을 할짝거리며 하

123

나하나 일러 주었다. 이 가방이 왜 때가 이리도 탔는지도 말했다. 이 가방에는 누가 나를 향해 뱉은 침도 묻었고 누가 쏟은 술도 묻었다고, 온갖 더러운 바닥에 내팽개쳐져 그렇게 걸레짝 같은 색깔을 띠는 거라고 이야기했다. 그런데도 너는 갖고 싶으냐고 물었다. 묻고 나자 정작 내가 갖고 싶지 않아졌다. 과장을 놓아 주었다. 더는 내 것이 아닌 걸레짝을 멘 폐인이 괴기한 울음소리를 내면서 허둥지둥 층계를 올라 비상구로 나갔다.

힘겹게 층계참으로 돌아와 트렁크 가방을 펼치고 약통을 꺼냈다. 약을 한 줌 꺼내 씹어 먹고 트렁크 가방에 머리를 기대고 누워 잠을 청했다. 머릿속이 폭죽처럼 터져 나갔다.

약효가 돈 게 아니었다. 충분히 수면을 취하지 못해 과부하로 머리가 터진 거였다. 눈을 감아 봤자 잠은 없었다. 꿈도 없었다. 시간의 경과도 없었다. 그저 생각만이 존재했다. 계속해서 생각만이 지속되었다. 내가 오래전에 잊은 꿈이 떠올랐다. 꿈에서 한 여자가 내게 고백했다. 더는 못 살겠다고 애절하게 토로했다. 이대로라면 죽어 버릴 거라고 애원했다. 내가 흐느끼는 그녀에게 차갑게 말했다. 말한다는 건 그래도 살 기운이 있는 거라고.

죽음!

눈을 떴다. 현실로 돌아온 충격에 소스라치며 벌떡 일어났다. 고성이 층계를 쾅쾅 울려 댔다. 층계참 아래와 위에서 흰 방호복으로 중무장한 사내들이 몰려들었다. 비상구 밖 복도에서 깨가 겁먹은 목소리로 〈저 사람이에요!〉라고 소리치는 게 들렸다. 겁쟁이 자식들이 깨에게 모든 걸 내맡긴 것이다. 층계를 타고 내려오던 사내 중 하나가 내게로 뛰어내렸다. 그대로 붙잡히고 짓눌려 턱을 바닥에 찧었다. 번개처럼 솟구치고 갈라지는 고통 속에서 나는 깨어났다. 그순간 머릿속을 좀먹던 구더기들이 전류에 타 죽고 그동안 불완전하거나 잊었다고 믿어 온 기억이 용솟음쳤다. 기억에 의하면 나는 전화를 받았다. 그녀가 말 한마디 없이 하염없이 흐느껴 우는 걸 듣고만 있었다.

부산히 나를 제압하는 사람들 발치에 계속 엎드려 있었다. 사내 중 하나가 내게 진정했느냐고 물었다. 그렇다고 대답했다. 누가 내민 마스크로 피가 철철 흐르는 턱을 받치고 귀에 걸었다. 트렁크 가방의 손잡이가 내게 쥐어졌다. 그들이 뒤로 차츰차츰 물러섰다. 그들이 이룬 느슨한 띠에 둘러싸였고, 트렁크 가방을 들고 함께 뒤뚱뒤뚱 층계를 돌면서 내려갔다. 건물 앞에 앰뷸런스가 뒷문을 열고 대기 중이었다. 혼자 뒤 칸에 올라탔다. 앰뷸런스는 사설 업체에서 징발한 것으로 보였다. 제대로 된 장비 없이 좌석과 들것이 다였다. 차창 밖으로 흘러가는 풍경들을 바라보았다. 살던 동네를 지나 그토록 가까이 자리했음에도 들어가 보지 않은 섬으로 진입했다. 얼마 전까지 살았던 벽돌집은 쇠락한 재개발 구역 속에 파묻혀 보이지 않았다. 언제나 먼발치에서 보았던 눈부신 황동색 빌딩이 가까웠다. 평일 정오였다. 강변에는 연인들이 돗자리를 펴고 누웠다. 울창한 숲과 공원이 있고 사람들이 마스크를 쓰고 뛰어다녔다. 멀찍이 비죽 솟은 푸른 돔이 점차 거대해졌다. 흔들리는 차에 앉아 바깥을 내다보자니 속이 매슥거렸다. 차창에 머리를 기대고 잠을 청했다. 차가 흔들리는 통에 머리가 주먹 속 두 호두 알같이 달그락거렸다.

벽의 틈새

산들바람 불던 날이 저물고, 오늘 더는 신참이 없는 모양이다.

방 안의 남자는 할 일 없이 창밖을 구경 중이다. 낮에만 해도 화단에 심긴 어린 오엽송이 연둣빛 솔잎을 찰랑이며 시원스러운 소리를 냈지만 남자는 코앞의 싱그러운 풍경을 온전히 감상할 수 없었다. 기껏 커튼을 걷어 봤자 유리창의 짙은 암막 필름 탓에 남자의 눈에는 창밖 화단의 모든 게 흑백 음영이었던 것이다. 이제 바람이 거칠어지더니 창틀을 흔들어 대고, 가로등 불빛 아래 오엽송은 낭창낭창 춤추는 검은 무용수 같다. 방은 조용하다. 덜거덕대는 창틀이 그 소리를 가만히 듣는 자의 불안을 키워 간다.

남자가 샌드위치 패널 벽에 대고 또 말을 걸며 그를 괴롭힌다.

「듣고 있어요? 우리가 여기에 있는 건 인생이 엉망진창이라는 완벽한 증거예요.」

건넛방 그는 아무 소리도 듣지 못했는지 조용하다. 나

무가 쏴쏴 요동칠 때마다 솔잎은 뼈다귀 같은 삐죽한 손가락들을 뻗쳐 들썩거리는 창유리에 달라붙었다가 서서히 미끄러져 내려간다. 건넛방의 정적은 겁에 질려 입을 틀어막은 듯 창백하다.

남자는 막 고열에서 풀려나 자기가 건재하다는 걸 누구에게든 알리고파 몸이 근질근질하다. 남자가 손바닥만 한 반쪽짜리 방을 우리에 갇힌 야수처럼 어슬렁거린다. 남자의 방과 건넛방은 본래 하나의 방이었다. 하루하루 늘어 가는 격리 인원을 감당하고자 샌드위치 패널 벽을 가운데에 세워 둘로 나눈 것이다. 실내 공기가 텁텁하다. 창을 열 수 있다면, 누가 손만 들이밀어도 물어 버릴 텐데. 화단과 맞닿은 이 크고 작은 창들은 환기가 불가능하다. 가운데 큰 창은 패널에 가로막히지 않았더라도 애초 열리지 않는 붙박이창이다. 그 좌우 양편에 대칭으로 작은 창이 둘씩 달렸는데 그중 위에 자리한 창 또한 열 수 없게 봉해졌고 아래의 가로닫이 창만 여닫을 수 있다. 그마저도 창틀에 고정된 지지대로 인해 아주 활짝 열리지도 않건만, 이미 사전에 결코 개방해서는 안 된다고 단단히 고지받은 터였다. 창과 패널이 닿은 모서리 구석에 얼굴을 바짝 들이댄 남자는 생각한다. 하루 더빨리 온 내가 저 사람보다 처지가 나아. 화장실과 출입문은 그보다 먼저 온 남자의 공간에 모두 쏠려 있다. 어제 낮, 남자는 샌드위치 패널 벽 너머로 날카로운 충격음과 함께 금속 막대기가 떨어져 나가 쨍강거리는 소리를 들었다. 출입문이 없는 건넛방에 배정된 새로운 격리 대상자가 화단에서 가로닫이창을 열고 억지로 몸을 비집어 넣느라 창을 고정하는 지지대가 떨어져 나간 거였다.

급하게 설치된 샌드위치 패널 벽은 마감이 형편없다. 방바닥 어딘가에는 꼭 스티로폼 알갱이가 굴러다니기 마련이다. 똑바르지 못한 절단 솜씨로 인해 좁고 기다랗게 벌어진 틈새로 남자가 건넛방을 집요하게 관찰한다. 건넛방은 남자의 방과 구조가 대칭형이다. 생필품이 든 판지 상자는 책상에 올려져 개봉되지 않았고 냉장고도 선 뽑힌 그대로다. 침대맡에 놓인 스탠드만이 주위를 노랗게 밝힌다. 맨 구석에 설치된 반투명한 강화 유리 소재 샤워 부스에는 빛이 잘 닿지 않아 샤워기가 벽에 목을 맨 누군가의 검은 음영처럼 비친다. 샤워 부스가 있더라도 수도와 배수 시설이 설치되지 않았을 텐데. 그는 어떻게 씻고 볼일을 볼까?

그는 건넛방으로 들어온 이래 아무것도 하지 않았다.

「이러다 사람 죽겠네.」

건넛방 그도 무슨 말 못 할 사연이 있는 거다. 아무에게도 밝히지 않고 숨죽여야 할 비밀이. 떳떳하지 못한 거야. 지레짐작한 남자가 몸을 돌려 샌드위치 패널 벽에 기대앉아 한숨을 쉰다.

「들어 봐요. 어제 나도 그랬다니까. 메시지를 받고 나서, 완벽하다, 그 소리 다음으로는 아무 말도 나오지 않았어요. 그쪽처럼 짐 풀 정신도 없이 마냥 서 있기만 했어요. 게다가 내가 들어왔을 때는 그 방이 비었으니 이렇게 말이나할 수 있었겠어요? 정말로 멍하니 선 채 아무것도 믿지 못했어요. 내 집이 19층인데 병을 옮기거나 누가 볼까 무서워서계단을 타고 한참 빙글빙글 내려왔어요. 방호복 입은 대원둘이 앰뷸런스 옆에 서 있었죠. 내가 나오자마자 뒷문을 열어 놓고는 운전석과 조수석에 올라타더라고요. 움직이는 바이러스를 봤나, 허둥대는 꼴이 아주! 차 뒤 칸에 들어가 문을 닫는데 희한했어요. 사람 아파서 타는 앰뷸런스를 누가부축도 안 해주고 알아서 혼자 타? 그게 참 희한해서 계속멍했어요……. 미안합니다. 말이 많았지요.」

　남자는 계속 들으라는 듯 구시렁댄다. 전염병이 창궐한뒤로 몇 달간 친구도 안 만났는데. 조심할 건 다 조심했고. 엘리베이터 버튼까지 팔꿈치로 누르던 사람인데. 그렇지만정말 다 조심했나, 모르겠네……. 혼잣말하는 자신이 거부감 들어도 어쩔 수 없다. 이 방은 누구는 입을 다물게 하고누구는 입을 열게 하는 곳이다.

　남자는 차갑고 매끄러운 패널을 등으로 비비며 자세를고쳐 앉는다.

　「……어디 아픈 데는 없어요? 나는 열이 41도까지 올랐다가 내려갔어요. 여기 오기 며칠 전 기침 나오고 열나고

부터 내 방에서만 생활하고 밥도 방에서 받아먹었어요. 열이 40도가 넘으면 어떻게 되는지 알아요? 세포가 타 죽기 시작해요. 통증으로 발바닥이 아파서 걷지도 못해요. 그 발로 19층 계단을 내려갔어요. 이거야말로 가시밭길 아닙니까? 아프면 혼자 앓지 말고, 입소할 때 안내 들었죠? 내선으로 약 달라고 하면 밥때 같이 오니까 꼭 전화해요…….」

창밖 가로등이 꺼지자, 바깥은 완전한 어둠이다. 「그 자식들 짓이야…….」 남자가 중얼거린다. 창밖 어둠 속에서 CCTV 카메라가 고개를 갸웃거리며 붉은 온점 같은 눈으로 방 안을 살핀다. 누가 연달아 침을 뱉듯 굵은 빗방울이 창에 거칠게 툭툭 부딪혀 잘게 부서진다. 빗방울에는 남자와 그가 있는 방 안이 볼록하게 담겨 보인다. 빗방울 안의 남자는 어느새 침대 위에 누워 창을 마주 바라보는 중이다.

암막 필름이 가리지 못한 가두리로 실낱같은 빛이 새어 나와 베일같이 얇고 흰 커튼을 지나 허공에 부유하는 먼지를 비춘다. 먼지마저도 햇볕을 견디지 못해 산화하여 피어오르는 것 같다. 커튼에 흐릿하게 드리워진 오엽송의 봉긋한 그림자가 리넨 천 물결을 따라 일렁이고, 번뜩이는 한 줌 햇살이 천을 뚫고 나와 벽에다 무지갯빛 원을 그려 낸다.

「약 30분 후 7시 50분부터 아침 식사가 배급됩니다. 쓰레기를 담을 비닐봉지와 함께 쓰레기통 위에 올려놓겠습니다.」

앳된 젊은이 목소리, 마지못해 퉁명스러운 말투다. 어쩌면 자기 소관이 아닌데도 억지로 불려 온 말단 공익 근무 요원일지도 모른다. 끼니때와 신참이 입소할 때 맞춰 하루에 일고여덟 번 방송되는 레퍼토리는 몇 가지로 한정되었다. 스피커는 부수고 싶어도 어디에 숨겼는지 도저히 알 수 없다. 잠이 깬 남자가 괴롭게 기침하다가 힘겨운 숨을 질질 흘린다.

「식사가 준비되었으니 가져가시기 바랍니다. 음식 수령 및 배출 등 정해진 용무 외에는 절대로 문을 열어 두어서는 안 됩니다.」

식사는 낡은 페인트 통 위에 검은 비닐봉지와 함께 올려진다. 남자는 문을 살짝 열어 아무도 없는 복도를 살펴보다 잽싸게 통째로 가져간다. 도시락은 나름 균형 잡힌 식단에 후식으로 과일도 있다. 남자는 수저를 들면서 타령조로 불평한다.

「입맛이, 아니 맛이 없어요. 아니, 맛이 없는지도 모르겠어.」

건넛방 그의 식사는 창 바깥의 좁다란 창선반에 위태로이 놓인다. 실내를 서성이며 사과를 베어 물던 남자가 창틀에 머리를 기대고 벽의 틈새로 건너편 창가를 훔쳐본다. 참새 한 마리가 검은 비닐봉지를 바스락거리며 쪼아 보다 흥미를 잃고 저 위로 잽싸게 사라진다. 남자가 시선을 돌리고 잔반을 정리하는 사이 건넛방 창가에서 많은 양의 물을 화단으로 쏟아붓는 소리가 들린다. 호기심을 품은 남자가 다시 틈새로 눈을 들이댔다가 커다란 파란색 원통형 쓰레기통을 창밖으로 기울여 물을 쏟던 그와 시선이 잠깐 마주친다. 서둘러 창이 닫힌다. 그의 식사는 창선반 위에 그대로고, 그 옆에 휴대용 정화조가 아슬아슬하게 걸쳐져 있다.

「네. 앱에 그렇게 체크했어요. 해열제랑 기침약이요. 네, 네.」

다음 끼니때에 식사와 함께 약봉지가 올 것이다. 남자가 전화기를 내려놓고 연극적인 톤으로 힘차게 소리친다. 「자, 힘냅시다!」

바닥에 엎드려뻗친 남자는 훅훅 숨을 몰아쉰다. 헉헉대며 숫자를 세다 바닥에 엎어져 타는 듯 욱신거리는 흉곽을 움켜쥔다. 마사지 볼이 돌돌 굴러간다. 주기적으로 침대에 엎어지고 드러눕는다. 화장실 환풍구에 대고 몰래 전자 담배를 피우며 남은 퀄런을 세어 본다. 남자는 매일 핸드폰으로 가족과 통화한다. 처음에는 가족을 자상하게 다독이다가도 뒤로 갈수록 걱정과 자신 없는 말 몇 마디가 이어지고 이내 통화는 끝난다. 그 외에는 화장실 물소리, 발작적인 기침 소리, 가래침 뱉는 소리, 끙끙대는 소리 그리고 정적만이 이어진다.

이제 남자는 책상에 앉아 왜인지 머뭇거린다. 책상에

쌓인 책을 한 권씩 꺼내 훑어 본다. 첫날에 다 읽은 책들이다. 죄다 비극이고 비판이다. 급하게 챙긴 책들이 어쩌다 보니 다 그랬다. 첫날에는 분노에 차서 그 책들을 다 읽었다. 다시 읽어 보는 지금 분노는 어느새 사그라지고 딱하고 애절한 시선으로 작가들을 떠올리게 된다. 그들도 어찌할 수 없었던 거다. 분을 삭이고 자신과 세상을 돌아보며 차가운 복수심으로 글을 한 자 한 자 적어내려 간 거다. 지금 시대에 누가 그들의 복수심을 반추하고 관심 가진단 말인가. 지금 남은 건 그들이 적은 지성이다. 남자는 마음이 한결 편해지고 벅차올라 지금 이 세상을 바라보는 자기 시선을 의식한다. 작가는 아니지만 어쩌면 몇 자 적을 수 있을지도 모른다. 당장 지금은 설렘에 겨워 못 적어도 언젠가 과거를 돌아보며 경험의 파편을 실 하나에 엮어 낼 것이다. 그렇게 된다면! 상상만으로도 흉통이 일 만큼 가슴이 벅차오른다.

날이 힘겹게 넘어간다. 해는 자꾸만 아래로 처지면서도 눈부시고 따뜻한 광선을 뻗어 남자가 갇힌 건물을 옥죈다. 오엽송이 황금빛으로 바래어 간다. 방 안은 따분한 귤색 조명 탓에 언제나 잠들기 전 노곤한 분위기다. 남자는 침대에 누워 시간이 얼른 가기만을 기다리며 미색 벽지의 희미한 문양에서 한 점을 향해 반복해서 수렴하는 동심원을 세어 본다. 저녁 식사를 안내하는 방송이 나온다. 오늘 마지막 방송이므로 더는 신참이 들어오는 일은 없을 테다. 건넛방 그는 잠잠하다.

남자가 핸드폰으로 아내와 길게 통화 중이다. 뭐라 반박도 못 하고 끝없는 비난을 듣고만 있다. 틀린 말도 아니다. 잘못은 아니더라도 원인은 남자에게 있다. 결정적인 때마다 원인은 잘못이 된다.

딸이 설사가 잦았는데 그게 전형적인 증세란다. 아내는 확진이고 딸은 한 번 더 검사해 봐야 한다. 부모가 모두 격리되는 판이라 딸 역시 아내나 남자와 함께 수용해야 한단다. 처가가 있고 다른 친척 집도 있건만 그게 말이 되는가? 아직 확진되지 않은 딸이 부모가 그렇다는 이유로 가장 감염 가능성이 큰 곳으로 끌려가는 게? 그런데 그렇단다. 그 수밖에 없단다. 딸이 다니는 초등학교는 비상이 걸려 당장 휴교령을 내렸다. 딸은 며칠 못 봤다고 아빠와 지내고 싶다고 한다. 남자는 내선 전화기 번호를 신경질적으로 내리찍으면서 여기저기에 전화를 돌린다. 소용없는 짓이다.

남자가 건넛방 그에게 하소연한다.

「제발 내 말 좀 들어 줘요. 이럴 수는 없어요. 당국에다 협조했습니다. 언제 외출했으면 어느 쪽으로 갔고 어디에 머무르다 떠났는지, 그때 내 상태는 어떠했는지, 주위에 사람들이 있었는지 전부 적어서 제출했어요. 기억을 더듬을 필요도 없었어요. 창궐하고 나서부터 내 가족을 지키려고 다 기록해 왔으니까요. 접촉자 중에 나한테 감염된 사람이 있는지는 모르겠어요. 아마 그들도 나처럼 갇혔거나 검사 결과를 기다리는 중일지도요. 확진이면 뉴스에 곧 나올 테니 알겠죠. 그들에게는 미안하지 않습니다. 내가 그렇다는 걸 알았으면 밖으로 나오지 않았을 거예요. 증세가 발현되기 전까지 짐작도 못했어요. 뉴스에서는 나를 두고 끊어진 고리랍디다. 내가 누구에게 감염되었는지 동선이 추적 안 된대요. 나는 갑자기 솟아났답니까? 나도 그렇게 믿지 않고 사람들도 안 믿어요. 누구도, 나 자신도 안 믿는 거짓말쟁이가 된 거예요. 내가 숨긴 동선이 있는 겁니다. 이제는 확신이 서지 않아요. 잠시만요. 더 못 참겠네요. 기침 좀⋯⋯」

남자는 순간 숨을 쉴 수 없어 더듬거리며 가로닫이창의 뻑뻑한 손잡이를 잡아 있는 힘껏 비틀어 연다. 겨우 얼굴을 내밀어 숨을 돌리는데 다급하게 경고 방송이 울린다. 사전 녹음된 소리가 아닌 듯 평소의 목소리와 다르다.

「격리 기간에는 정해진 용무 외에 절대 창문이나 문을 열어 둬선 안 됩니다. 어떤 이유로도 절대 열어선 안 됩니다. 다시 한번 말씀드리겠습니다⋯⋯」

목소리 주인은 숨 한 번 안 쉬고 반복하여 빠르게 내뱉고 나서 정적 속으로 멀어진다. 쩔쩔매며 도로 창을 닫던 남자는 멈칫하더니 손잡이를 움켜쥐고 흘러내려 주저앉아 차가운 창틀에 이마를 대고 화를 삭인다. 더는 놀랄 것도 없다⋯⋯.

건넛방은 조용하다. 남자가 다시 입 열기를 기다리는지 아니면 관심도 없는지, 그는 싸늘하도록 조용하다. 아까만 해도 뭐든 털어놓고 싶던 남자는 말할 의욕을 잃는다. 표현주의 초상화 속 인물이 절규하듯 머리를 감싸 쥐고 어찌할 바 몰라 침대를 데굴데굴 구른다. 자기 발버둥이 아무도 봐주지 않는 생쇼임을 깨닫자 이내 잠잠해진다.

여기에 있으면 지난날이 다 떠오르는 법이다. 잊고 싶은 것들, 잊은 것들, 잊지 못했지만 괜찮다고 믿었던 것들. 대학생 때 남자는 인생 처음으로 도망쳤다. 이 나라로부터 도피했다. 사람들이 뒤쫓았다. 남자의 죄는 아니었다. 굴레라는 게 꼭 자기 잘못으로 말미암지는 않으니까 책임이라고 할 수 있겠다. 남자는 굴레를 씌운 부모를 미워하지 않았다. 미워하거나 용서할 것도 없었다. 부모라고 그러고 싶었겠는가? 원망하지 않을 수 있었던 건 지독히 혼자라고 믿던 순간에도 누군가의 도움으로 구사일생한 덕이었다. 뒤쫓던 사람 중에 가장 집요한 사람이었다. 그자는 기어코 남자를 붙잡았다. 애써 잡아 놓고 놓아주었다. 남자에게 이 나라로부터 도망하는 법을 알려줬다. 그자는 우리가 혐오하는, 흔히 쓰레기라고들 하는 사람이었다. 남자는 그자의 측은지심으로 도망했다. 그때는 고마운 줄 몰랐으나 이 방에 갇힌 지금 절절한 고마움과 그리움을 느낀다. 그자한테 감사하다고 조아렸으나 당시는 감사가 아니라 굴종이었다. 그렇게 쫓기며 떠나기를 원치 않았다. 도망해 온 나라에 수년간 지내면서 떳떳하게 돌아가기를 꿈꿨고 그렇게 했다. 다시 돌아와서 이 빌어 처먹을 나라에서 이따위로 산다……. 이제 딸은 학교에 전과 같이 다니기 힘들 것이다. 더러운 헝겊을 깨끗한 물에 담그면 순식간에 구정물로 번지듯이, 남자의 머릿속이 지금 그렇다. 한 움큼 죄가 떠오르자 잊던 게 죄다 떠올라 머리 전부를 잠식한다. 잊어도 되는 모든 순간이 끝까지 되짚어진다. 머릿속이 좀 깨끗해졌으면! 아내의 말대로 그때 나가는 게 아니었다. 백날 어디로 갔는지 적어 봤자 전염병이 나를 피해 가겠는가? 그때 그 사람과 손이 닿는 게 아니었는데. 거기에 들어가는 게 아니었는데. 이보다 더러울 수가 없다. 이보다 더러워질 수는 없다! 그때로 돌아간다면 다시는 그러지 않을 텐데. 딸이 무사하다면 언제나 결백하게 살 거다. 앞으로 무조건 그럴 거다. 더는 전과 같이 살 수는 없다…….

지독한 기침이 이어진다. 내선 전화기 벨이 울린다. 「곧 이요? 저기요. 딸이 불안해하지 않도록 마중 나가게 해주세요. 그게 안 되면 문만 열어 두게 해주세요. 그것도 안 돼요? 그럼 나 그냥 문 열고 나갈 거야. 나갈 거예요. 그래도 안 돼요?」 남자가 더 지독하게 기침하며 시위한다.

시간이 경과하고, 통로에서 트롤리 가방이 돌돌 구르는 소리와 함께 체구가 작은 아이의 가벼운 발걸음이 가까워진다.

남자는 전처럼 딸을 안는다. 다른 게 있다면 마스크를 쓰고서 이런저런 말을 다정하게 나눈다.

「태풍이 북상한대. 그래서 바람이 이렇게 부나 봐. 나무 흔들리는 거 봐봐.」

「저 나무는 무슨 나무야?」 「소나무.」 「무슨 소나무?」

남자는 핸드폰으로 인터넷을 뒤적이느라 골몰히 침묵하다가 섬잣나무라고 딸에게 알려 준다. 잎이 다섯 가닥씩 뭉쳐 자라서 오엽송이라고 부른다고. 「잣나무인데 섬에서나 자라던 거야. 관상용으로 여기까지 들여온 거지.」 오엽송 사이로 바람이 불면 솔숲에 부는 바닷바람과 같겠다고 딸이 말한다. 「그렇겠다.」 웃으면서 건넛방 그에게 말을 건넨다. 「꿈이 소설가인데 소질 있지 않아요? 인사해. 옆집 아저씨야.」

「안녕하세요.」

초등학교 담임 선생의 배려로 오전이면 딸은 책상에 앉아 남자의 노트북으로 원격 수업을 듣는다. 노트북 캠 시야에 닿는 모든 걸 치워 놓았어도 주기적으로 안내되는 방송 소리는 막지 못해 음 소거 처리를 해놓는다. 그렇게까지 했는데도 같은 학급 아이들은 캠에 비친 장소가 딸의 방이 아니라는 사실을 안다. 어디를 봐도 아이의 방이 아니다.

「놀러 갔어? 거기 어디야?」

딸은 의연하게 거짓말한다. 남자는 딸의 의연함이 마음에 걸린다. 보통 의연한 속에야말로 표현 못한 아픔이 크지 않던가. 딸은 아버지에게도 자기가 겪는 상황에 대하여 아무런 이야기를 하지 않는다. 오히려 남자가 어떻게든 이야기를 돌려 격리된 상황을 설명하려고 애쓴다.

어느 날 남자와 딸은 죽음에 관하여 이야기 나눈다. 딸이 전염병에 걸리면 모두 죽느냐고 물어서다. 남자는 그렇지 않다고 말한다. 아이일수록 치사율이 높지 않다고 말한다. 딸은 자기 남동생과는 달리 죽음이 무엇인지 어느 정도 이해는 한다. 죽음 뒤에는 아무것도 없다는 사실을 안다. 죽은 사람은 세상을 다시는 못 본다는 것도. 남자는 죽음이란 언제나 예정되므로 그 자체가 중요하지는 않다고 말한다. 요절하거나 자살한 천재들 이야기를 들려준다. 남들이 1백 년 살아도 못 해낼 일을 그들은 30년 만에 해내고 죽었다. 1백 년을 살아도 못 해낼 불가능한 일에 매달린 사람들에 대해서도 들려준다. 옛 로마에서 젊은 시절 멋있는 모습으로 영원히 남고자 자살한 젊은이들 일화에서 죽음은 결코 멋있지 않다고 딸에게 일러 준다.

건넛방 그는 패널 벽을 사이에 두고 남자가 딸에게 들려주는 말들을 가만히 듣는다.

남자는 딸에게 이 나라의 아직 죽지 않은 작가의 짧은 소설을 읽어 준다. 성인들이나 읽는 소설이지만 이 방에는 동화책이 없다. 기침이 나올라치면 잠시 읽기를 멈춘다. 도저히 못 참겠으면 화장실에 들어가 지독히도 기침한다. 다시 돌아와서 한참 소설을 읽어 준다. 작중 결말에서 화자는 딸에게 한 가지 다짐을 일러 주기로 결심한다. 미루는 삶은 끝났다고. 한데 머리가 앞서갔는지 남자는 이렇게 잘못 읽는다. 미루는, 삶이 끝났다고. 딸은 보조사의 차이를 이해하지 못했는지 조용히 듣고만 있다. 남자는 당황하여 잠시 읽기를 멈추고 생각에 잠긴다. 미루는 삶은 끝났다는 말이 어찌나 범상한지. 이에 반해 미루라는 누군가의 삶이 끝났다는 담담하면서도 충격적인 선언에는 누구도 범접 못 할 사실과 용기가 들어 있다.

남자는 마저 끝까지 읽고 책을 덮는다.

격리동의 관리자가 내선 전화기로 전한 말은 이렇다.

전날 검사 결과대로 딸은 현재 확진되지 않았다. 그럼에도 딸이 설사가 멎지 않고 고열에 시달리는 점은 의사의 진료가 필요한 부분이다. 이 격리동은 전염병에 확진되었으나 증세가 경미하여 약물 치료와 격리만이 필요한 자들만을 대상으로 한 곳이라 의사가 없다. 대증 요법에 따라 적절한 약물을 따로 처방할 수도 없다. 격리동은 애당초 의료 시설이 아니었기에 약 종류가 제한적일뿐더러, 설령 맞는 약이 있더라도 의사의 진료가 이루어지거나 전염병에 감염되지 않은 고로 진단이나 확진을 동반하지 않은 처방은 의료법에 어긋난다. 외부 병원으로 내원, 혹은 의사를 격리동으로 파견하는 행위는 권한 밖 문제다. 관련 청 관계자들이 논의 중이니 기다려 달라.

그렇게 사흘이 지났다. 딸은 탈수 증세가 극심하고 아무것도 먹지 못해 녹색 담즙을 토한다. 남자가 사흘 내내 여기저기 전화해도 허사다.

창밖에서는 비가 사선으로 거세게 쏟아지고 귀신이 휘파람 부는 듯 소름 돋는 바람 소리가 종일 들린다. 비바람이 창을 열어 달라고 창문을 거칠게 흔드는 밤이다. 아이는 잠들었지만 종종 앓는 소리를 낸다.

「이건 인생의 바닥이에요. 수중에 아무것도 없이 혼자 도망할 때도 이렇게 바닥이지는 않았어요. 인생에 이런 낙차는 처음이라니까요. 며칠 전까지 이만한 행복이 없었어요. 여기서 무슨 행복이느냐만 그래요, 나는 너무 바빠서 딸하고 이렇게 단둘이 시간을 보낸 적이 없었으니까. 지금은 땅이 훅 꺼져, 저 아래를 내려다보며 낙차를 가늠해요. 이럴 수는 없어요. 듣고 있어요? 듣느냐고요.」

건넛방 그는 대답하지 않는다. 어쩌면 남자의 말을 듣고 그 말에 대꾸하기가 지루하게 여겨졌는지도 모른다. 남자가 들이부어 대는 발화는 좀 갑작스럽고 면식 없는 상대에게는 부적절한 면이 없잖아 있다. 그에게 원하는 무엇이 있다는 듯 소상하게 고백하지 않았는가. 남자가 기침한다. 몹시도 독한 기침이다.

「미안합니다. 미안해요. 당신에게 무얼 바랄 수는 없지요. 나나 당신이나 갇힌 신세인데. 스스로 타개하겠습니다. 이 문을 열고 나갈 거예요. 딸아이를 둘러업고 여기를 나갈 거예요. 문이 잠기지도 않았는데 사흘을 고민했어요! 사흘이나! 지금 당장 나가서 응급실을 찾아보겠어요. 확진만 숨기면 어디든 받아 주겠죠…… 그동안 말동무해 줘서 고마워요. 당신에게 마지막 부탁을 하겠습니다. 제발 신고하지 말아 주세요. 어차피 금방 탄로 날 거지만요. 부탁입니다. 외면하지 않으시겠지요……」

창밖 소요가 지나가고 비도 잠시 멈췄다. 그동안 건넛방 조용하던 그가 남자에게 더듬더듬 말을 건넨다.

「내게, 약들이… 있어요…… 그 약들이… 섞여 있어서, 무엇이 맞는지… 통 모르겠어요. 만약 약을 잘못 먹이면……」

남자는 왜 그가 약들을 가졌는지 묻지 않는다.

「내 딸 증상 알잖아요. 들어맞는 약이 있어요? 확실해요? 약들을 다 꺼내요. 하나하나 색깔하고 모양하고 적힌 글자를 말해요.」

생각 이상으로 약 종류가 많아서 남자는 인터넷을 뒤져가며 심사숙고해서 한참을 선별한다. 이윽고 샌드위치 패널 벽의 틈새를 벌리고 스티로폼을 파내 구멍을 만든다. 구멍 양편에 들이댄 서로의 눈이 마주친다. 자신을 꼭꼭 감춘 한 쌍의 눈을 마주한 남자는 잠시 할 말을 잃었다가 태연함을 가장하고 도움을 청한다.

「이 틈으로 건네요. 그렇게 내밀기만 하면 닿지 않잖아요. 스냅으로 던져요. 바로 아래에 떨어지지 않게…… 그렇지!」

침대에서 자는 딸이 깨어난다. 파리한 낯의 딸아이가 잠결에 물과 함께 약을 삼킨다. 딸은 다시 눕고, 남자는 기어코 참지 못해 흐느끼며 벽 너머 그에게 조아리며 감사를 표한다.

「오늘 당신 선행을 잊지 않겠습니다. 잊지 않을게요. 잊지 않겠지만 절대 당신을 모르겠습니다. 모를 겁니다. 그러니 걱정하지 마세요. 영원히 모르겠습니다. 약속할게요.」

태풍이 완전히 물러가자 하늘은 지극히도 높다. 물을 머금은 오엽송은 더 파릇해지고, 화단 꽃과 잡초들만이 꺾이고 파헤쳐졌을 뿐이다.

남자가 수소문한 끝에, 딸은 한 의사의 용기 있는 호의로 외부 병원에 이송되어 치료받고 하루가 채 지나기 전에 증세가 호전되어 다시 격리동으로 돌아왔다. 한동안 남자는 딸이 다닌 초등학교에 제출할 진술서이자 반성문인 글을 쓰고 고치며 시간을 보냈다. 그리고 격리 기간 14일이 다 지나기 전에 나날이 기침이 심해지더니 고열로 혼절하여 음압병동으로 실려 갔다. 혼자 남은 딸은 어머니가 격리된 시설로 이송되었다. 훗날 딸은 그때 기억을 거의 잊고 다시는 이야기하지 않았다.

그마저 떠나고, 방이 모두 비었다. 방 한가운데를 가로지르는 샌드위치 패널 벽은 철거되고 새로 한 가족이 격리되었다. 그 가족은 매우 깔끔한 편으로 매일 같이 방을 청소하고 자기 집처럼 청결히 유지했으나 도대체 어디에 숨었다 나오는지 끝없이 치우고 치워도 스티로폼 알갱이 몇 알이 바닥을 굴러다니기 마련이었다.

2

아무도 기다리지 않았다

그의 머릿속에 대고 죽음이라고 외치던 자는 사라졌다. 이제 그 말은 좀 유치하게 느껴졌다. 그는 겪어 보지 않았기에 죽음을 몰랐다. 한데 어째서 여태 머릿속에서 그 단어가 울려 퍼졌나. 외침은 왜 하필 지금에 이르러 멎었나? 죽음을 외쳤던 자는 누구인가? 어찌하여 더는 말이 없는가? 어쩌면 그의 머릿속에 그자가 있던 것에서, 그자 머릿속에 그가 있는 것으로 위치가 뒤집혔는지도 몰랐다. 그가 죽음이라는 말보다 더 조그마해져 두 음절 사이 미세한 진공에 머무르는 건 아닐까? 그건 요새 오락 영화에서 유행하는 평행 세계만큼이나 터무니없고 부질없는 망상이었다. 그러나 고향 집으로 돌아온 그의 눈앞에 펼쳐진 현실은 앞선 비현실적인 상상을 다시금 곱씹게 했다.

아버지는 예전에 집을 떠났다. 어머니는 새로운 시기를 맞이했다. 집에 남자라고는 없었다. 그와 남동생은 집을 나왔고, 여동생과 어머니뿐이었다. 그는 가족을 향한 유대

감과 공동체 의식이 부재했다. 아버지가 떨어져 나감으로써 드디어 가족이 해체되었다고 여긴 모양이었다. 그는 홀가분한 마음으로 한동안 고향에 내려가지도 연락하지도 않았다. 그러나 언제 한번 자기 짐을 처리하려고 고향 집에 내려간 적 있었다. 아버지가 붙박이처럼 앉아 가족을 호령하던 거실의 인조 가죽 소파가 더는 보이지 않았다. 아버지의 소유거나 영향 아래 있던 모든 가구를 치운 바람에 텅 빈 거실 너머 발코니에 여동생이 키우는 서양 송악의 치렁한 덩굴이 바람에 흐느적거렸다. 저녁노을을 등지고 선 폐건물과 어우러진 그 풍경이 사위어 가는 슬픔과 진혼을 암시하는 동시에 꺼지지 않는 증오의 감정을 불러일으키는 듯했다. 집에 들어섰을 때 어머니와 여동생은 무얼 급하게 숨기다 나온 듯 상기되고 떨떠름한 낯이었다. 안방엔 암막 커튼을 치고 붉은 등을 켜놓고 있었는데, 그것만 빼면 집은 평소와 다르지 않았다. 썩어 가는 짚단이나 낙엽 더미처럼 고린 온기가 안방에 돌고 있었다. 그가 방에 들어서 커튼을 젖히고 창을 열어 환기하자 따라 들어온 여동생 낯에 언짢은 기색이 역력했다. 그는 여동생이 자신을 빤히 보는 걸 이겨 내지 못하고, 평소 지닌 태생적인, 어쩌면 생물적 기억에서 비롯되었을 거부감을 거스르지 못하고 이유 모를 죄책감을 품고 방에서 물러났다. 한때 그가 썼던 방은 잠겨 있었다. 철 지나고 필요 없고 낡은 건 죄다 거기에 처박았다는 어머니 말에 조만간 업체를 불러 방을 비우기로 마음먹고 도로 상경했었다. 가족은 정말이지 빠져나갈 길 없는 장애물이었다. 그는 낙담했다. 앞장서서 아버지를 몰아세워 쫓아낼 때처럼 다른 가족을 대해서는 안 되는 노릇이었다.

조부상으로 다시 만난 어머니는 그새 심정이 변했는지 전과는 달리 데면데면하지 않았다. 여태껏 끊지 못한 시댁과의 연에 깊이 체념한 낯이었지만, 아들에게만큼은 친절하였고 살기 힘들면 다시 고향 집으로 내려와도 좋다고 말했다. 여동생은 여느 때와 똑같이 수줍은 듯 말 없었고, 오랜만에 본 아버지는 술에 취해 당신 아버지의 죽음도 잊고 어깨춤을 추듯 팔을 휘저으며 너스레를 떨었다. 아버지는 자유로웠다. 떠날 당시 말로는 차를 사서 그토록 좋아하던 산과 자연으로 떠돌며 살겠다고 했다. 자식들이 미처 알아차리기 전에 이미 어머니에게서 상당한 금액을 뜯어내 자금을 마련한 터였다. 아버지 몸속에 일평생 도사리던 병마에서 벗어난 지 얼마 안 된 때였다. 병이 언제든 재발할 위험이 큰 시기였다. 홀로 사는 남자가 얼마나 추하게 몸과 생활을 망가뜨리고 생을 마감할 수 있는지 그는 잘 알았다.

마치 꿈 같은 일이었다. 하루 먼저 고향 집에 내려간 남동생으로부터 연락받고 어떻게 자신에게 지금껏 일언반구도 없었는지 따져 댔다. 그는 흥분하여, 항상 그런 식이었다고 반복해서 질타했다. 남동생은 건조한 목소리로 자기도 오늘에야 알았으며 미안하다고 말할 뿐이었다. 남동생이 만류했음에도 그는 한사코 이번에 집으로 내려가기를 고집했었다. 오갈 데가 없어 고향 집으로라도 가야 하는 처지를 숨기기 위해서였다. 창고로 쓴다고 걸어 잠근 그의 방에 아버지가 숨어 있을 것이다. 그는 집으로 들어서자마자 잠긴 방문을 거세게 두드리며 아버지를 위협했다. 안방에서부터 여동생이 〈오빠!〉 하고 나무라듯이, 그러나 나지막한 목소리로 그를 불렀다.

어머니와 여동생이 안방 문가에 들어선 그를 물끄러미 올려다보았다. 둘은 붉은 조명이 고인 방바닥에 앉아 다소 의기소침하면서도 왜인지 원망이 선연한 눈빛을 보였다. 침대 끝에 걸터앉아 머리를 감싸던 남동생도 고개를 들고 또 다른 근심거리인 형을 노려보던 참이었다. 침대 위 발가벗겨진 아버지가 바람 빠지는 소리를 내며 상반신을 크게 들썩였다. 남동생이 몸을 일으켜 침대맡 아버지의 머리를 향해 무릎 꿇고 앉아 차분히 살펴보았다. 침대에 누워 있는 아버지가 끓어오르는 찻주전자처럼 쉭쉭거리며 뭐라 말하는 듯했다. 말이라기에는 아무 의미 없는 소리였다. 남동생의 단호한 손짓에 그도 아버지 곁에 앉았다. 그러고는 마지막 유언을 경청하듯, 아버지 속에서 끓어오르던 숨이 차차 식어 가며 맥없이 김이 빠져나가는 소리를 가만히 들어 줘야만 했다. 전에 맡은 따뜻한 고린내가 아버지의 벌어진 입에서 풍겼다. 그 냄새는 그간 상상하던 시취와 달랐다. 분명 썩어 가는 냄새지만 맡을수록 이상하게도 산뜻해지는 기분이었다. 피처럼 붉은 등 아래서도 아버지가 썩어 가는 중이라는 사실은 부정 못 했다. 일반적이지 않은 이 상태가 얼마나 지속되었는지 모르겠으나 어머니와 여동생이 기울인 각고의 노력으로 부패하는 속도가 나름 서서했다. 썩어 가는 아버지를 조금이라도 더 핏기 어리고 신선하게 보이고픈 덧없는 심정으로 붉은 등을 설치한 것일까? 아버지는 피둥피둥 살이 올랐는데 흔히 시체가 부패하면 그렇다는 듯이 내부에 가스가 찬 건지도 몰랐다. 놀랍게도 이리 위독한 아버지가 보란 듯이 누워 있음에도 가족 누구도 마스크를 쓰지 않았다.

아버지를 쫓아내기로 결의하고 실행한 뒤로 다신 없을 줄 알았던 가족회의가 재개되었다. 발코니 밖 음울한 회색 어스름이 거실 바닥에 앉아 멀뚱거리는 네 구성원을 향해 밀려들었다. 바깥 폐건물이 맨 먼저 칙칙한 어둠에 잠긴 가운데 유리창으로 짐작되는 한 지점 어디선가에 네온사인 십자가가 비쳤다. X자형으로 기울어진 그 붉은빛은 겨냥된 표적에 그어 놓은 치명적인 표식 같았다. 한층 사늘해진 바람이 불어오면서 발코니 천장에 매달린 서양 송악이 종교 의식에 쓰이는 향로처럼 엄숙하게 주기 운동을 했다. 고향 풍경이 저물어 가는 데 정신 팔린 그를 세 쌍의 눈이 지켜보았다. 아무도 말을 꺼내지 않았으나 그는 가족들이 보내는 눈빛만으로도 알 것 같았다. 아버지를 어떻게 할지 그 만 대답하지 않았고 고향으로 내려온 지금 빼도 박도 못하고 의사 결정에 참여해야 한다는 것을 말이다. 이번에도 철 저히 배제될 처지였는데 그만 그가 집으로 돌아오는 바람에 서로 말썽을 빚게 생긴 것이었다. 그는 뭐라 대답해야 할지 몰랐다. 썩어 가는 아버지를 어떻게 할지 생각해 봤을 리 없 었다. 아버지가 가족으로부터 자유로워짐으로써 자기에 대 한 모든 책임을 다른 누구도 아닌 자신에게만 일임한 것이 아니었는가? 남동생이 말귀가 어두운 바보를 대하듯 인내 심이 강하게 묻어 나는 말투로 차근차근히 설명했다. 어머 니와 여동생이 지금껏 아버지에게 피와 숨을 불어넣었다고. 그 피와 숨이 한때 죽었던 아버지의 태엽을 감아 준다고. 말 이 잘 이해되지 않았다. 태엽은 무엇이고 그걸 감음으로써 어떻게 아버지가 미약하게나마 살아 있단 말인가? 누가 자 기 아버지를, 어떤 작자든 간에 오르골 취급한단 말인가? 남 동생이 화난 형의 시선을 피하며 이제 그만 선택하면 된다 고 말했다. 어머니는 마뜩잖은 표정이었다. 그가 집에 없던 지난날 결정된, 세 구성원의, 혹은 어머니 단독의 선택을 관 철하기를 원하는 듯했다. 형식상으로 마지막 동의는 그에게 달렸다. 무슨 선택인지는 모르지만.

「아버지에 관해 무슨 선택도 하지 않겠어.」

모두가 예상했다는 듯 질린 표정으로 합심하여 그를 비

난하였다. 여동생은 그가 언제나 비겁했음을 일깨웠고 남동
생은 아버지를 쫓아내는 데 가장 앞장섰던 형이 이리도 무
책임하게 굴 수는 없다고 날뛰었다. 어머니는 자세를 고쳐
앉아 가장 차갑고 엄중하게 굳은 오른쪽 낯만을 그에게 보
였다.

「그렇다면 아버지를 처분하기를 바라는 거야?」

「처분이라니!」

그의 물음에 펄쩍 뛰는 남동생을 말리며 어머니가 그제
야 입을 열었다. 지금까지의 모든 것은 긴 세월 동안 아버지
를 감내해 온 자신의 선택이라고. 믿기지 않겠지만 사실이
라고. 그리고 여동생이 어머니의 계획을 실행했다. 원예학적
지식을 총동원하여 아버지 속 장기들을 긁어 내고 대신 다
른 걸로 채웠다. 무엇으로? 그의 물음에 여동생이 야무지게
대답했다. 아버지 속에서 식물을 키운다고. 다양한 열대 식
물들, 최소치 빛과 수분으로 작은 생태계를 존속할 수 있는
수종들을 엄선했다고 대답했다. 아버지 속은 새로운 생태계
가 순환함으로써 피와 숨이 돌고 아무도 들어가 보지 않았
으나 지금쯤은 울창한 밀림일 거라고 여동생은 자신했다.

「그런데도 아빠는 속에서부터 썩어 가. 나는 여러 번
속을 다시 비우고 썩은 살들을 쳐내 분갈이해야 했어. 아빠
의 속이 울창해진 지금은 이마저도 쉽게 엄두 낼 일이 아니
야……. 최적의 환경이 아닌 거야. 척박한 토양을 단시간에

녹화하고 비옥하게 해줄, 번식력 좋으면서도 수명이 짧은 수종이 필요해.」

여동생은 아버지 속을 어떻게 다시 조림(造林)할지 궁리 중이었다. 어머니가 누그러진 낯으로 그에게 물었다.

「그나저나 너는 짐이 없구나. 금방 가려고? 너무 야위었어. 밥 먹고 가. 아니면 오랜만에 내려왔는데 네 친구한테 연락하는 게 어떻겠니? 그 있잖아.」

어느덧 한밤중이었다. 아버지가 안방에 놓인 이상 그는 여기 머물면 안 되었다. 옛날처럼 남은 가족끼리 한데 모여 자는 건 그가 원치 않았다. 그에게 남은 공간은 창고로 쓰이는 방뿐이었다. 그런데 그가 잠긴 방문 쪽으로 갈 때마다 어머니가 어정쩡한 태도로 막아서며 〈밤이 늦었어〉 같은 엉뚱한 말을 하는 것이었다. 여동생이 슬그머니 안방 문을 닫았다. 남동생이 짐짓 가장의 권위를 흉내 낸 어른스러운 말투로 그에게 선언했다.

「그 방은 이제 쓰지 않아. 우리가 언제고 이야기만 나눌 수는 없어. 아버지가 주무시도록 놔둬야지. 형도 이만 가보는 게 좋겠어. 뒤늦게라도 형에게 가족사를 들려주게 되어 다행이야. 그래. 바깥 생활하느라 바빠도 언제든 소식 전해 줘.」

모두가 잠든 새벽에 그가 몰래 일어나 아버지를 해코지하리라 여겼을까? 고향 집에 남은 것들을 그가 함부로 처분하지 못하도록 필사적으로 막는 것도 같았다. 그 방에는 그가 모은 책과 학교나 공공 기관에서 받은 상장, 어릴 적 사진, 몇 가지 개인적인 기록 따위 들이 남았다. 전부터 남은 물건들을 내다 버리겠노라고 공언한 터였다. 가족은 그가 모든 흔적을 지우고 집에서 떠나기를 원치 않았다. 만일 그렇게 한다면, 다시는 고향 집으로 내려오지 않고 부고가 아닌 바에야 소식을 전하지 않으며 그가 가족이었다는 증거는 서류상으로밖에 남지 않으므로, 보존 행위는 가족 구성원의 이탈을 막고 장기적인 존속을 보장하는 현명한 대처였으리라. 그가 현관으로 가 신발을 신자 어머니가 따라 나와 유일하게도 무한히 퍼줄 수 있는 동정심을 비로소 내비쳤다. 어머니가 땀이 찬 손으로 아들 얼굴을 매만지며 중얼거렸다.

「보자. 턱 한 움큼에 수염이 자라지 않는구나. 넘어졌구나. 턱을 찧었어. 나가서 다치고 다니는 거니? 네가 실수한 거겠지. 항상 그랬어. 누가 너를 괴롭히기를 허용하지 않았어. 오로지 저만 자기를 괴롭힐 수 있다고 여겼지. 갓난아기 때나 제 얼굴을 할퀴지 못하게 손 싸개를 하는 법인데. 사는 건 괴롭히고 괴롭힘당하는 거야. 어느 사람이든, 살아 있다는 자체만으로 다른 이에게 상처가 되기 마련이지. 너 누구를 괴롭히는 건 아니겠지?」

어쩌면 그는 가족에게 그동안의 소홀함을 사과하거나 자상한 말 몇 마디를 건넬 수도 있었다. 하지만 집에서는 매번 상황이 녹록지 않았다. 아무도 그에게 기대하지 않기도 했다. 가족이 대화를 시도할 때마다 그가 서로 간 소통이 불가능하다고 번번이 못 박았기 때문이다. 그가 처지를 솔직히 토로했다면 집에 묵을 수도 있었으리라. 그러나 그들의 사랑이 그에게 이르지 못하는 이상, 그가 그들에게 사랑을 자아낼 수 없는 이상 그는 함께 기거하기에는 아버지 이상으로 견디기 힘든 존재였다.

현관을 나선 그는 마스크를 쓰고 층계를 내려가며 친구에게 전화 걸었다. 고등학교 동창인 친구는 고향으로 내려와 부모 일을 도왔다. 부모는 타지 출신임에도 인망이 두터웠다. 친구 역시 겸손하였으며 베풀 줄 알았고 설령 상대가 실망할지언정 정직하게 자신의 인간적인 의견과 감정을 전하고자 노력했다. 한편 고향은 성공적인 신도시 개발로 인구가 늘고 전보다 살 만한 지역으로 변모했다. 변한 도시는 친구를 외롭게 했다. 고향에는 친구가 누구 자식인지 알아보는 부모 또래 어른들과 신도시 개발을 따라 타지에서 이사한 신혼부부, 그 사이에서 태어난 어린아이들만이 살았다. 도시 외곽 공단에 취직해 정착한 젊은이들도 있었지만 그들에게 친구는 연이 닿지 않은 선주민에 불과했다. 지방 인구가 소멸하는 와중에 고향은 다른 지역과 달리 일터와 보금자리 기능을 성공적으로 보전했다. 일과 집밖에 없는 고향 삶은 외로웠다. 더 나은 삶을 위해 타지에서 온 사람들은 타향에서도 마땅한 즐거움을 찾아냈다. 반면 귀향한 친구에게 고향은 즐거움이란 없는 곳이었다.

일을 마친 지 얼마 안 되어 목소리에 피곤한 기색이 묻어 나왔으나 친구는 먼저 그에게 잘 곳은 있는지, 떠난다면 막차가 몇 시인지를 자상히 물었다. 주어진 시간이 적다는 걸 알자 친구는 지체하지 않고 차를 몰아 그가 서 있는 낡은 빌라 앞에 당도했다. 운전석에 앉은 친구는 마스크를 쓰지 않았다. 하루 동안 쓸 수 있는 활기를 일에 다 소모해서 반가움을 크게 드러내지는 못하는 모습이었다. 둘은 오랜만의 감회를 나누기에 앞서 조용히 대화 나눌 장소를 찾아 멀지 않은 교외 저수지에 이르렀다. 잠잠한 어둠이 깔린 저수지 표면에 건너편 민가와 도로에서 비롯된 불빛이 낭만적으로 번졌고, 깜박이는 유치한 알전구들이 저수지를 둘러싼 인적 없는 산책로를 밝혀 둘을 반겼다.

「돈을 갚고 싶어.」

그는 친구가 보낸 조의금을 사적으로 유용했다고 솔직하게 말했다. 자기 기반이 미약하던 시절에 친구에게 얹혀 살면서 도움받은 것도 잊지 않았고, 더 늦기 전에 조금이라도 돈이 있을 때 당장 돌려주고 싶다고 덧붙였다. 친구는 겸연쩍은 웃음을 흘리면서 고개를 젓다가 화제를 돌렸다.

「사는 이야기나 하자. 네가 나를 보러 내려오기를 기다렸어. 이렇게 잠깐이 아니라. 내가 올라갈 수도 있었겠지만 너무 바빴어. 나 없이는 일이 영 제대로 돌아가지 않아. 너라면 이해해 주겠지. 너는 예술적이잖아. 나는 네 관점에 종종 상처받았어. 옳은 건 없지만 틀린 것은 있다는 관점 말이야. 네가 곁에 없어도 가끔 내가 틀렸다는 느낌에 사로잡혔어. 살아온 과정의 말로가 이렇게 외로운 거였다면 내게 그렇게 복잡한 행로가 필요했을까 싶어. 나는 너를 친구로 생각했어. 그것도 틀린 건가?」

그와 친구는 산책로 중간에 자리한 촌스러운 2인용 그네에 함께 앉아 흔들거리며 저수지를 마주 바라보았다. 지난여름 동안 사람 키보다 높게 자란 수풀이 물가에 무성하였다. 대단한 생명력을 자랑하는 그 식물들은 지난 태풍에 꺾이고 파헤쳐지고 뿌리째 뽑혔음에도 죽은 잔해 위로 다시금 뿌리 내리고 전보다 더 높이 새 줄기를 키워 냈다. 그는 잠시 딴생각을 했다. 우리는 수풀이 아니야. 저렇게 자라는 데만 급급하지 않아. 이름이 없지 않아. 그래서 이름 모를 수풀이 더 높은 위치에서 우리를 내려본다는 사실이 외로운 거야. 그는 친구에게 진실하게 답하고 싶었다. 친구의 삶을 긍정하고 자신에게 남은 이란 너뿐이며 자신이 틀렸다고 말하고 싶었다. 자신의 지난 과거를, 멀리 갈 것도 없이 아까 가족과 있었던 일만 이야기해도 그의 볼썽사나운 처지에 나름 위안받지 않을까? 그가 초래한 삶이 틀렸다고 반증함으로써 친구의 삶이 맞는다고 증명할 수 있다면 그렇게 했을 것이다. 하지만 두 삶은 서로 겹치지 않았다.

이제 친구는 창피한 기색을 하고 두 팔을 비틀어 대며 말했다.

「너한테 보답을 바란다면 그건 돈이 아니야. 내가 부자라서가 아니야. 나는 무엇을 바라는지 계속 말해 왔어. 너는 곤란해했지. 그렇다고 잊지는 않았겠지? 네가 나를 써주기를 원해. 악역이든 별 볼 일 없는 자든 행인이든 이름뿐인 사내이든 상관없어.」

「너를 그렇게 쓸 수는 없어. 그건 보답이 아니야. 이용하는 거지.」

「맞아. 나는 쓰이기에는 평범하지.」

「아니야. 너는 내가 감히 다루지 못할 진실이야.」

친구가 잠시 망설이다가 시선을 돌리며 침착하게 말했다.

「내가 쓰이지 않는다는 것도 진실이야.」

다시 공영 주차장으로 돌아가는 길에 그는 마음을 돌리고자 친구에게 진심으로 말했다. 곤궁하던 시절 친구가 자기를 살렸고 보답할 수 있다면 전 재산도, 목숨도 내주겠으나 그렇게 하지 않는 이유는 재산은 미미하고 목숨은 미약하기 그지없어서라고 말했다. 진심은 말할수록 보잘것없어졌다. 호언장담에 가려 잘 보이지도 않았다. 그는 답답했다.

「무엇보다도 나는 소진되었어.」

친구가 멈춰 서자 좀 더 분명히 말했다.

「더는 쓸 수가 없어.」

친구는 마음이 매우 상해 눈시울을 붉히며 그를 바라보았다. 주차된 차가 어둠 속에서 신호음과 함께 빛나는 두 눈을 깜박였다. 친구는 차로 걸어가 운전석 문을 연 뒤에야 입을 열었다.

「그래. 더는 너를, 네 소식을 기다리지 않을게. 그렇다고 해서 그렇게 말하지는 말아 줘. 너는 좀 더 힘을 내야 해. 또 한 번 용서할게. 그러니 그런 말을 하지 말아.」

친구가 그를 차에 태워 역사 앞에 데려다주었다. 차에서 나지막한 목소리로 혼잣말하듯 친구가 한 말은 그가 역사 앞 광장 벤치에 누워 잠을 청하는 동안 머릿속에 각인되어 끝없이 재생되었다.

「내가 영위하는 삶이 더 본격적이지 못한 데에 죄책감을 느껴.」

새로운 도서관

지상으로 올라온 그의 눈에 비친 것은 탁한 대기 속 유일하고 창연한 돔이었다. 그 아래 얄팍한 수평 처마를 지탱하는 우람한 열주 사이로 내비치는 빼곡하고 옹색한 사각창들로 보아 신전의 신관은 다른 누구도 아닌 관료였다. 진입로 양편에 놓인 두 마리 우상이 범법자들을 색출하여 물어뜯으려 눈을 부라리고, 이념을 기리는 조각상들이 중앙

분수와 신전 좌우에 붙박여 녹슬어 갔다. 그가 향하는 곳은 유서라고는 없는 신전의 넓게 퍼진 영역으로, 격이 낮은 관료들이 드나드는 띄엄띄엄하고 나지막한 부속 건물들로 이루어졌다. 드넓은 영역에 원래 출입구가 더 있었으나 전염병이 드나들 수 있는 경로를 효과적으로 차단하고 통제하기 위해 폐쇄되었고, 그가 차도를 사이에 두고 마주한 정문만이 개방되어 있었다. 그 앞에 바리케이드가 설치되어 차량 출입을 통제하고 제복 경찰관이 수상한 방문자를 검문했다. 거동이 의심스러운 자들은 안으로 들어가기보다는 정문 인근에 천막을 치고 기거하거나 피켓을 들고 서 있었다. 몇 안 되는 그들은 자기네를 예의 주시하는 경찰과 마찬가지로 제복 차림이었다. 갓에다 두루마기를 걸친 노인도, 상복을 입고 영정 사진을 든 부모도 자신의 소속을 노골적으로 드러낸다는 점에서 모두 제복 차림이었다. 단지 흉내 수준이 아니었다. 제복을 통해 소속과 개념, 나아가 한 관념을 대표하는 그들을 누구도 비웃거나 제지 못했다. 동시에 누구도 그들이 하는 말을 주의 깊게 들어주지 않는 각자 외로운 광인이었다. 정해진 자리에서 그들은 그런대로 제지받지 않고 나름 호소할 수 있어도 모든 광인에 대한 처우가 그렇듯 돌발 행동을 하기 전까지만의 허용이었다. 복장을 갈아입고 피켓을 내려놓지 않고서는 정문 안으로 출입이 불가했고 설령 들어가도 문밖에서처럼 굴다가는 험한 꼴을 면치 못했다. 마스크로 입을 가린 경찰과 광인들이 묵묵히 대치하고 선 정문을 그는 무사히 통과했다. 파라솔 아래 선글라스를 쓰고 빼딱히 서 있던 제복 경찰관이 출입 목적을 물었다가 도서관에 취직하였다는 대답에 깍듯하게도 두 손으로 보행자들이 드나드는 쪽문을 가리켜 보였다.

그는 담장을 따라 펼쳐진 작은 솔숲 길을 걸었다. 숲 바깥 재미없는 콘크리트 건물들은 별로 신경 쓰이지 않았다. 어디서든 그런 지루한 공간 속에 틀어박혀 있기 마련이고 주변과 뚜렷하게 구분되지 않는 건물이 바로 도서관이었다. 목적지에 가까워지면서 솔숲을 나와 인도로 들어섰다. 그의 눈에 비친 이곳의 도서관은 돌과 유리로 형성된 물성만 돋보였다. 여기도 무기한 휴관 상태였다. 이용객은 없고 일하는 자만 있는 현실은 드디어 도서관 본연의 대상을 돌보는 데 쏠 충분한 시간이 주어졌음을, 휴관을 틈타 내부에서 시작하고 마무리할 일이 있음을 의미했다. 그가 다름이 아니라 이곳 도서관으로 오게 된 연유도 그래서일 것이다. 원래 그가 지원한 데는 이곳이 아니었다. 이곳은 그가 지원한 회사가 하도급을 맡은 도서관이었다. 그는 희한한 과정으로 여기에 이르렀다.

서류가 통과되었다는 연락에 그는 소기업들이 다닥다닥 붙어 사는 어느 단지로 면접을 보러 갔다. 한데 정작 면접 대기자 명단에는 그가 없었다. 그는 사무실 밖 복도에 잠시 방치되었다가 테이블과 의자만이 놓인 작은 회의실로 불려 갔다. 마주 앉은 채용 담당자는 곤란한 눈길로 그제야 이력서를 읽다가 경력이 흥미롭다는, 그에게인지 혼잣말인지 모를 말을 연신 중얼거렸다. 채용 담당자가 실토한 정황은 이러했다. 이미 인원은 충원되었으며 추가적으로 그를 채용할 여력은 없다. 그럼에도 채용 담당자로서 인사상 착오를 책임져야 마땅하다. 다행히도 이력서 내용에 임원진의 관심을 끌 만한 사항이 기재되었다. 자신은 최종 결재자가 아니므로 임원진에 의견을 지금 전달할 테니 새로운 방편이 하달될 때까지 기다려 달라. 채용 담당자가 잠시 밖에서 통화를 하고 돌아온 뒤에 섬의 도서관으로 발령 났다고, 주민 등록 등본과 백신 접종 증명서를 들고 찾아가라고 통보했다. 새로운 상사가 도서관 현관 밖에서 기다릴 거라고.

현관 밖에서 마주친 상사는 통성명도 없이 손쉽게 그를 알아보았다. 상사는 고도 비만이고 마스크 밖으로 식식거리는 숨을 토해 내는 자였다. 위태로운 외양에 비해 조용하고 나긋나긋한 말씨를 지닌 한편 불뚝한 배에 얹힌 두 손이 어찌할 바를 모르고 서로를 꼬집어 댔다. 반면 상사의 두툼한 낯은 당황한 기색이란 없었다. 아마도 사서들 눈치를 보며 생활해야 하는 하도급자에게 무의식적으로 각인된 하인배 성정으로 보였다. 상사는 당장 현관 안으로 들이기보다는 함께 일하기 전 그에 대해 알아야 할 부분들을 먼저 짚어 내려고 했다. 마침내 조출하게나마 면접이 시작되었다. 둘은 현관 앞을 서성거리면서 말을 주고받았다. 그는 투명 유리 너머로 비치는 로비를 흘끔 들여다보았는데, 큼직한 보안 검색대가 출입문 안쪽에 자리하고 있었고, 정장 차림 보안 요원 한 명이 그 근처에 대기 중인 것 말고는 뭘 더 신통히 알아보지는 못했다. 상사는 본론에 들어가기 전에 자꾸만 자초지종을 설명했다. 이미 부하 직원 둘이 여기서 일한다고 했다. 둘은 여러 해에 걸친 이곳 도서관 사업에 몸담아 일해 왔다. 사업은 늦봄에 시작하여 겨울 무렵에 휴지기를 가지고, 다음 해 늦봄에 재개된다. 그러니까 올해 그가 일할 수 있는 기간은 수개월 남짓이었다. 충원이 필요하다고 판단되지는 않지만 손이 늘어서 나쁠 건 없다고 상사는 덧붙였다. 일은 단순하며 때로는 힘을 쓰기도 하나 손에 익으면 정해진 근무 시간보다 빨리 끝마치고 얼마든지 퇴근해도 된다. 이곳 도서관에서 신경 써야 할 건 일보다도 몸가짐이다. 여기에는 사서, 즉 선생님들이 많고 높으신 분도 간혹 들른다. 이곳이 띤 특수성으로 인해 도서관 역시 보안 시설에 속하여 안에서 일어나는 모든 일은 밖에서 거론 못 한다. 그러한 까닭에 아무리 도서관에서 사람이 필요한들 함부로 외부인을 들일 수는 없는 법으로, 하도급자들을 통솔하는 관리자인 자신이 부하 직원에 대한 인사상 책임을 지고 선별해야 한다. 이번은 예외에 속한다.

이미 그의 출입증은 상사에게 지급되었다. 상사는 주민 등록 등본과 백신 접종 증명서를 지참해 왔느냐고 물었다. 그는 이미 본사에서 제출했다고 거짓말했다. 상사는 당황한 기색으로 빠르게 고개를 끄덕이다 물었다. 일은 단순하고 반복적이고 정적이어서 지루할 텐데 적응할 수 있겠느냐고.

그가 대답했다.

「똑같은 일을 반복하는 것에 익숙합니다.」

면접은 끝났다. 그는 상사가 건넨 출입증을 목에 걸었다.

출입문이 열리고 보안 검색대를 통과하자 보안 요원이 체온을 재고 그를 들여보냈다. 이용객 없는 로비는 휑하여야 마땅했다. 이곳저곳에 배치된 보안 요원이 불필요한 수준으로 많았다. 대출대에도 사서가 아니라 보안 요원이 서 있고 엘리베이터 앞에도 한 명이 대기 중이었다. 그들은 눈이 마주치는 족족 눈웃음을 지으며 고개를 까닥여 인사를 건넸다. 가스총과 삼단봉을 허리에 찬 그들의 적극적인 환영에 그는 적잖이 당황스러웠다. 그들이 마스크로 얼굴 아랫부분을 가렸음에도 불구하고 마치 입을 벌리고 활짝 웃는 듯 광대를 치켜올리고 그를 응시하는 모습은 도서관에서 도통 상상하기 힘든 광경이었다. 더 이상한 건 도서관 내부였다. 외부에서는 관찰하지도, 짐작도 못 할 대상을 중심에 품은 정경. 영역의 다른 부속 건물들과 비교했을 때 지나치게 특이적이었다. 이는 영역 본관의, 없는 유서와 위엄을 외양에 자아내느라 애쓴 티가 역력한 신전에 비추어 봐도 마찬가지였다. 마치 건축을 주도한 누군가가 내부에 자리한 중심을 엄폐하고자 그 주변에 콘크리트를 붓고 책들을 욱여넣어 도서관이라 속이는 듯한 형세였다.

「가까이에서 보시지요.」

보안 요원이 중심을 향해 전자 체온계를 쥔 손을 내밀며 권했다. 목소리는 생각보다 앳되고 친절했다.

도서관 내부는 건물의 심이 빠진 것처럼 중심이 뚫려 있었다. 수직 공동(垂直空洞)으로, 건물을 관통하여 하늘까지 뚫린 사각기둥 형태였다. 공동은 안이 투명하게 내다보이는 통유리 네 면으로 이루어졌다. 공동 내부에는 우거진 수삼목 한 그루가 심겨 있었다. 공동이 지하층 깊이 이어졌기에 로비는 수삼목 허리께에 해당했다. 정원사가 있다면 크게 신경을 기울였으리라고 그는 생각했다. 아름드리 큰 나무는 공동의 높이와 폭을 절묘하고도 아슬하게 넘어서지 않았다. 그는 마스크를 차가운 유리 표면에 맞대고서 깎아지르는 공동을 연신 올려다보고 내려다보았다. 각 층 단면이 공동 유리 벽과 맞닿은지라 어렵지 않게 도서관이 지상 4층, 지하 4층에 불과하다는 걸 알았다. 해당 수종이 태생적으로 지닌 생장 한계치에 비추어 봤을 때 더 높이 자랄 여지가 있었음에도 개관 이래로 수십 년간 우듬지가 공동을 넘어서지 못한 것이었다. 유리 벽에 가지 하나, 잎사귀 한 장

닿지 않고 알맞게 자란 나무가 영롱한 호박에 갇힌 듯 우람한 몸체에 일렁이는 빛이 서렸다. 공동 내벽 군데군데 하늘을 향해 기울여 설치된 원형 거울들이 해가 닿지 않는 사각지대로 빛을 전했다. 공동 위 네모나고 파란 하늘에는 구름한 뭉치가 머물며 떠날 줄을 몰랐고 원형 거울마다 조각난 하늘과 수삼목 파편이 걸려 난해한 몽타주 같은 정경을 연출했다. 수직 공동에 수삼목이 놓인 정경은 머무르는 바람 한 점, 새 한 마리 없이 영원히 정체되고 박제된 인상이었다. 만약 멀리서 거추장스러운 콘크리트를 벗겨 내고 원추형 수삼목 정면을 한눈에 담아낼 수 있다면 잘 보존되어 책장 사이에 꽂힌 정갈한 나뭇잎 한 장과 달리 보이지 않으리라.

그에게 이곳 도서관은 새롭고 낯설었다. 더는 기시감이 없었다. 여느 도서관과는 달리 공공을 위하지 않고 한 개인만을 위하고 반영한 장소라는 특이적 정체성이 전염병으로 인한 무기한 휴관에 힘입어 여실히 드러났다. 내부가 한 사람의 의지와 의도만으로 축조된 공간으로 여겨지는 점을 그는 곰곰이 생각했다. 사용이 아니라 보이기 위한 공간임을 이곳 도서관 사람들은 아주 잘 이해하는 것 같았다. 게다가 보안 요원들은 도서관을 지키려고 이곳에 있다기보다는 내부에서 벌어지는 무엇을 가리기 위해서 역할극을 수행하는 것처럼 보였다. 그렇다고는 해도, 도서관이라는 공간과 내부 구성원이 이곳에 도사리는 무엇을 숨긴다고 확실히 판단하기에는 석연치 않은 구석이 있었다. 그건 바로 이 공간과 구성원들이 이면 없이 얄팍해 보인다는 것이었다.

그는 상사를 따라 비상구로 들어가 층계를 내려갔다. 회랑에도 층계가 있지만 이용객들을 위한 경로로서 지상으로만 통했다. 로비의 엘리베이터 또한 지하로 내려가지 않고 지상층만을 오갔다. 직원들이 전용하는 공간인 지하층으로 향하는 통로는 이용객들 눈에 띄지 않는 사각지대에 숨겨졌다. 지하 1층으로 나온 둘은 수삼목 둘레를 돌아 두 방향의 복도가 교차하는 제법 널찍한 공간에다 샌드위치 패널을 세워 만든 간이 사무실로 들어섰다. 이곳 도서관이 지닌 낯선 인상과는 달리 조촐하고 생활감이 비쳐 그는 조금이나마 안심했다. 안에는 두 사람이 플라스틱 스툴에 구부정하니 앉아 책 수레에서 책들을 한 권씩 꺼내 종잇장을 넘기며 따분히 훑어보는 중이었다. 둘은 책을 잠시 무릎 위에 내려놓고 그에게 인사를 건넸다. 그를 바라보는 둘의 눈빛은 믿음직한 보호자를 올려다보는 아이같이 기대에 차 있었다.

「나는 나야.」

「나는 너야.」

그가 우물쭈물하자 나와 너도 당황한 눈치였다. 아무래도 그에게 통성명을 기대한 듯싶었다. 그는 둘에게 이름을 밝히지 않았다. 악몽 같고 익숙한 패배감에 휩싸여 우두커니 서 있었다. 여기가 새 직장이란 말인가? 구별하기 힘든 두 동료를 찬찬히 비교하던 그는 말문이 막혔다. 둘은 차량 정비사들이나 입을 잿빛 점프 슈트 차림이었다. 상사는 그에게도 곱게 개인 한 벌을 지급함으로써 그 옷이 하급 노동자에게 주어지는 제복이라는 사실이 확정되었다. 둘은 다시 말없이 팔락팔락 책장을 넘겨 댔다. 속독가가 아닌 바에야 그 짓거리는 독서에 비할 데 없는, 다만 형식적이고 허술한 검열에 가까워 보였다.

드디어 나와 너가 마지막 책장을 넘겼다. 나가 상사에게 일을 마쳤노라고 깍듯이 보고하는 동안 너는 벌써 자리를 정리하고 문간에 서 있었다. 상사가 컴퓨터가 놓인 자기 자리에 앉아 무어라 중얼중얼하였다. 그게 퇴근하라는 소리였는지 둘은 그를 데리고 지체 없이 사무실 밖으로 나섰다. 둘은 비상구 쪽으로 이끌며 대화를 시도했지만 그가 거칠게 뿌리쳤다.

「이야기가 통할 줄 알았는데.」

너가 실망한 어조로 중얼거렸다.

「가자. 이자가 아니야.」

나가 말했다. 나와 너는 비상구로 들어가 발소리를 울리며 지상을 향해 멀어졌다. 그는 공연히 수삼목을 빙 둘러 걸으며 불 꺼진 사무실들을 지난 뒤에 다시 비상구 앞에 이르러 층계로 들어갔다. 계단 난간에 기대앉아 한동안 아래 층계를 내려다보았다. 그러다 보니 소곤소곤한 말소리가 들렸는데 점점 하나의 선율로 변모했다. 이윽고 쇼팽의 몇 번일지 모를 야상곡이 층계를 우아하게 거슬러 올라왔다. 그것은 지하 서고의 소리였다. 그래. 여기도 도서관이다 이거지. 위쪽에서 문 열리는 소리가 나고 구둣발 소리가 급히 층계를 내려와 뚜벅뚜벅 가까워졌다. 보안 요원이 바로 위 층계참에서 고개를 내밀고 그를 내려다보았다.

「거기는 불편하실 텐데요. 쉴 곳을 찾으십니까?」

「잠시 현기증이 나서요.」

그는 로비에 올라와 밖으로 나갔다. 바깥은 아직 해도 지지 않았다. 다시 솔숲을 걷는 동안 이곳 터줏대감으로 보이는 나이 든 까치가 종종걸음으로 따라와 깟깟대며 성가시게 굴었다. 그밖에도 멧비둘기나 참새 따위가 자주 눈에 띄었다. 정문을 나오면서 한편의 천막 앞에 지친 기색으로 주저앉은 시위꾼들과 눈이 마주쳤다. 그는 왜인지 부끄러운 기색으로 목에 건 출입증을 벗어 주머니에 넣고 발길을 재촉했다. 영역의 담장을 따라 걷던 그는 강변 유원지로 내려왔다. 누구도 보지 않으려고 고개를 푹 숙이고서 한가한 평일 오후 강변 산책로를 걸어 흰 요트들이 정박한 선박장에 이르렀다. 그는 주변에 자리한 원형 무대의 층층대에 앉아 강 저편 대교 아래 위치한 보잘것없는 하중도를 바라보았다. 지난여름 새벽에 그녀와 하중도 벤치에 앉아 지금 이 섬의 불빛을 구경했지. 그는 밤이 오기를, 어둠이 밀려 내려오

면서 그녀와 함께한 기억이 가로등 불빛과 함께 밝혀지기를
기다렸다. 한 무리 젊은이들이 원형 무대에서 스케이트보드
를 타며 재주를 넘고 놀았다. 한 명이 넘어지자 모두가 넘어
진 사람을 나무라며 웃어 댔다. 누가 먼저랄 것도 없이 넘어
진 사람을 일으키려고 다가가는 모습에, 그는 자리에서 일
어나 학대받은 걸인처럼 슬금슬금 그들 눈치를 보며 다른
인적 없는 곳을 찾아 떠났다. 저녁이 되어 가면서 유원지에
사람이 몰리는 터라 왔던 길을 한참 되짚어가다 어찌어찌하
여 다시 도서관으로 향했다.

지하의 타령

그가 도서관에서 보낸 나날은 단조로운 병동 생활을 닮
았다. 환자는 침대에 누워 꼼짝 못 하고 지루하게 되풀이되
는 시간 속에서 불시에 새로운 소식을 전하러 방문한 의사
가 짓는 표정이 무엇을 뜻하는지 가늠하다 문득, 찰나에 오
랜 나날이 헛되이 흘러간 사실을 깨닫는다. 그 순간부터 환
자는 회복하거나, 유예되었던 선고가 마침내 집행되어 급속
하게 병색이 완연해진다. 그의 경우, 현재가 위치한 지점을
환기하던 그 순간, 수직 공동 속 수삼목이 아래서부터 우듬
지를 향하여 점차 붉게 번져 가는 모습을 목격했다. 가지마
다 맺힌 조그만 구과(毬果)가 갈색으로 익으면서 입술 모양
으로 벌어졌고, 지하 4층에 틀어박힌 지반에 어느새 낙엽이

톱밥처럼 깔려 땅을 적갈색으로 물들였다.

「이 수삼목은 암그루야. 우리는 그녀라고 불러.」 너가 일러 주었다. 그의 동료인 나와 너는 그녀를 흠모했다. 둘은 그녀와 영원히 유리되었다는 현실에 자포자기하기도 했다. 「이 시국에 다행이지. 바깥을 나가 봐. 날이 추워지고 건조해지는 가을부터 본격적인 유행이라고들 했지. 이제 확진자수를 세는 게 더는 의미가 없을 정도야. 이용객을 받지 않는 중인 도서관은 비교적 안전해. 관내의 노동자들로부터도 완벽히 격리된 수직 공동 속은 가히 절대적인 속성을 띠지. 그녀가 그 속에서 이리도 아름답고 슬프도록 우거진 건 다 이유가 있어. 밀폐된 속에서만 그녀는 영원히 안전하고 완전해. 유리 벽을 두고 그녀를 바라볼 수 있음에 우리는 감사해야 해. 우리 시선에 병이 자리했다면 그녀는 진작에 썩어 문드러졌을 거야. 우리는 그녀를 만지지 못함에, 그녀와 함께 숨 쉬지 못하는 데에 기뻐해야 해. 우리 손과 숨에 병이 묻어 나올 수 있으니까…….」 나는 짐짓 의연하게 그리 말했다. 반대로 너는 그녀와의 접촉 불가능성에서 비롯된 불안감을 떨쳐 내지 못해 근본적인 회의감에 접어들었다. 「……두려워. 우리는 그녀의 실체와 진정으로 마주하지 않았어. 우리가 보는 건 이 유리 벽이야. 미끄럽고, 차갑고, 투영되지. 우리가 보는 대상은, 그녀의 상(像)이야. 빛이 사라지면 상 역시 사라져. 빛이 있어야 그녀가 있고 칠흑 같은 어둠 속에서는 그녀가 없는 거나 다름없어. 흠모가 오직 빛에서 비롯된 거라면, 우리가 빛을 좇는 무리와 다를 바가 뭐지? 도서관의 모든 불이 꺼짐으로써 시야가 가려지는 순간, 지금과 마찬가지로 그녀가 소리도 못 내고 누구와도 닿지 못한다면 우리는 존재를 확신할까? 불 꺼진 유리관 속에 방치된 그녀가 소리 없이 신음하는 모습을 상상해 봐……. 난생처음으로, 빛이 사라질까, 어둠이 찾아올까 두려워. 우리에게 비치는 그녀의 완연한 모습이 꺼림칙하게 다가와. 그녀는 우리에게 항상 최적의 모습만을 보여 줘……. 한 바퀴만 더 돌고 가지 않을래?」

출근하는 것, 서고에 가는 것, 다른 층에 오르내리는 것, 식당에 가는 것, 산책하는 것, 동료와 걸으며 대화를 나누는 것, 퇴근하는 것을 두고 이곳 도서관 사람들은 한 바퀴 돌고 간다고 표현했다. 경로 대부분이 수삼목을 빙 둘러 거쳐 가며, 나무를 거치지 않으면 비밀스럽고 떳떳하지 못한 것이었다. 그들은 어디서 나서고 어디로 향하든 중앙으로 나와 나무 둘레를 한 바퀴 돈 다음에야 비로소 자신이 가고자 하는 방향으로 길을 틀었다. 그가 보기에도 이는 이상한 일이 아니었다. 여기에서 시선을 두거나 의지할 만한 공간은 수직 공동 속에 갇힌 수삼목 말고는 찾아볼 수 없었다. 여느 도서관처럼 여기도 폐쇄적인 시야를 나름 갖춘 셈이었다. 이곳 도서관에 자리한 서고들 역시 빛으로부터 책을 보호하고자 사방이 벽으로 막혔고 수많은 장서량을 감당하느라 사람 키보다 높은 서가들로 빽빽하였다. 또한 지하로 내려갈수록 서고는 미로같이 복잡해짐으로써 이곳이 사람의 편의가 아니라 오로지 수많은 책을 수용하기 위해서만 파내려 간 지하 무덤임을 상기시켰다. 당연히도 이곳 도서관 사람들은 책을 읽지 않았다. 독서는 그들 일이 아니었다. 책을 보존하고 보호하는 임무도 어쩌면 그들 소관이 아니었다. 이곳 도서관의 광활한 지하에서 책이 행방불명되는 경우란 예삿일이었다. 하지만 허가 없이 책을 외부로 반출하는 행위는 절대 있어선 안 되었다. 로비에 거창한 보안 검색대가 존재하는 이유가 바로 그 때문이었다. 허가하에 책을 반출하고 반입하는 일, 바로 그와 동료들이 맡은 업무였다.

그가 보아 오기로는 도서관이란 생기가 없어야 자연스러운 곳이었다. 관내는 마치 공공장소에 세워진 분향소처럼, 이용객이 많을수록 더 생기 없어지고 삭막해져야 하는 법이었다. 반면 외부인 발길이 끊긴 이곳 도서관은 웃음소리도 이따금 들려오고 사람들 말소리마저도 그다지 조심성이 없었다. 물론 사서들, 즉 선생님들이 그렇다는 거였다. 이곳 도서관에서도 하급 노동자들은 숨죽이고 생활하였다. 일터 곳곳에 숨은 그들을 마주치기란 쉽지 않은 일이며, 간혹 한 명씩이 아니라 모두가 함께 있는 모습을 마주치는 때란 그들이 구내식당에 모이는 점심시간밖에 없었다. 잿빛 점프 슈트를 입은 한 무리 사람들이 묵묵히 식사하는 장면은 매우 이질적이었다. 청소나 설비 등 제각기 다른 일들을 맡은 그들이 함께 밥을 먹을 이유가 없을뿐더러 모였다고 해서 서로를 친근히 여기는 것도 아니고 아무 대화 없이 식사만 했기 때문이다. 그들은 도저히 묶이지 않는 개개인임에도 식사만큼은 모여서 할 수밖에 없어 보였는데, 알량한 소속감이라든지 제복과 신분이 같다는 외적 공통분모를 넘어선, 타지에서 한 핏줄을 가진 이민자들이 서로를 떨쳐 내지 못하는 것과 같거나, 수용소의 패색이 완연한 다국적 전쟁 포로들이 억지로 한데 묶인 것과 같아 보였다. 식사하느라 마스크를 벗은 그들은 대개 나이가 들었다는 외양적 특징을 제외하고는 인상이 제각각이었다. 그가 보기에는 사상범과 사기범, 강력범이 한데 모인 꼴 같았다. 식사를 마치는 대로 그들은 다시 각자가 속한 일터로 흩어졌다. 같은 제복을 입은 그와 두 동료에게 동석을 청하지도 않고 늘 무심히 지나쳤다. 그는 그들 중에 자신이 아는 사람이 있다는 착각에 종종 빠졌지만, 그 근거라는 게 오래전 읽은 책 속 화자와 닮았다는, 엄밀히는 그 비범한 화자의 피를 물려받았으나 여러 대에 걸쳐 섞인 다른 피로 희석되어 고유성이 흔적밖에 남지 않은 후손 같아 보인다는 거였다. 터무니없이 까다로운 전제인 데다 현실에서 불가능한 일이기에 그는 금세 생각을 떨쳐 냈다. 착각이라고 도저히 여기기 힘든 자도 있었다. 교수님 닮은 남자였다. 처음 마주친 순간에만 해도 마치 새로운 인생을 사는 교수님을 마주친 것만 같았다. 이제는 그렇지 않았다. 단지 외양이 얼핏 비슷할 뿐 결코 교수님이 지닌 본질에 채 닿지 못했다. 교수님 닮은 남자는 무엇에도 아무런 의구심이 없었다. 자기 자신마저도 의심하는 교수님이라면 절대 그럴 수 없는 법이었다. 교수님 닮은 남자는 복도에서 그를 지나칠 때마다 매번 쓸쓸하고 수심 어린 낯으로 마스크를 관통하는 긴 한숨을 내쉬었다. 미지근한 한숨이 낯을 스치는 동안 치밀어 오르는, 씻어 내지 못할 부끄러움으로 인하여 그는 차마 말을 건넬 엄두도 내지 못하고 애써 모른 체 그 남자를 지나쳤다.

이 장치뿐인 무대 위를 언제까지 서성이면서 사람들의 시치미를 감내해야 할까? 잠자코 몇 날 며칠을 기다린 끝에 그는 이곳 도서관 사람들에게 있어 생업이자 일상은 가장이며, 도서관은 무대와 뒤편을 가르는 커튼이 없는 장소라는 결론에 다다랐다. 그 역시 한 등장인물, 혹은 무대 장치로서 주어진 근무 시간과 임무에 따라 입장하고 퇴장하기를 반복했다. 그를 비롯하여 모두가 기다리는 주인공은 아직 나타나지 않았다. 그리하여 무대 위에는 아직 어떠한 사건도 벌어지지 않았고 이곳 도서관 사람들은 주어진 입퇴장로와 동선에 따라 자신에게 주어진 패턴을 무의미하게 반복하면서 새로운 지시가 떨어지지 않은 지 오래인 시점에 익숙해져 자기들끼리 수런거릴 따름이었다.

비가 내리지 않는 가을이었다. 수직 공동 위 하늘은 깊이를 짐작 못하도록 짙게 푸르렀다. 사람들은 자신들에게 주어진 보잘것없이 작은 정방형 하늘에 충분히 만족했다. 그 역시도 어느덧 이곳 도서관의 소탈한 기조에 물들어 밖에서는 누구나 바람직하다고 여기는 기쁨과 가치를 포기하고 작은 사실에 기뻐하는 사람이 되었다. 아침에 출근할 때마다 다른 사람들처럼 그도 수직 공동을 한 바퀴 순례하며 수삼목 줄기의 세로로 얕게 갈라지고 벗겨지는 껍질을 찬찬히 돌아보고는 했다. 사무실에는 먼저 출근한 나와 너가 자기 자리에 머리를 박고 쪽잠을 청하는 중이기 마련으로, 그도 기꺼이 동참하여 머리를 박음으로써 노동 전 찰나 휴식에 작은 만족과 여유를 누렸다. 정시에 상사가 상석에 앉으면 셋은 발간 수평선이 그어진 이마를 들어 올리고는 그날 작업량을 할당받았다. 상사가 내민 종이는 책 청구 기호가 기재된 목록으로, 저자도, 제목도, 출판사도 기재되지 않고 오로지 규칙과 순서에 따라 일련의 알파벳과 숫자를 조합하여 부여한 고유 식별 번호뿐이었다. 셋은 매일 1천 권 내외를 반출하였으므로 각각 나눠 가진 목록은 3백 권을 조금 넘었다. 셋은 사무실을 나가 빈 책 수레를 밀어 수삼목 줄기를 빙글빙글 돌면서 아래로 내려갔다. 청구 기호에 따라서 가야 하는 층수나 서고 위치가 달랐다. 선생님이라든지 그와 같은 하도급자만 출입할 수 있는 보존 서고는 모두 지하에 틀어박혔다. 이곳 도서관은 흰개미 굴처럼, 지상으로 드러난 보잘것없는 면적에 비해 몇 배는 더 넓은 지하를 보유했다. 수만 권의 장서를 소장한 서고마다 미색 이동식 서가가 빽빽이 겹친 모습은 공간 효율적이면서도 위생적인 시체 안치실이 연상되었다. 천장에 내장된 환기 설비에서 낮게 울리는 모터 소리가 자아내는 을씨년스럽고 삭막한 분위기는 썩기 쉬운 시체가 차가운 철제 선반 안에 놓여 있으리라는 상상에 현실감을 더했다. 그와 동료들은 날마다 서가에 달린 타륜(舵輪) 형태 손잡이를 힘주어 돌려 틈새를 벌리고 삭은 내가 풍기는 속으로 들어가 책을 찾아 꺼냈다. 오전 내내 셋은 서고를 돌아다니며 책 수레마다 3백여 권씩을 가득 채워 갔다.

매우 시시하고 지루한 일이라도 그의 적성에 맞았다. 살면서 매일 이렇게 많은 책을 꽂고 뽑은 적이 없었다. 한 권을 다 읽은 뒤에야 다음 한 권을 뽑았던 그에게는 참으로 희한한 경험이었다. 목록에 저자나 제목 따위가 기재되지 않은 이유는 다름이 아니라 필요 없어서였다. 당연히도 청구 기호에 도서관학적으로 필요한 정보가 다 내포되었으나 하급 노동자가 알파벳과 숫자가 지닌 의미를 하나하나 알 필요는 없었다. 그에게 필요한 지식은 청구 기호에 따른 책 배열 순서뿐으로, 실상 알파벳과 숫자 순서만 안다면 누구든 서가에서 원하는 책을 찾아낼 수 있었다. 책등에 적힌 제목과 저자명을 보지 않고도 임무 완수가 가능했고 실제로 그도 청구 기호에만 사로잡혀 책을 뽑고 꽂았다. 이것도 일이고 미적거리기보다는 빨리 끝내는 게 낫다 보니 책을 펼치는 시간도 아까울 지경이었다. 책을 앞에 두고도 펼쳐 읽어야 한다는 불쾌한 강박이 느껴지지 않는다는 사실은 그에게 정신적 자유에 가까운 해방감을 선사했다. 그는 책을 뽑고 꽂는 즐거움을 알아냈고 청구 기호의 우연적인 배열에 기뻐하였으며, 책 한 권에 촘촘히 적힌 수만 자의 내용보다 이 책이 하필 여기에 꽂혔다는 물리적 현상에 더 큰 고양과 신비를 느꼈다. 그것은 그에게 있어 놀라운 발견이었다. 이곳 도서관에서 책은 실물이 지니는 물성 그 이상의 의미나 가치를 지니지 않았다.

그는 일할수록 한 권의 책이 지니는 수많은 가능성을 점점 잊어 갔다. 그와 동료들은 책 수레를 끌고 사무실로 돌아와 책마다 표지를 넘기면 나오는 면지에 일일이 라벨을 붙인 다음에 다회용 플라스틱 상자에 담아 로비로 올라가 보안 요원들에게 인계했다. 보안 요원은 반출하는 권수와 목록이 담긴 인계서를 꼼꼼히 읽어 본 다음 상자들이 실린 수레를 끌고 밖으로 나간 뒤, 전날 반출한 책이 담긴 상자들을 수레에 실어 반입했다. 그와 동료들은 돌아온 책들을 사무실에서 검수하고, 다시 책 수레에 실어 끌고 서고로 가서 제자리에 꽂았다. 그가 처음으로 사무실에 방문하였을 때 나와 너가 책장을 빠르게 넘기며 훑어보던 게 바로 검수였다. 그렇게 빨리 넘기면서 무엇을 살피는지 나와 너도 알지 못했다. 셋이 아는 정보란, 제때보다 이르게 퇴근하기 위해서는 최대한 빨리 검수를 끝내야 한다는 것과 책 내용을 한 장 한 장 살피기에는 시간이 터무니없이 부족하다는 거였다. 분명 반출과 반입 과정에서 책에 정체 모를 가공이 가해졌다. 반출 전 면지에 붙여 둔 라벨이 반입 후에는 보이지 않는 게 그 증거였다. 어쩌면 이곳 도서관의 장서를 무단 반출하고 복제본이나 아예 다른 책을 들여오는지도 모른다고 그는 언뜻 생각했다. 책등에 붙은 청구 기호만 볼 뿐 제목과 내용을 누구도 확인하지 않으니 쉽게 속일 만했다. 그렇지만 누가? 왜? 하필 널리고 널린 책을? 의문은 이곳 도서관 책들이 지니는 특유의 익명성으로 인해 금세 사그라들었다. 자기 손아귀에 잡힌 책이 무엇이든 손길을 벗어나는 순간 바로 잊혔고 기억을 더듬을 의지조차 희박했으므로, 원래 그 책이든 아니든 상관없었다. 그는 책을 뽑고 옮기고 내보냈다가 들여와서 검수하고 꽂는 일련의 과정에서 얻는 소탈한 기쁨에 전염되어 이 소일거리로 꽤 오랜 세월을 때우기를 소망했다. 먼 미래까지 이곳 도서관에서 일하며 늙어가기를 꿈꾸다 감상적인 기분에 사로잡혀 눈물을 글썽이기도 했다. 더는 단순한 소일이 아니었다. 이제는 종교적 경건

함마저 깃들어 책을 뽑고 꽂는 행위를 통해 오염된 속을 정화하는 치료적 의미도 지니게 되었다. 그는 이곳 도서관에서 재활했다. 바깥의 덧없이 유해하기만 한 악덕과 갈망에서 벗어나 자기 자신을 유폐하는 것. 이곳 도서관의 장서량에 비추어 보건대 그가 평생을 부지런히 일해도 모든 책을 만져 보진 못할 것인즉 여기서 보장하는 시간이란 한없이 길어 보였다. 그러나 일은 그렇게 주먹구구식으로 돌아가지 않았다. 여러 해에 걸쳐 진행하는 사업이기는 하나, 연속적으로 일을 진행하는 게 아니라 매해 겨울에서부터 다음 해 늦봄까지 휴지기를 가질뿐더러, 애당초 모든 책이 작업 대상은 아닌 듯했다. 그가 서가에서 뽑는 책들 사이에는 제법 여러 권이 제외되었고, 그렇게 건너뛰어 가며 셋이 작업하다 보니 넓은 서고의 어느덧 말미에 다다랐다. 서고는 얼마든지 더 있으나 그와 동료들이 모든 서고를 다 방문하지도 않았다. 모든 사업이 그렇듯 이곳 도서관도 끝이 예정되었고, 경제적 비용을 절약하기 위해서라면 마치는 시기를 얼마든지 앞당길 수 있었다.

끝이 도래하리라는 전망은 그를 성마르게 만들어 조바심의 화살이 애꿎은 나와 너에게로 향했다. 그는 둘과 같이 오래 일하고 싶은 마음이 전연 없었다. 둘만 없다면 여기서 더 오래 해 먹을 텐데! 그는 심지어 상사에게 둘의 해임을 은밀히 건의하기까지 했다. 앞선 이유만으로 그리한 건 아니었다. 둘은 태업했다. 이곳 도서관에서 하루 동안 하는 일은 맘만 먹으면 지금보다 더 이르게, 해가 중천일 때 끝낼 수 있을 정도로 양이 과중하지 않았다. 새로이 그가 합류했음에도 일 양은 늘지 않았다. 이르게 일을 끝내고 손가락만 빨다가는 상사가 다음 날의 할당량을 앞당기거나 아예 인원 감축을 고려할 수도 있다는 게 나와 너가 주장하는 태업의 정당성이었다. 상사는 고자질을 찬찬히 들어 준 끝에 마음이 상했겠다는 몇 마디 기계적인 위로를 소곤소곤한 목소리로 건네고 앞으로도 지켜봐 달라는 말을 마지막으로 그를 돌려보냈다. 모범적인 하도급자로서 불평불만 없고 참을성 깊은 상사는 자기 귀에 들려오는 어떤 험담도 담아 두지도 남에게 전하지도 않았으므로 밀고는 없던 일이 되어 아무에게도 알려지지 않고 맥없이 마무리되었다.

나와 너는 그의 속도 모르고 서고에 셋만이 남아 일하는 내내, 그가 그토록 경멸하여 타령이라 일컫는 대화를 서로 주고받았다. 함께 일하게 된 처음에 나와 너는 성심껏 그를 자기네 타령에 끼워 주려고 몇 마디 말을 건넸다. 만일 친해지지 못하면 앞으로 일하는 내내 서로 간에 곤혹스러운 긴장감이 감도리라고 예감해서였다. 그가 말을 받아 주지 않자 정말로 셋은 괴롭다시피 적개심 어린 긴장감이 날로 커지는 속에서 아무 대화도 나누지 못하고 꾸역꾸역 일만 했다. 각자가 할당받은 목록에 해당하는 구역의 간격이 나날이 멀어져 그가 눈앞에 보이지 않자 나와 너는 더는 눈치 보지 않고 서가 두세 칸을 사이에 두고 큰 소리로 대화를 나누었다. 서고에 둘 말고는 그밖에 없고 선생님들이 일절 출입하지를 않으니 나와 너는 엄숙해야 할 공간에서 실컷 불경하게 굴었다. 그는 무력하고 비참한 처지를 한탄하며, 들려오는 대화 속에서 혐오할 만한 구석을 색출하여 속으로 있는 힘을 다해 물어뜯을 수밖에 없었다.

나와 너의 타령은 아무런 방해 없이 계속되고, 지속되었다. 둘이 주고받는 내용은 이른바 쇠락과 새 징후에 관해서였다. 서가 여러 칸을 건너서 그에게 도달한 이야기란 예컨대 이러했다. 토씨가 정확하지 않고 내용이 왜곡되었을 가능성도 있겠으나, 어차피 나와 너가 나누는 이야기에 일관된 주장이란 온통 한탄뿐인 타령이라는 점이 다인데 엄밀하지 않더라도 무슨 상관이겠는가.

나   우리가 속하지도, 계승하지도 않은 시대의 공깃돌을 가지고 놀이하는 치들을 나는 비웃어 왔지. 뒤늦게야 나 역시 크게 다르지 않다는 걸 실감해. 지금 가판대에 널린 것들은 내가 아는 그런 게 아니야. 선생님이 몇 가지 간소한 절차를 마치고 이용자에게 쥐여 주는 그것은 내가 알던 게 아니라고. 내가 안다고 믿은 대상은 실은 명맥이 끊겼어. 내가 태어나기도 전에! 간혹 누군가가 계승하고,

이어 나간다고 감히 확신했던 시기가 있었지. 어
차피 나만 진지했어. 모두가 아는데 나만 몰랐어.
항상 그런 식이야. 아무도 내게 가르쳐 주지 않았
어. 단지 한물갔다고 넌지시 일러 준 정도지. 실은
한물간 정도가 아닌데 말이야······.

너 아! 우리는 화전민 같은 거야. 언제까지고 숲을
불태우고 재에서 새로이 시작할 수 있다고 믿어
왔지만, 글쎄. 우리 대에서 지력(地力)은 이미 상
실한 지 오래야. 그런데도 다시 한번 숲에 불을 질
렀어. 우리는 불이 꺼져 가는 걸 지켜보는 중이야.
숙연한 눈빛으로. 잿더미 속에서 먹음직하게 잘
구워진 게 있나 지켜보느라, 척박한 땅에 더는 무
엇도 심을 수 없다는 현실을 깨닫지 못하는 거지.

나 화전민 비유는 온당치 않아. 현실에서는 아무도
불을 지르지 않았거든. 요즘 세상에서 무엇 때문
에 숲이 사라져 가는지를 생각해 보면 답이 나오
지. 나는 한 무정부주의자 이야기를 알아. 많은 무
정부주의자의 심금을 울렸지. 그 이야기에 그들
이 들고일어나 날뛰었어. 무정부주의자뿐이었겠
어? 권위주의자들, 민족주의자들, 국가주의자들
역시 불온하다며 들고일어났지. 정작 그 이야기
를 들려준 사람은 어디에 속하지도 않고 뭘 알지
도 못하는, 나약하디 나약한 순응자였어. 그 사람

은 오직 자기 이야기 속에서만 무정부주의자였
지. 이해하겠어? 어느 무정부주의자가 그 사람에
게 따졌어. 왜 현실에서는 항거하지 않느냐고. 그
사람은 한낱 이야기 가지고 왜 자신이 항거하고
죽음을 무릅써야 하는지 억울했어. 한데 현실에
서만큼은 순응자이므로 누구에게도 따지지 않았
어. 단지 입을 다물고, 누구를 자극하는 이야기를
더는 전하지 않겠지. 말해 봐. 너는 요즘 시대에도
숨겨진 걸작이 존재할 가능성이 있다고, 아니 존
재한다고 봐?

너 　대답은 아니오야. 이 시대는 그렇지 않아. 걸작이
있다면 어떻게든 조명받게 되어 있어. 좋든 싫든
한 개인이 숨기고 살기가 불가능한 시대라고. 이
시대의 놀라운 특성은 바로 그거야. 아무도 숨기
지 않는데도, 모두에게 열려 있는데도 걸작이 없
는 시대야. 우리는 고대할 자격이 없어. 마땅히 기
다려야 하는 것은 마지막 걸작이 아니라, 비루하
도록 질긴 목숨이 기어이 끝날 순간이야.

나 　아니야. 그렇지 않아. 징후만 있다면…… 징후가
있었으되 그 뒤에 침묵하고야 만 이들을 파헤친
다면. 설령 그자가 죽었더라도 무덤까지 파헤쳐
야 해. 한번 반짝였다가 시시해진 자들을 말하는
게 아니야. 모두에게 평가절하당하다 못해 입을

틀어막힌 자를 파헤쳐야 해. 그자는 드러난 게 다가 아니야. 숨겨 놓은 걸작이 얼마든지 있어. 다만 세상에 내놓지 못한 거야.

너 　자, 마지막은 이미 과거에 누차 선고되었어! 마지막을 새로이 갱신할 누가 나타나 걸작으로 증명하지 않은 지 오래인 현재로서는, 우리가 해야 할 일은 오래전 마지막 선고를 받아들이는 것뿐이야.

이 모든 건 말뿐이었다. 그가 보기에 둘은 참으로 딱한 자들이었다. 세상 밑바닥에서도 실체가 불분명한 세계의 말로와 유예를 이야기하니 말이다. 나와 너가 어쩌다 어울리게 되었는지 나누는 대화만 들어도 빤한 노릇으로, 둘은 각자 이름처럼 서로에게 예속되었고 화장실조차 함께 갔다. 둘이 세상에서 마주치는 사람들이란 사는 데에 부차적으로 감수해야 하는 제삼 인칭의 군상일 따름이었다. 그가 나와 너를 얕잡아 보고 경멸하게 된 데는 아무래도 둘의 호칭 문제도 컸다. 나는 자신에게 있어 나인 동시에 너에게 있어 너였고, 너는 나에게 있어 너인 동시에 자신에게 있어 나였다. 인칭 대명사 규칙에서 이는 이상하지 않았으나 대화를 나누는 모습을 지켜보는 그로서는 가뜩이나 외양이 비슷한 둘을 구분하고 경계 짓기 난감했다. 두 자아의 경계와 구분이 희미한 꼴이 그를 견디기 힘들게 하였다. 영원히 나와 너가 함께하리라는 보장이 없는데도 둘은 왜 서로에게 있어 절대적으로 나와 너이며 떼려야 뗄 수 없을까? 이미 둘은 함께 살았다. 말한 자는 나였나, 너였나? 「꼭 우리 중 한 명은 운이 좋았어. 지금 사는 아파트는 우리 중 한 명의 운으로 당첨된 공공 주택이야. 원래 형편이라면 살지 못할 집이지. 우리 소유는 아니라도 월세를 감안하면 거저나 다름없어. 언제 한 번 꼭, 우리 집에 놀러 와. 신도시에서는 모두 새로 짓는 중이야. 거기서는 누구나 막 시작이라, 텃세도 없이 모두가 평등해. 아직은 아파트만 덩그러니 있지만 나는 지금, 이 시절이 가장 좋아. 우리와 어우러질 자연이 아직 남았거든. 발코니 너머로 야트막한 산이 있어. 나는 산의 사계절을 다 보고 싶어. 우리는 언제나 쫓겨 살았거든. 올해 봄에야 이 보금자리를 찾았어. 함께 사계절을 난다면, 더는 여한 없을 거야.」 아, 딱한 것들! 둘은 함께 안정적인 미래를 위해서 궁색하기 짝이 없는 현재를 보냈다. 나와 너는 구내식당에서 식사하는 법이 없었다. 그를 데리고 구내식당 옆에 딸린 매점으로 간 나와 너는 매대에서 알루미늄 포일로 싸인 짤막한 막대기를 들어 보였다. 「우리도 식권을 살 수 있지만 선생님들과는 달리 직원 할인이 되지 않아. 하급 노동자에게는 턱도 없는 가격이지. 알아? 여기 구내식당을 이용하는 하급 노동자들은 모두 내일이 없는 자들이야. 버는 돈을 점심 식사에 다 쓰는 족속들이지. 왜냐면 그 외에는 돈 쓸데가 없으니까……. 너는 다르지? 너는 이곳 치들과 같으면 안 돼. 기억해. 한 끼에 한 마디씩이야.」 그는 알루미늄 포일에 싸인 네모진 막대 모양 비스킷을 받아 들었다. 검지만 한 비스킷은 여느 손가락과 마찬가지로 세 마디로 이루어졌다. 점심때마다 셋은 비스킷 한 마디씩을 한입에 물고 오랫동안 우물거린 끝에 끈적거리는 식감 속에서 희미한 단맛을 감지함으로써 영양을 보충하였다며 안도했다. 그는 점심마저도 둘과 함께하고 싶지는 않았으나 식사의 간편성을 인정하고 나와 너를 따라나서고는 했다. 「한 끼에 한 마디씩인데, 하루에 하나를 사버리면 어떡해? 세 끼를 다 그것만 먹는 것도 아니고.」 나와 너가 그에게 매일 핀잔했지만, 한편으로 셋은 궁색 속에서 조그만 일치감을 느꼈다. 어쩌면 모두 비슷비슷한 계층 출신이어서인지도. 그가 나와 너에게 보이는 경멸은 결코 속이지 못할 동족이라는 데서 연유하는지도 몰랐다.

그가 일하는 간이 사무실에서는 타자음 없이, 날마다 책을 펼치고 덮었다가 책 수레에 탁 내려놓는 소리만이 반복되었다. 그는 자신이 하는 일을 닮아 가면서 갈수록 단순해졌다. 일에서 책은 개별적인 고유성을 상실했으므로, 그날 일의 처음과 끝만 있을 뿐, 익명의 책들을 뒤적인 중간 과정은 별다른 기억과 자취 없이 지나가 다음 날이면 송두리째 잊혔다. 머릿속에 남는 게 아무것도 없는 나날의 반복은 그에게 사소한 건망을 초래했다. 어느 날은 서가에서 어떤 책을 뽑은 줄 알았는데 문득 정신이 들어 서가를 다시 보니 그대로 꽂혀 있고 뽑지 않은 책이 그의 손에 들려 있기도 했다. 사업이 진척되는 나날이 그와 동료들은 서고 깊숙이로 들어가 오래전 낡은 책들을 손끝이 까매지도록 뒤적였다. 그 책들에는 옛적의 복잡한 청구 기호가 부여되어 특정한 한 권을 찾기 헷갈릴뿐더러 도로 제자리를 찾아 꽂기도 오래 걸렸다. 셋은 꽂아야 할 위치를 구별하고자 책을 뽑고 나면 빈자리의 왼편 책을 가로로 눕혀 놓았다. 작업을 끝내고 돌아보면 서가 여기저기 눕혀진 책들이 비죽 튀어나와 보였고, 그는 책을 눕히는 별거 아닌 변화가 어쩐지 수치심을 주는 모욕적인 행위인 듯하여 마음이 편치 않았다. 영문도 모르고 눕혀져서 서가 밖으로 목을 내민 책들은 자신에게 가해진 폭력에 겁먹어 숨죽이는 듯했다.

일을 모두 마친 뒤면 그는 도서관 밖으로 나가는 둘과 헤어지고서 할 일 없이 수삼목을 따라 빈 복도를 빙글빙글 돌았다. 미로 같은 이곳 도서관에는 여기저기로 뻗친 복도가 많았다. 하나같이 수삼목이 보존된 수직 공동으로 통하였기에, 복도의 한쪽은 공동을 타고 내려오는 햇살로 천국의 문처럼 찬란하게 빛났다. 나머지 한쪽 끝은 벽에 가로막혀 어둠이 드리워졌다. 그는 한쪽 끝 어둠 속 벽에 기대앉아 비스킷 한 마디를 우물우물 곱씹으며 다른 한쪽 끝의 빛이 사그라들기를 기다렸다. 저녁 어스름마저 가시고 복도에 간접 등만이 점점이 밝혀진 그때에야 일어나서 컴컴한 공동을 한 바퀴 돌고 계단을 내려가 낮에 일했던 서고로 들어갔다. 서고에는 무지막지한 책 무게를 지탱하느라 곳곳에 기둥이 세워졌고, 장애물을 피해 서가가 설치되다 보니 그 뒤에 아주 보잘것없는 빈 곳이 생겨났다. 어둠 속을 더듬거리며 들어가 이동식 서가를 손으로 당겨 대충 가리기만 하면 순찰을 하는 보안 요원 눈을 얼마든지 피할 수 있었다. 그는 자기가 종일 괴롭히던 책들 사이에서 기거하며 초라한 밤을 생활하였다. 마지막 순찰이 끝나면 그는 화장실에 들러 씻고, 마스크와 작업복을 빨아 서고 바닥에 널었다. 습기를 감지한 환기 설비가 요란히 모터를 돌려 금세 옷을 바짝 말렸다.

그 외 밤중에 딱히 무얼 하지는 않았다. 다만 사위가 조용해지고 나면 천장 부근 어딘가에서 정체 모를 소리가 들려오고는 했다. 익숙한 쇼팽의 야상곡이 아니었다. 라디오를 튼 것처럼, 사람들이 대화 나누는 소리가 들려왔다. 처음에는 오랫동안 대화를 나누지 못한 자신이 소통을 그리워하느라 겪는 환청이라 여겼으나, 그렇지 않았다. 천장 내부에서 나지막하게 울려 퍼지는 사람들 목소리는 진중하게 무엇을 논했다. 그가 크게 관심 가지고 귀 기울이지 않아서 모두 알아듣지는 못했지만 역시 나와 너의 대화와 마찬가지로 존폐에 관해서인 듯했다. 한데 나와 너와는 달리 이들은 무엇의 존폐를 논하는지 확고하게 알고, 결정지을 힘과 권한 또한 가진 듯했다. 어느 날 늦저녁 도서관 밖에서 폭약이 요란하게 터지는 소리가 연달아 들렸다. 처음에만 해도 강변에서 젊은이들이 쏘아 올리는 폭죽처럼 날카롭기만 하고 빈약한 소리였지만, 마치 공습 상황처럼 폭음이 갈수록 거대해지고 가까워져 그 진동으로 서가가 흔들거렸다. 지하의 그는 겁에 질리는 것 말고는 어찌할 도리가 없었다. 천장에서 예의 사람들이 침착한 목소리로 대화를 나누는 중이었다. 「……전쟁도 방법이야. 그렇게 처리할 수도 있겠어. 존폐의 당위, 이 모든 이유……」 그는 전쟁의 공포에 사로잡혀 서고 밖으로 뛰쳐나가 어둠에 잠긴 그녀, 수삼목을 지나고 계단을 오른 끝에 텅 빈 로비를 통해 오랜만에 세상으로 나왔다. 불꽃놀이였다. 밤하늘에 피어오른 화려한 불꽃이 검은 연기를 토해 내며 사그라들었다. 눈부신 섬광이 번쩍이는 찰나마다 위독한 병자처럼 파리하게 질리던 밤하늘의 낯빛은 이내 고통스럽게 거뭇거뭇해졌고 다음 단말마에서 다시 반복되었다. 불꽃놀이가 끝나고 맥이 빠져 다시 로비로 들어간 그 앞에 보안 요원 한 명이 서서 태연히 손 인사를 건넸다. 출입증을 꺼내려고 주머니를 뒤적거렸지만 찾을 수 없었다. 그가 찾는 게 무언지 보안 요원이 알아채고 눈웃음 지은 낯으로 말했다. 「그런 건 아무래도 상관없어요.」 대신 그에게 전자 체온계를 내밀었다. 방금까지 놀라 뜀박질했던 터라 체온은 정상보다 높았다. 그는 초조하게 보안 요원이 자신을 어찌 처분할지를 기다렸다. 「괜찮아요. 다시 재면 돼요.

자, 다시……」 보안 요원이 상냥하고도 찬찬한 손길로 거듭 재는 동안 그는 진정되어 곧 정상 체온에 이르렀다. 보안 요원이 체온계 숫자를 그에게 보여 주며, 마스크를 쓴 얼굴로 그것 보라고 장난스럽게 웃었다. 그는 안으로 들여보내졌다. 서고로 돌아왔을 때는 천장에서 더는 아무 소리도 들리지 않았다. 소지품을 두었을 법한 어디에도 출입증은 없었는데, 어차피 쓸 일이 거의 없는지라 까맣게 잊고 있었다. 불현듯 그는 서가로 온통 가로막힌 사위를 두리번거렸다. 엿듣는 귀를 눈치챈 자들이 주고받는 서슬 퍼런 눈빛과 침묵이 서고에 도사리는 듯했다.

그녀에게 이르다

서고 칸칸이 불이 들어왔다. 적막한 복도로 기어 나온 하급 노동자들이 수삼목에의 순례를 마친 뒤 아침을 준비하는 동안 로비를 비롯한 곳곳에 보안 요원들이 모습을 드러냈다. 그도 서고의 사각지대에서 머문 흔적을 지우고 출근하던 차였다. 그는 그동안 영위하던 안온한 생활이 송두리째 뒤집히면서 감춰진 음모가 드러나리라는 예감을 담담히 받아들였다. 천장에서 들려온 목소리에 관해 그는 어디에도 고하지 못했다. 본의 아니게 감청한 그 소리는 통신 설비의 예기치 않은 혼선이 오래전부터 방치된 거로 짐작되었는데, 시도 때도 없이 천장에서 들려오는 대화를 누구도 언급하거나 조치하지 않았다. 또한, 모두가 퇴근하고 서고에 아무도 없어야 할 시각에 안에서 뛰쳐나왔다가 도로 되돌아온 그를 보안 요원이 아무런 추궁이나 제지 없이 단지 체온만 재고 들여보냈다는 사실도 몹시 수상쩍었다. 만약 모든 직원이 한통속이고 이곳 도서관이 허술하면서도 웅숭깊은 하나의 덫이라면, 모든 것을 계획하고 직원들에게 지시 내렸을 누군가가 뭘 노리는지 그는 짐작도 가지 않았다. 그가 보기에 이곳 도서관은 단순한 덫이 아니었다. 사냥감을 속여야 하는 덫이라는 구조물에 이리도 뚜렷한 자의식과 손길이 묻어 나올 수는 없으므로. 직원 누구든 그를 딱히 사냥감으로 여기지도 않았다. 그들은 그에게 융숭한 동시에 태평했다.

할 일이 이르게 끝나 가득 찬 책 수레를 복도에 세워 두고 수삼목 밑동을 서성이던 가운데, 그는 나와 너가 종일 늘어놓는 그녀 타령을 더는 참지 못하고 불쑥 화냈다.

「이 멍청이들아. 너희의 그녀는 여기 없어. 나무 위, 저 구멍 속 하늘을 봐. 몇 분이고 몇 시간이고 보라고. 무엇 하나 움직이는지. 새가 나타나나, 구름이 움직이나. 나뭇잎이 바람에 흔들리나, 비가 내리나. 저 안에서는 낙엽이 지는 것 말고는 아무 일도 일어나지 않았어. 하늘도 시간에 따라 색이 변하기는 하지. 그게 이상한 거야. 저 안에서는 어떤 건 시간이 흐르고 그 외의 것에는 시간이 흐르지 않아. 정녕 모르겠어? 그녀는 만들어진 거야. 원래는 있지도 않아. 아니면 저 멀리 어딘가에서 투영된 신기루인 거야. 저 안에는 아무 것도 없어. 너희가 보는 건 한 예술가가 만든 작품이야. 누군가가 치밀하게 구성하여 재현한 작품이라고. 어떻게 살아 있지 않은 대상과 사랑에 빠질 수 있어? 대답해 봐. 어떻게 그래?」

이곳 도서관에 온 이래로 그가 깊길이 성을 낸 것도, 이리 많은 말을 한 것도 처음이었다. 나와 너는 처음에는 놀라 훌쩍거리다가 그치지 않는 다그침에 절망적으로 자기 머리를 쥐어뜯었지만, 그래도 답을 찾지 못했다. 둘은 그에게서 몸을 돌려 벌서는 아이처럼 유리 벽을 정면으로 마주했다. 영원히 보존된 그녀가 자기들을 절망에서 구해 주리라고 생각했을까? 그녀가 존재 증거를 나뭇가지 끝에 걸고 그들이 선 지하층 유리 벽 가까이 내밀어 보이리라 희망했을까? 하급 노동자들이 매일 깨끗이 닦아 티 없이 맑은 유리에 나와 너의 고집스러운 얼굴이 비쳤다. 수직 공동 내부에 실재하여 뿌리 내린다고 믿어지는 나무 밑동에 반투명하게 반영된, 마스크로 얼굴 반을 가려도 숨길 수 없는 고통스럽도록 멍청한 표정의 두 낯. 의심을 향해 더는 걸음을 내딛지 않기로 한 자신의 자발적인 선택에서 비이성적인 순종 말고는 연유를 찾지 못하는 데 충격받은 순진한 표정의 두 낯. 두 낯 뒤에 선 그의 움푹 파이고 그늘진 낯이 마스크를 들썩거리며 나와 너에게 중요한 사실을 일깨웠다.

「여기에 비친 것 중 존재하는 건 오직 너와 나뿐이야.」

나와 너는 망부석처럼 선 채로 굳었고 그는 잔인하게 군 데 죄책감과 혼란을 느끼면서 자기 몫인 책 수레를 끌고 먼저 사무실로 올라갔다. 수삼목을 빙글빙글 돌아 올라가던 그는 이곳 도서관의 나무 숭배자들, 그러니까 하급 노동자들에 대해 곰곰이 생각했다. 매사에 드러냄 없는 그들을 파악하기란 쉽지 않은 일이나, 오며 가며 마주치는 개개가 수삼목이 보이는 권역에 발 닿는 순간부터 고개를 푹 숙이거나 부끄러워하듯 나무로부터 고개를 돌리는 광경을 익히 본 터였다. 나와 너처럼 티를 역력히 내지는 않아도 그들 역시 수삼목을 남몰래 훔쳐보고 곱씹으며 숭상함이 틀림없었다. 한데 알지 못하는 이유로, 비할 바 없이 미천한 자신을 의식하며 괴로운 회오에 잠기는 듯했다. 나는 그렇지 않아. 그는 생각했다. 나는 수삼목의 영향을 받지 않아. 나무를 보며 흠모하지도 괴로워하지도 않아. 왜냐하면 나와 동떨어졌기 때문이야. 동떨어졌지만, 마주하지. 그게 작품의 속성이야. 수삼목의 실재 여부는 아무래도 상관없어. 설령 존재하더라도 도서관 중심에 심긴 이상 이 나무는 서고에 꽂힌 수많은 작품과 다르지 않은 거야. 이 또한 지어낸 거야. 그는 이곳 도서관에서 수없이 다루면서도 정작 제목조차 알아보지 못하는 책들을 대하듯이 수삼목을 대했다. 이제는 달리 봐야 할지도 모르겠다고, 그는 상념에 잠겼다. 이곳 도서관이 덫이라면, 이리도 소중히 보존한 수삼목을 사냥감에 내보이며 유혹하는 이유가 있을 테다. 단지 미끼가 아니야. 여기서 무슨 일이 발생하더라도 사냥감이 차마 떠나지 못하게 하는, 인질인 거야.

마지막 책이 서가 제자리에 도로 꽂히면서 도서관 일과가 마무리되고 지루한 휴일이 시작되었다. 다음 평일이 오기 전까지 나와 너는 도서관을 떠나 둘만의 보금자리에 머물렀다. 그는 관내에 있지 않은 둘을, 다른 이 없이 단둘이서만 시간을 보내는 나와 너를 상상하기가 좀체 힘들었다. 둘만 남았을 때도 나와 너는 서로를 구별하고 완전한 타인으로 대할까? 퇴근한 뒤 둘은 동전처럼 양면을 가진 외로운 하나가 되지 않을까? 어쨌거나 그는 관내에 혼자 남았고, 평일보다 더 자유로이 지하를 돌아다녔다. 서고의 천장에서 들리던 목소리들도 그날 밤 뒤로 조용히 입을 다물었다. 그에게는 다행스러운 일이었다. 이제 그들은 조심해 가며 더 은밀히 음모를 속닥거릴 테고, 그럼 더는 거기에 연루되지 않고 골머리를 썩이지 않아도 된다. 아니면 이미 그는 연루되었고, 다음 평일에 무슨 일이 벌어질 것이다. 위에서부터 호출이 있을 것이다. 짐짓 그를 떠볼 것이다. 그는 모르는 체할 것이다.

그는 슬프지 않을 것이다. 이곳 도서관 모든 게 허위더라도. 수삼목이 존재하든 존재하지 않든. 이곳 도서관에서 그는 자기감정이 무엇이든 의식하고 표현했지만, 충분하게 날이 서지 않고 무딘 그것들은 그에게 지속되는 그 무엇도 남기지 않았다. 마치 꿈속에서 화내고 두려워하고 슬퍼하는 것 같았다. 웬만해서는 그가 유지하는 안온한 상태를 깨뜨리지 못하고 파급력 없이 단발성에 그쳤다. 혹은 배우가 대본대로 연기하다 실수로 빠뜨린 지시문 한 줄을 뒤늦게 상기하듯, 감정은 미처 표현하지 못한 한마디 건조한 사실문으로 머릿속에 꺼림칙하게 남았다.

그가 텅 빈 복도를 정처 없이 헤맸다. 자신이 지금과 같이 도서관에 유폐되리라는 운명을 그는 오래전부터 예감했다. 도서관의 유형수가 되어 출구를 찾지 못하고 미로 같은 서고를 헤매는 모습을 상상해 왔다. 그러한 말로를 담담하게 받아들일 준비 또한 늘 갖추었다. 원래 그는 자기 자신을 현미경으로 가까이 들여다보듯 대했는데, 요 근래는 스스로가 거리와 건물이 첩첩이 쌓인 도시 원경 끄트머리에 걸린 행인같이 멀찍하고 조그맣게 느껴져 언젠가 지평선을 흐릿하게 넘어가 사라지리라는 막연한 기대감을 품었다. 한편 자기 운명을 받아들인 자라도 지하의 휴일은 따분하기 짝이 없었다. 이곳 도서관 수삼목 숭배자들처럼 하릴없이 수직 공동을 빙글빙글 맴돌았으나 그들과는 달리 나무에 어떤 애정이나 회오도 내보이지 않았다. 나무가 그녀라손 치더라도, 눈에 보여야지 믿는 그들과는 달리 눈에 보이지 않아도 그녀가 존재함을, 그럼에도 눈앞에 현현(顯現)하지 않으리라는 진실을 인정해야 한다고 그는 확신했다. 그녀는 존재하지만, 이렇게 노골적으로 전시되는 식은 아니야. 그는 그렇게 믿었다. 그녀에게 이르는 길은 이렇게 투명하게 내다보이는 유리 벽으로 가로막히지 않았다고. 그는 끼니때마다 걸음을 멈추고 그 자리에 서서, 혹은 주저앉아서 비스킷 한 마디를 베어 물고 입안에서 눅진해지도록 가만히 기다렸다가 이내 천천히 우물거리면서 턱과 혀로 스며들어 오는 아릿한 통증과 단맛을 음미했다. 이전 직장의 층계참에 턱을 찧으면서 다친 상처는 이미 아물었지만, 이렇게 저작(咀嚼)할 때마다 통증이 희미하게 되살아나 미각과 뒤섞였다. 아릿하게 상기되는 그녀와의 기억을 곱씹을수록 끈적하고 달큼한 맛이 났다. 끝내 목구멍으로 넘어가면서 더는 반추하지 못하게 되었으나 기억은 그다음 끼니때 딱 비스킷 한 마디만큼 다시 생겨나서 입에 군침이 돌게 했다. 지속되는 반추로 그녀에 관한 기억은 형태를 알아볼 수 없이 녹아내렸다. 기억이라는 양분이 피와 살이 되어 살게 하고, 나아가 그를 구성했다. 그는 어느 때보다도 더 멀리 떨어진 그녀로 인해 완전해지고, 충만해지고, 존재하게 되었다. 그러나 그저 매일 밤 서고의 관짝 속 같은 어둠에 몸을 뉘는 그로서는, 그녀로 말미암아 자신이 존재한다는 진실을 의식하고 감당하기란 아직 불가능한 일이었다.

「당신은 잠들어 있군요.」

이곳 도서관의 한 선생님이 그리 말했을 때 그는 잠시 두 눈을 끔벅이다가 자기는 이 생활에 만족한다는 엉뚱한 대답을 어쩔 도리 없이 중얼거렸다.

「가끔 눈을 뜨고 현재 지점이 어딘지를 분간하느라 깨어 있다고 여길 뿐 기실 오랫동안 잠든 셈이에요. 아시다시피, 깬 상태는 연속성을 전제로 하지요. 당신이 우리 도서관에서 지내면서 느끼는 감정들이란 잠결에 뒤척이다 피식 웃는 정도에 지나지 않아요. 당신은 다시 한번 깨어나야 해요. 깨어나는 즉시, 거듭해서 깨어나야 해요. 그렇지만 당신은 자포자기하는군요.」

그와 선생님은 지하 최하층 서고들 사이로 난 복도를 단둘이 걸었다. 복도 끝에 다다르면 선생님은 우아한 손짓으로 왔던 길을 가리켰고, 둘은 다시 서고를 돌아 여기저기로 꺾이다 종국에는 수직 공동으로 닿는 긴 통로를 되짚어 걸었다. 선생님은 애초 시찰이 아니라 그와 은밀히 말문을 트는 게 목적인 듯했다. 복도를 오가면서 하급 노동자들을 두어 번 마주쳤는데 죄다 선생님을 감히 올려다보지 못하고 고개를 비롯한 상체를 움츠리고 종종걸음쳤다. 언뜻 보기에 선생님은 단정한 말투와 성정을 지니었다. 하지만 아랫사람에게 일삼는 태도에는 권위적이고도 무심한 면이 컸다. 평일이 시작되어 그가 동료들과 함께 자기 자리에 머리를 박고 막 출근한 상사가 느긋하게 외투를 벗을 때였다. 선생님이 인기척도 없이 불쑥 들어와 샌드위치 패널 벽으로 이루어진 공간을 기웃거렸다. 선생님은 여과기가 돌출된 방진 마스크를 쓴 모습이었다. 숨만 겨우 쉬도록 단단히 봉한 하관에서 또똑한 목소리가 흘러나왔다. 「하던 대로 하세요.」 하도급자 일동이 창피해하면서 자세를 추스르고 부산스레 움직이는 모습을 선생님은 아랫사람이 범접 못 할 복잡한 의중이 담긴 시선으로 지켜봤다. 그리하여 그가 이렇게 불려 나와 선생님과 함께 이곳 도서관 최하층으로 내려간 거였다. 상사가 절절매며 곧 서고로 책을 뽑으러 가야 한다고 간청하였으나 선생님은 신입인 그를 면담하겠다고 재차 말했다. 인력 채용은 전적으로 하도급 업체 권한이나, 정식 채용 절차에 따르지 않은 별도 충원은 다른 문제이므로 필요 인원인지를 검증해야 한다는 것이었다. 결국 오전 일은 나와 너가 떠맡게 되었다. 둘은 선생님을 호기심 어린 눈으로 보면서도 이전에 화낸 일 때문인지 그에게는 차가우리만치 눈길조차 주지 않았다.

최하층으로 내려가는 동안 선생님과 그는 어떤 대화도 나누지 않았다. 우람한 밑동 앞에 선 둘은 나무에 비하면 아주 보잘것없이 작고 연약했다. 선생님이 다시 복도 반대편 끝을 향해 몸을 돌리면서 그에게 쓸쓸한 어조로 말을 걸었다.

「추위가 다가와요. 겨울이 오면 우리 도서관은 멈춰 버리지요. 관내에는 아무도 남지 않아요. 도서관에 있어 혹독한 겨울이지요.」

그가 자신이 이곳 도서관에 들어오게 된 경위를 해명하려고 했다. 선생님이 군말은 필요 없다는 듯 고개를 저었다.

「당신이 어떻게 해서 오게 되었는지는 중요하지 않아요. 당신은 받아들여졌어요. 우리 도서관에 잘 어울려요. 우리 도서관은 당신이 내부에서 기거하도록 허가했어요. 놀랄 일은 아니지요. 당신 말고도 관내에 기거하는 자들은 많으니까요.」

진작에 발각되었다는 걸 안 그는 며칠 전 밤에 엿들은 일을 가지고 추궁이나 회유가 있으리라 짐작했다. 선생님은 천장의 목소리에 관해 아무것도 알지 못하는지 어떤 언급도 하지 않았다. 오히려 사서도 아닌 그에게 도서관에 관한 전문적이고 구구절절한 설명을 하는 중이었다.

「우리 도서관이 모든 시대와 국가를 초월하고 집대성한 장서 목록을 구축했다는 사실은 말할 필요도 없지요. 그럼에도 우리 도서관은 좀 편협해요. 취급하는 책이 한정되었기 때문이에요. 책을 분류하는 데 있어 굳이 십진분류법을 따르지도 않지요. 오직 한 가지 주류(主類)에 속한 하나의 요목(要目)만을 다루니까요. 주류도, 강목(綱目)도, 요목도 분류할 필요 없어요. 단지 세목(細目)이면 충분해요. 그로써, 기존의 모든 것을 포괄하거나 새로이 생겨나는 곁가지로 확장하려는 헛된 시도로 시간을 허비하지 않고 오직 하나에만 집중할 수 있는 거예요. 우리 도서관은 서목(書目) 단 하나를 완전히 소장하고 있어요. 우리 도서관의 장서 목록은 장대하면서도 하나인 서목 그 자체이죠. 새 책이 들어오지 않은 지 오래임을 아나요? 오랫동안 장서 목록에 새 책이 추가되지 않았어요. 즉 우리 도서관이 빠짐없이 보유한 해당 서목이 긴 시간 갱신되지 않고 멈추었다는 거예요. 이 서목이 한 권의 미완성 책이라면, 마치 쓰다 만 일기장처럼 새로이 더 쓰이지 않고 내팽개쳐진 거지요. 그렇게 시간이 지속되다가는 이미 여러 해를 넘겨 더는 이어 쓰지 못하는, 일기를 쓴 맨 마지막 날에 멈춘 일기장이 될 거예요. 마침표가 찍히지 않은 미완의 책으로 끝날 거예요. 이미 너무 많은 시간이 흘렀어요.」

둘은 다시 수직 공동 앞에 이르러 수삼목 발치를, 낙엽으로 물든 붉은 땅을 물끄러미 바라보았다. 방진 마스크로 하관을 꽁꽁 감싼 선생님 낯은 살기 척박한 시대를 살아남은 최후의 인류처럼 비장하고도 고독한 인상이었다. 여러 번 빨아 쓰느라 해진 마스크로 입을 가린 그를 선생님이 고고한 눈빛으로 돌아보았다. 그가 다시 한번, 자신은 여기서의 생활에 만족한다고 자신 없이 중얼거렸다.

「꿈결에서 느낀 반 쪼가리 만족감이 당신을 충만히 채워 주리라 기대했나요? 체념했군요. 자면서 생활하느라 많은 게 희미해졌어요.」

　「그러니까 선생님은……」

　「당신에게 한 권의 책을 요청하는 거지요.」

　선생님 말은 그가 이곳 도서관에서 겪은 지난 일들이 온통 허위라는 의미로 들렸다. 하도급 업체를 통해 그가 분류되어 이곳 도서관으로 불려 온 이유가 고작 책 한 권 늘리기 위해서란 말인가……? 그렇다면 그동안 그가 수행한, 책들을 반출하고 반입하는 업무는 무엇인가? 단지 그럴듯하게 보이는 일자리로 그를 관내에 붙잡아 두고자 했나? 보란 듯 전시된 수삼목은 또 무엇인가? 그를 나무에 꼬이는 날벌레 따위로 봤나. 선생님은 모든 의문에 답하지는 않았으나 찬찬히 그를 설득했다. 이곳 관내 역시 여느 도서관과 비슷하게 운영되며, 그가 맡은 업무가 무용하기는커녕 도서관의 생리와 필요에 따른 일을 수행하는 거라고 말했다. 선생님은 그의 어깨에 슬며시 팔을 두르고 다시 복도로 이끌었다. 처음에는 단둘이 대화를 나눌 장소가 마땅치 않아 긴 복도를 배회한다고 생각했으나 그의 어깨에 얹힌 선생님 팔이 파르르 떠는 걸, 이곳 도서관 최하층에서 초조하게 무언가를 고대 중이라는 걸 알아챘다.

　「말하자면 우리 도서관은 숙원 사업과 자선 사업을 병행하는 셈이지요. 이 둘은 상호적이에요. 우리 도서관은 자선을 통해 대상에게 노동과 일과를, 생활을 제공해요. 나아가 관내가 계속해서 돌아가게 하는 톱니바퀴 역할을 하도록 해요. 중요한 건 효용성이에요. 공동체에 이바지한다는 보람을 느끼게 해주는 것, 쓸모를 찾아 주는 거지요. 우리 도서관에 허위나 무용은 없어요. 당신은 이미 돕고 있어요. 이미 운명에 동참했어요. 이제 당신도 우리 도서관의 숙원 사업에 참여해야 해요.」

「저는 그런 대단한 그릇이 되지 못하는데요.」

「여기 남은 다른 이들 모두 전부 밖에서 도망치고 쫓겨 온 나부랭이에요. 그중 누구 하나가 마무리해야 해요. 그 사람이 대단하느냐 않느냐는 우리 도서관에서 중요한 문제가 아니에요. 도서관이 그렇지요. 오직 한 권의 책이라는 실체를 띠는 것, 즉 만져지고 읽히는지 그리고 보존 가능한지만이 중요해요.」

선생님은 초조한 가운데서도 목소리에 평정을 잃지 않았으나 그에게 두르던 팔도 내리고 서두르는 듯 두어 발짝 앞서 걸었다. 점점 통로가 검어진다고 그가 생각했는데 아닌 게 아니라 천장 등이 점차 어두워졌다. 조도가 낮아짐에 따라, 희한하게도 통로가 갈수록 좁아지고 비스듬히 기울어져 내리막이 되어 갔다. 둘이 걷는 통로는 방금까지 오가던 복도가 명백히 아니었다. 뒤를 돌아보아도 시야의 끝은 어둠으로 가로막혔다. 계속 낮아지는 천장 탓에 선생님 고개와 등이 굽어 갔고 마스크가 답답한지 헐떡거리는 숨소리가 뒤따라오는 그에게 들렸다.

「새로운 책이 서고에 채워지는 순간, 이곳 도서관의 존
폐 여부가 결정되나요?」

선생님이 방심했다고 판단한 그가 물었다.

「존폐라니요. 완성이지요. 한 서목의 완성이요.」

선생님이 잠시 심호흡한 뒤 가르랑거리는 목소리로 대
답했다. 도저히 설 수 없는 지경까지 통로가 비좁아지면서
둘은 기어가기 시작했다. 앞에서 꿈틀대던 선생님 엉덩이가
어느덧 어둠에 가려 보이지 않고 이제는 숨찬 소리를 쫓아
가는 형국이었다.

「이 일이 끝나면 나는 삶으로 돌아갑니다.」

선생님이 선언했다. 예고 없이 멈추는 바람에 그는 하
마터면 선생님 엉덩이에 코를 박을 뻔했다. 이르고자 하는
곳에 도달했는지 선생님은 더는 움직이지 않았다. 그는 자신
이 무턱대고 따라간 게 이곳 도서관의 숙원 사업에 동참하
기로 한 거로 비치겠다는 생각에 뒤늦게 허둥대며 말했다.

「선생님. 제 내부에는 쓸 것이 남지 않았습니다. 저는
여기서 보낸 지난날들과 같은 날을 앞으로도 보내고자 합니
다. 저를 그만 가만히 놓아두세요.」

덜컥거리는 소리와 함께 천장에서부터 빛이 쏟아져 선
생님을 집어삼켰다. 갑작스러운 빛에 잠시 눈앞이 하얘진
그를 두고 선생님이 위에서부터 지엄하게 호통쳤다.

「우리 도서관은 겨우 당신 신변잡기나 쓰라는 게 아닙니다. 쓸 것은 이미 당신이 존재하기 전부터 정해졌습니다. 선택할 수 있는 부분은 없습니다. 말하였다시피 당신은 이미 동참하였습니다. 당신은 공모자입니다. 아, 댁들은 이리도 분명하고 살아 있는 실체를 두고도 제대로 쓰지 못하였지요. 존재 여부도 확신 못하였지요. 이리도 살아 있는 대상을 죽은 것으로 대하고, 왜곡하고, 은폐하고, 잃어버리고⋯⋯. 여기 보세요. 나무가 있습니다. 실체입니다. 원본입니다. 이제 당신은 원본을 마주하고 함께 숨 쉬며 쓸 수 있습니다. 그대로 재현할 수 있습니다. 당신 눈앞에서 사라지지 않으며, 당신에게 실체로서 모든 부분을 제공하며, 쓰일 가치가 있는 완연한 이미지를 영원히 보존 중입니다. 당신이 써야 하는 대상은 바로 우리 도서관에 있습니다.」

쏟아지는 빛 사이로 선생님 손이 내려와 그의 팔을 뜨겁게 움켜쥐고 위로 끌어올렸다. 선생님의 완력으로 땅에 올라온 그는 단번에 자신이 어디에 있는지를 분간했다. 그가 선 곳은 수직 공동 내부, 수삼목이 심긴 땅 위였다. 공동 내부 어딘가에서 쇼팽의 야상곡이 연주 중이었는데 구슬픈 선율이 거대한 유리관을 공명통 삼아 어지럽게 메아리쳤다. 그는 어리둥절해하며 선생님을 돌아보았고, 그 모습이 공동 내벽마다 비치며 무한대로 증식했다. 외부에서는 투명하던 유리 벽이 내부에서는 거울처럼 상을 비추는 것이다. 내

벽 군데군데 설치된 원형 거울에 수삼목이 부분적으로 내비쳤고, 그 또한 거울 벽에 비치면서 무한히 반복되는 기하학적인 이미지를 만들어 냈다. 그가 두리번거리기를 멈추고 자기 앞에 뿌리 내린 수삼목을 응시하면서 자기 앞에 선 그녀를 알아보았다. 한 치 틀림없는 그녀였다. 그동안 수직 공동 외부에서는 알아보지 못한 게 기이할 만치 그녀임이 명증(明證)했다. 그는 소스라치면서 그녀를 물끄러미 올려다보았다. 거울들이 모든 구도의 면면을 비치면서 그녀는 평면으로 해체된 입체같이, 잔혹하고 적나라하게 해부되어 그 앞에 전시되었다. 수삼목은 전에 본 적 없는 완전한 그녀였다. 공동 내부에서 그녀는 시간에도 바람에도 외부의 어떤 힘에도 영향받지 않고, 온전하고 완연히, 오로지 그녀로서 존재했다. 그는 자신의 시야 저 끝까지 가득 찬 모습을 올려다보면서 그녀가 지닌 운명적인 비극성과 함께 아득한 심연의 낙차를 내려다보는 듯 멀미를 느꼈고, 보이지 않는 피아노가 야상곡을 연주하며 대가적으로 표현하는 주체 못 할 슬픔에 전이되어 밑동을 감싸 안고 허물어졌다. 팔이 그녀에게 닿는 찰나 야상곡이 멈추었다. 공동 거울 벽이 붉은빛을 내며 점멸하였고 몸을 얼어붙게 하는 경보음이 울렸다. 선생님이 혼비백산하여 나왔던 통로로 내려가는 게 보였다. 그가 뒤쫓아 아래로 내려가 한참을 되짚은 끝에 본디 익숙하고 널찍한 복도로, 다만 수직 공동 내부와 마찬가지로 경보음이 끊이지 않고 유리 벽에서 번진 붉은빛으로 불온하게 잇따라 번뜩이는 그곳으로 나왔을 때, 가까운 화장실에서 누가 물을 틀어 놓고 거칠게 첨벙거리는 소리가 들렸다. 그 안에서 선생님이 피부가 붉어지도록 거칠게 손 씻고 한창 비누를 팔 여기저기에 문대다가 세면대 거울로 눈이 마주치자, 죽음의 공포에 사로잡혀 소름 끼치도록 날카롭고 끊이지 않는 비명을 지르면서 자리를 박차고 나가 그로부터 멀리, 아마도 도서관 밖을 향해, 도망쳤다.

셧다운

그가 나온 어둠침침하고 좁은 길이 차츰차츰 밝아지고 넓어지면서 원래 복도로 돌아왔다. 내부에서는 그녀였지만 외부에서는 수삼목인, 수직 공동 속 그것은 번쩍대는 붉은 조명으로 인해 온통 피로 칠갑한 모습이었고 묵시록적인 저주가 이곳 도서관에 내려졌음을 암시하는 듯했다. 깜박이는 붉은빛이 유발하는 불안감에 휩싸인 그는 자신이 본 상황을 보고하고자 지하 1층 사무실로 서둘러 뛰어 올라갔다. 문을 자물쇠로 잠그는 중인 상사의 둔중한 뒷모습이 보였다. 상사가 돌아보면서 겁에 질린 목소리로 나지막이 소리쳤으나, 정신 사나운 경보음이 귀청을 괴롭히는 통에 그가 알아듣지 못했다. 그러자 식식거리는 마스크가 그의 귓가로 다가왔다.

「봉쇄야! 상황실에서 연락 오기를 나무에 오염이 발생

했대. 근래 외부인 방문이란 일절 없었고 모두 접종을 마쳤는데……. 우리 사이에 나무를 노리고 잠입한 자가 있던 거야.」

숨을 고르느라 잠시 말을 멈춘 상사가 살에 짓눌려 처진 눈을 갑자기 번쩍 뜨고 그를 응시하였다. 육중한 몸이 잠시 들썩이는 모양새로 보아, 눈앞의 그에 관하여 전율이 일만큼 놀라운 생각이 떠오른 게 분명했다. 상사는 태연스레 비상구 쪽으로 차차 발걸음을 옮기면서 그에게 마지막 지시 사항을, 서고에 남은 나와 너에게 소식을 알리고 퇴근하라는 말을 남기고 뒤뚱거리며 서둘러 자리를 떠났다. 나와 너가 어느 서고에 있는지를 상사가 말해 주지 않았기 때문에 지하층을 돌며 다 뒤져야 할 판이었다. 무엇보다도 난감한 것은 다층적인 상황에 연루된 그의 처지였다. 비로소 그녀를 마주했지만 도로 나와야 했고, 이곳 도서관에 어떤 감염의 위험을 안긴 모양인데, 나와 너를 찾아 관내를 빠져나가라고 경고할 사람이 하필 그밖에 없었다. 그녀에게 다시금 이르러야 한다는 조바심과 나와 너를 구해 내야 한다는 의무 사이에서 머뭇거리던 그는 늘 해결하지 못한 근심을 떠올렸다. 그녀에게, 나와 너에게, 지금 처한 상황을 어찌 설명하지?

순간 놀라운 일이 벌어졌다. 그가 하늘의 부름을 받은 선지자처럼 복도에서 붕 떠올랐다. 착각이 아니었다. 그는 자유 낙하할 때의 무중량 상태처럼 자신의 무게가 사라진 것을 느꼈다. 하지만 그는 추락하고 있지 않았다. 그저 복도 위에 떠 있었다. 허리께쯤 높이 허공에서 부유 중이었다. 하늘이, 초자연적인 존재가 그를 불러들인 걸까? 그렇다기에는 아무런 징후도 계시도 없었다. 하물며 이곳 도서관의 관료적 사고방식이 깃든 몰개성한 복도를 누가 기적의 장소로 여기겠는가. 건물이 통째로 끝없이 추락하거나 괴물의 아가리 속으로 빨려들어 가는 중이 아니라면 그가 겪는 현상을 설명하기란 도무지 불가능해 보였다. 이곳 도서관이 비상 상황에 직면하면서 시설 폐쇄 절차에 돌입하는 징후일 가능성이라는, 무중량 상태는 감염원을 절멸하는 정화의 공정일 수도 있다는 데 그의 생각이 미쳤다. 그는 혹시 모를 위험에 대비하여 우선으로 나와 너를 구해 내고자 벽을 구름판 삼아 도약하여 공기를 가르며 지하층들을 헤맸다. 난생처음 경험임에도 능숙하게 방향을 틀고 허공을 미끄러지며 유영하였는데 처음 도약하며 얻은 운동 에너지가 아무런 손실 없이 유지되었다. 그는 서고마다 돌아다니며 나와 너를 찾아 헤맸다. 지하 3층 서고 중 한 곳의 문가 안쪽으로 채우다 만 책 수레가 책들과 함께 허공을 떠다니는 걸 본 그는 나와 너가 상황을 인지하고 떠났으리라 짐작해 도로 밖으로 나왔다. 그때까지 아무도 마주치지 않았다. 이미 모두가 탈출하였으리라고 그는 여겼다. 여전히 경보음은 멈추지 않았고 붉은 기를 띤 수직 공동 역시 점멸을 그칠 기색이 없었다. 아직 그녀에게서 아무런 예후도 찾아볼 수 없으나 감염이 사실이라면 시간문제였다. 그가 조금씩 높이 떠올라 어느덧 천장 가까이에 다다랐다. 그녀를 살피느라 지체하던 그는 다시금 도약하려다 자신이 꼼짝 못 한다는 사실을 깨달았다. 그는 어디로도 움직이지 못하고 단지 복도 위에 높이 떠 있었다. 그의 등이 천장에 가까워지는데 시선은 그녀에게 절대적으로 고정되어 목이 불편하게 꺾였다. 미지의 힘이 그를 옴짝달싹 못 하게 붙들었다. 칭동점(秤動點)에라도 걸려든 듯 그의 내외부에 작용하는 힘들이 팽팽히 맞섬으로 이루어진 절대적 부동으로 숨도 쉬지 못함에 따라, 그는 천장에 등을 대고 누워 그녀에게 시선을 못 박은 그대로 자신도 모르는 새에 서서히 질식해 갔다.

수직 공동 속에서 반짝이는 빛의 파편 한 무리가 천천히 내려앉는 모습이 보였다. 깨진 유리 조각들이었다. 뒤이어 너가, 나가 아닌 너가 지하 깊숙이 땅바닥으로 서서히 가라앉는 참이었다. 평소에 나와 너를 구별하기 어려워했던 그도 수삼목을 수직으로 가르며 다이빙하듯 낙하하는 자가 너임을 단박에 알아보았다. 나가 아니라 너. 너만이 자기 자신으로부터 말미암아 스스로를 곤경에 빠뜨릴 수 있노라고 믿기 때문으로, 나는 겁에 질려 어딘가에 숨었을 터였다. 머리부터 떨어지는 중인 너가 고개를 들었다. 그는 눈을 마주쳤다고 생각했지만 수직 공동 내부에서는 바깥이 보이지 않고 거울에 비친 자신만이 보이기에 너는 스스로를 마주 보는 거였다. 떨어지는 와중에도 거울 속 자신을 보며 생각에 잠겨 차분하고 골몰한 눈에 비추어 볼 때 너는 자신이 겪는 곤경이 다른 누구로부터가 아니라 자신으로부터 비롯되었음을 잘 이해하는 듯했다. 너는 아주 천천히, 머리부터 땅에 처박혀 으깨졌다. 천장에 등을 맞대던 그도 동시에 바닥으로 떨어지며 턱을 찧었다. 턱이 얼얼했는데 고통스럽다기보다는 언 피부가 온기에 녹으면서 화끈거리는 정도에 지나지 않았다. 바닥에 엎어지자마자 그가 바로 일어서 너가 떨어진 곳을 눈으로 찾았으나 생사를 확실하게 확인할 수는 없었다. 너가 땅에 짓이겨지는 순간 수삼목의 붉게 익은 낙엽이 한 잎도 남김없이 우수수 쏟아져 내려 너를 완전히 뒤덮은 탓이었다. 수직 공동의 푸르고 높은 하늘에 너가 떨어진 곳으로 보이는 구멍이 뚫려 있었다. 그 너머로 흐리고 추운 날의 잿물 같은 하늘이 보였다. 너의 추락으로 드러난 두 겹의 하늘이었다. 너가 떨어진 자리에 쌓인 낙엽 더미가 미동하지 않는 걸 보아 생존 가능성은 요원했다. 어느새 경보음이 멎었고 보는 이들을 동요시키던 붉은 조명도 꺼졌으며, 갑작스레 발가벗은 앙상한 그녀만이 자기가 떨군 붉은 옷가지 사이에서 을씨년스레 우두커니 서 있었다.

누가 그녀를 불렀다. 누가 그녀 이름을 소리 내어 부르는 걸 처음 들어 보았다. 그 자신은 입 밖으로 소리 낸 적 있

던가? 그는 자기가 기억하는 최근보다 더 오래전에 그녀의
이름을 알았고 알게 된 그 순간부터 잊기 위해 안간힘을 다
했다. 이름이 연상되는 모든 사물과 단어를 마주치기를, 떠
올리기를 거부해 온 끝에 그는 어떠한 호칭이나 고유명사
없이 단지 머릿속에 번지는 꺼림칙하고 털이 곤두서도록 차
가운 기운만으로도 그녀에 관한 기억이 찰나에 스쳐 지나갔
음을 감지했다. 그녀의 이름을 부르는 자를 찾아 그가 미친
듯이 두리번거렸다. 찾아만 낸다면 어떻게 해서든 입을 틀
어막았을 테다. 소리는 수직 공동 내부에서 퍼졌다. 있을 수
없는 일이었다. 내부에서 연주되던 쇼팽의 야상곡 소리가
외부에서는 전연 들리지 않는데 오로지 그 목소리만이 두터
운 유리관을 통과한다는 게 말이 되지 않았다. 낙엽 더미 아
래서 외쳐 대는 자, 너가 그녀를 애타게 불렀다. 너는 그녀에
게 애절하게 마음을 고백하고 있었다. 그녀에게 닿기 위해,
진실로 마주하고자, 자기 마음을 확인하려고 기어코 드높이
올라갔다가 이 아래까지 이르렀다고 너는 운을 뗐다. 그에
게만 들리는 소리가 아니었다. 너의 목소리에 지하 곳곳에
숨은 잿빛 점프 슈트 차림 하급 노동자들이 수직 공동 주변
으로 모여드는 모습이 투명한 유리 벽을 통해 보였다. 너가
하는 말은 이렇게 모두가 듣기엔 갈수록 두서없어지고 끔찍
이도 혼란스러웠다. 너는 아직 죽지 않았으나 낙엽 더미가
조금도 들썩이지 않는 걸 보아 꼼짝도 못 하는, 구조가 시급

한 상황임이 분명했다. 누가 나서서 구조를 하든가 정 안 되면, 숨통을 끊어 주면 좋을 텐데! 모두가 너와 유리되어 멀뚱히 구경만 했다. 곤혹스럽고 지루한 고백이 마침내 끝나고 너가 마지막 한마디를 고통스럽게 토해 냈다.

「……죽음!」

이 완결된 한마디를 내뱉기 위하여 그동안의 끔찍한 고백이 필요했는지 너는 비로소 만족스레 말을 마치고, 약속대로 죽음의 침묵 속으로 사라졌다.

그는 어느새 곁에 선 한 하급 노동자에게 말을 붙였다.

「사람이 죽었어요.」

「누가요?」

그는 반사적으로 대답하려다 상대방 낯을 보고 입을 다물었다. 상대방은 애써 태연한 어조로 반문했으나 낯은 그렇지 못했다. 그 사람은 낯을 붉혀 가며 눈물을 흘렸다. 오랫동안 표정 없이 산 나머지, 과장되고 부자연스럽게 일그러지고 붉은 금이 그어진 낯이었다. 그 사람은 너가 영면한 붉은 낙엽 더미에서 시선을 떼지 못하고 소리 죽여 흐느끼며 울었다. 흐느낌은 그를 어쩐지 냉정하게 만들어 눈앞에서 목도한 죽음이 현실성 없다는 사실을 일깨웠다. 물리적으로 가장 가까웠던 사람이 떨어져 나간 데에 슬픔을 가장할 마음도 들지 않았다. 곧 그 사람은 감상을 다 마치고 감정을 해갈하여 다소 후련해진 표정으로 서고를 돌아 멀어졌다.

얼마 안 가 관내 모든 불이 나갔다. 복도와 서고마다 초록색 픽토그램 비상등만이 일정한 간격으로 켜졌다. 선생님들과 보안 요원들은 모두 보이지 않았고, 잿빛 점프 슈트를 입은 하급 노동자들만이 떠나지 않고 남았다. 바깥으로 통하는 문이 잠기고 철제 셔터가 내려졌기에 그를 비롯한 하급 노동자들은 봉쇄령에도 불구하고 당장 떠나지 않은 스스로의 선택을 이곳 도서관에서 끝까지 책임져야 했다. 그들은 미처 떠나지 못했다. 경고를 전달받지 못한 그들이 상황을 제대로 이해하지 못한 게 아니었다. 그들은 그녀가 외부 환경에 노출됨으로써 감염과 변이의 가능성이 생기리라고, 그 때문에 이곳 도서관의 숙원 사업에 차질이 생기리라고 인지했다. 그들은 그녀를 향한 미련과 더불어 이곳 도서관을 떠나도 갈 데가 없다는 사실에 떠나기를 주저하였으며 떠났더라도 곧바로 격리소에 억류되었을 것이다. 이곳 도서관이 봉쇄되기 전에 탈출한 직원들은 격리소에서 14일간 억류되어 자신들의 처분 방식을 결정짓게 될 검사 결과를 애타게 기다렸다. 14일이 경과하고 나서 검사 결과에 의거한 처분으로, 직원들은 다시 관내에 복귀했다. 그때부터 보안 요원들은 책이 아니라, 자기 자신을 비롯한 이곳 도서관에 상주하는 모든 이의 탈주를 막고자 출입구에서 보초를 섰다. 감염원의 탈주를 막음으로써 모든 변수를 미연에 차단하는 공동 격리의 시작이었다.

한편, 관내 어딘가에 숨어 있을 나는 오랫동안 모습을 드러내지 않았다. 그도 나를 딱히 찾아다니며 서고를 뒤지지는 않았다. 너가 죽었기에 나는 자연스레 중요하지 않은 사람이 되었다. 너 없는 나는 아무래도 상상할 수 없으므로, 반 쪼가리 존재는 인상도 그만큼 희미해지기 마련이었다. 서고를 뒤져 보면 엉망이 된 나를 금방 찾을 터이기도 했다. 상처받은 아이가 숨을 만한 곳은 자기보다 큰 사람이라고는 없는 침대 밑밖에 존재하지 않으니까.

공동 격리 전 14일간 지속된 셧다운 상태는 이곳 도서관에 남겨진 하급 노동자들에게 그렇게 가혹한 시련이지는 않았다. 집주인이 사라졌다고 숨어 살던 바퀴들 삶에 극적인 변화가 생기지 않듯 그들은 곳간에 남은 식량을 축내 가며 이곳 도서관 사람들이 돌아와 다시 먹을 만한 걸 채워 놓기를, 아니면 언젠가 집행될 아사를 담담히 기다렸다. 비상등을 제외한 모든 전력이 나갔으므로 생활은 전보다 제한되었다. 관내는 이제 낮이든 밤이든 어둑한지라, 그들은 낮에는 그나마 빛이 들어오는 편인 수직 공동을 둘러싼 통로 부근에 옹기종기 모여 생활했다. 그들은 낙엽을 벗은 앙상한 그녀를 앞에 두고 벽에 기대앉아 눈을 감거나 할 일 없이 꼼지락거렸으며 간혹 고개를 들어 올려다보기도 했지만 어떠한 감정도 느끼지 않는 표정이었다. 그들은 그녀를 느끼고 생각하고 판단하기를 포기한 듯 보였다. 그럼에도 그들이 이곳 도서관에 남은 건 그녀의 최후를 기다려서라고 그는 생각했다. 그래야 그들의 유폐가 끝날 테니까. 이곳 도서관으로부터, 그녀로부터 자유로워져 그다음 삶을 고민할 수 있는 순간은 그녀의 죽음 이후에 비로소 주어질 테니까. 그녀의 외양에서 죽음으로 이어질 치명적인 징후는 보이지 않았다. 외부의 무엇과 접촉했다는 사실만으로 감염을 확정 지을 수는 없었다. 그녀가 갑작스레 옷을 벗은 게 미심쩍지만, 너의 시신에 베일을 덮어 주는 일말의 동정에서 비롯된 행위일지도 몰랐다. 이제 수직 공동은 더는 안전하게 밀폐된 공간이 아니었다. 아침이면 외부에서 들어온 찬 공기로 인해 수직 공동 유리 벽에 서리가 서렸다. 우듬지가 가리키는 하늘은 두 겹의 양상을 띠었다. 첫 번째 하늘은 언제나 그렇듯 그림같이, 더할 나위 없이 맑았다. 너가 떨어진 구멍으로 드러난 두 번째 하늘은 그보다는 추운 날씨로 보였다. 두 하늘에 시차가 있었다. 첫 번째 하늘보다 두 번째 하늘이 더 먼저 어두워지고 뒤늦게 밝아졌다. 두 하늘이 죄다 캄캄해지는 시간이면 구멍에서 희미한 광선이 내려와 너가 떨어진 낙엽 더미를 가렸다. 그 빛에 의하여 너가 부활하는 일은 없었으나 그러한 밤의 광경은 응시하는 그에게 죽음의 전모가 아직 낱낱이 밝혀지지 않았다는 꺼림칙한 사실을 일깨웠다.

이곳 도서관에서 발생한 일련의 비극은 물론, 모두 그

에게서 비롯되었다. 그가 선생님의 인도로 수직 공동에 들어선 순간, 그 모습은 관내 사람들에게 무방비하게 노출되었다. 거울 속에 갇힌 그가 무한히 증식하는 그녀의 이미지에 혼이 빠져나가는 동안 수직 공동 바깥에서 수삼목 숭배자들이 시샘하며 지켜보았을지도 모를 일이다. 만약 그렇다면, 그중에 너가 있었다. 너는 그녀에게 이르는 기상천외한 방법을 찾아냈다. 모두의 육신과 정신이 지하층을 벗어나지 못할 때, 너는 혼란을 틈타 지상층에 올라 꼭대기에서 뛰어내렸다. 그가 그녀에게 이른 순간 극적인 돌발 행동을 보인 사람은 너밖에 없었다. 그 사실은 기이하면서도 당연했다. 선생님과의 대화로 미루어 보건대 먼저 들어온 하급 노동자 모두에게 같은 기회가 주어졌을 가능성이 높았다. 저마다 다른 시기에 들어온 그들은 차례차례 기회를 부여받아 그녀에게 이르렀다. 기회가 그에게 넘어왔음은 그들 모두가 이곳 도서관의 대미를 장식할 새로운 책을 써내는 데 실패하였다는 의미였다. 그들은 실패에 사로잡혀 이곳 도서관으로부터, 그녀로부터 자유로워지지 못하고 지하층을 떠돌았다. 실체를 담아내지 못한 자신의 나약한 내면에 절망한 나머지 그녀에게서 점점 더 멀어진 것이다. 그들은 그녀 신변에 정체 모를 위협이 닥쳤음에도 분노하거나 슬퍼하지 않고, 원수를 증오하지 않고도 관내 자신과 똑같은 패배자들과, 그와도 함께 공존할 수 있는 것이다.

이곳 도서관에 갇힌 14일의 셧다운 동안 그는 생존하기 위하여 하급 노동자들과 일거수일투족을 같이할 수밖에 없었다. 끼니때가 되면 잔존한 모두가 구내식당에 모여 주방에서 상하지 않은 식재료를 찾아내 그것으로 식사를 대신했다. 냉장고가 작동하지 않고 가스마저 끊겨 식재료를 가열하기도 불가능해 나중에는 생쌀을 씹어 먹으며 버텼다. 매점은 진작에 재고가 바닥났다. 예전에는 몰라도 현재는 삶을 주체적으로 사는 이들이 아니고 미래마저 불투명했기에 얼마 남지 않은 식량을 아껴 현 상황을 슬기롭게 타개하기는 불가능했다. 그들은 기묘한 공동체였다. 지도자가, 그들을 주도하고 이끄는 이가 없었다. 얼굴 붉히거나 싸우기를 겁냈으며 설령 싸워도 상대에게 치명적인 상처를 낼 완력도 없었다. 그들은 각자 사정과 필요로 이곳 도서관에 모여 같은 제복을 입게 되었을 뿐 서로에게 전혀 관심 없었다. 그들은 함께 잔존했지만, 죄다 혼자였고, 각각 홀로 이곳 도서관에 종속되었다. 그들이 공유하는 유일한 부분은 서로 말하지 않아도 공공연하게 드러나는 공동의 패배 의식이었다. 밤마다 난방이 돌지 않아 냉골같이 찬 바닥에서 그들은 둘씩 짝을 지어 서로를 껴안아 체온을 보존하며 잠들었다. 전부터 그러했는지 익숙하게 점프 슈트를 벗고 단추를 풀어 헤쳐 한 벌은 바닥에 깔고 한 벌은 누운 둘 위에 덮었다. 그도 함께하는 이상 그들의 불쾌한 신체 접촉에 동참해야 했다. 그는 매일 밤 제각기 다른 상대와 함께 옷을 벗고 잠자리에 들었다. 낮에는 데면데면하던 그들이 잠자리에서는 상대를 꽉 끌어안고서 체온을 갈구할 뿐만 아니라 정서적 온기와 공감을 기대하듯, 마스크를 막 벗으면서 드러나는 생기다 만 흐릿하고 처량한 낯을 타인의 맨살에 비비며 구역질 나는 뜨끈한 눈물과 한숨, 침을 묻혀 대다가 곧 늙은 아이 같은 기기괴괴한 표정으로 잠에 들었다. 그는 그들 품속에서 도저히 잠들 수가 없었다. 셧다운으로 봉쇄된 뒤로는 잠들 필요조차 없이, 더 적게 먹었는데도 불구하고 피로감 없이 생생했다. 그는 단지 이 불쌍한 공동체에 가진 약간의 동정심과 의무감으로 짝을 채워 주고 별 쓸모없는 자기 온기를 그들에게 전했다. 그는 예전에만 해도 종종 자신과 똑같은 이들로만 이루어진 공동체를 상상하고는 했다. 인제 와서 보건대 자신과 같은 이들로만 이루어진 공동체는 결코 이루어져서는 안 되었다. 그들이 무리를 지어 이루어진 공동체는 재앙이었다.

어느 날 밤 그는 자신과 몸을 맞댈 상대로 교수님 닮은 남자를 만났다. 어쩌다 보니 그 남자가 짝을 찾지 못하여 단둘이 남았다. 그는 아무런 내색도 하지 않고 옷을 벗어 바닥에 펼쳤다. 교수님 닮은 남자 역시 그를 기억하지는 못하는지, 혹은 정말로 교수님은 아닌 모양인지 아는 체 없이 제 옷을 벗어 그를 끌어안고 누웠다. 교수님 닮은 남자가 말 못하는 아이가 칭얼대듯 끙끙거리는 소리를 내는 동안 그는 품속에서 고개를 돌려 수직 공동 속 그녀를, 붉은 낙엽 더미 가운데 희미한 광선이 서린 한 지점을 멀거니 바라보았다. 교수님 닮은 남자가 구슬피 훌쩍거리다가 돌연 통곡했다. 그가 놀라서 남자 얼굴을 두 손바닥으로 문질러 눈물을 닦아 주다 자세히 낯을 들여다보았고, 그제야 자신이 안은 자가 닮은 정도가 아니라 바로 교수님임을 알아차렸다. 교수님도 울던 와중에 자기 옛 제자를 알아보고 부끄러워하면서 덮었던 점프 슈트를 추슬러 입었다. 그가 따라서 이부자리를 수습하여 옷을 입는 동안 교수님이 속절없는 어조로 중얼거렸다.

「날이 갈수록 가까워져. 끝이. 죽음이. 나는 두렵고 부끄러워.」

교수님 눈에 미약하게나마 예전의 총기가 돌아왔다. 교수님이 옛 제자에게 물었다.

「왜 벌써 여기에 있는 거야? 도망쳤어야지. 아직은 희망을 품을 나이잖아.」

교수님 말에 그는 격하고 섬찟한 기운이 등줄기를 타고 내려가는 것을 느꼈다. 기운이 발아래로 금세 빠져나가고 나서 그는 잠긴 목소리로 교수님이 말한 단어를 따라 중얼거렸다.

「희망이요.」

그는 교수님에게 그동안 자신에게 벌어진 중요한 일들을 설명하려다가 말할 수 있는 게 아무것도 없음을 깨닫고 입을 다물었다. 그에게 벌어진 일은 없었다. 사건은 발생하였으나 그는 매번 사건 변두리에 있었다. 어찌어찌하여 이곳 도서관까지 흘러들어 왔어도 그에게 진작에 마땅히 일어나야 할 사건은 아직 도래하지 않았다. 그가 말없이 수직 공동 속 그녀를 가리켰다. 교수님이 고개를 끄덕였고 둘은 끝내 도달하지 못한 그녀로부터 동시에 고개를 돌렸다.

「저마다 뭐라고 부르는 명칭이 있겠지. 나는 저 나무를 중심이라고 불러.」

교수님이 그의 두 손을 절박하게 붙잡았다. 어느새 교수님 손은 아릴 만큼 차가웠다. 교수님도 자기 체온을 견디지 못하고 부들부들 떨었다.

「누구나 상상할 수 있지, 그렇지? 상상 속 삶을 사는 일은 또 다른 문제야. 겪지 않은 공상이 미래가 되는 건 진실로 참극이야. 나는 도서관 지하에 틀어박혀서야 그토록 부정하던 내 본연을 깨달았어. 본디의 수동성에 소스라치게 경악했어. 무엇도 의심할 필요 없는 진정한 노예가 될 수 있다면, 평생 파내서 쌓아 왔다고 믿어 온 흙더미를 얼마든지 도로 구덩이로 밀어뜨릴 거야. 생각 따위는 진절머리가 나. 나는 한평생 공상가였지…… 천장에서 무슨 목소리가 들려오지 않아? 내내 그 소리에 시달렸어. 들리지 않는 척 오랫

226

동안 시치미를 떼왔는데 말이야.」

그렇게 말한 교수님이 급히 고개를 치켜들더니 천장 너머 상대에게 중얼중얼 알아듣지 못할 말을 걸었다. 그러고는 목을 위로 향해 길게 뺀 그대로 대답을 기다렸다. 손을 붙잡힌 그도 별수 없이 교수님을 따라 잠자코 귀 기울이던 차였다. 교수님 낯빛이 차츰차츰 보라색으로 물들었다. 보이지 않는 올가미에 졸린 목이 어깨에서 뽑혀 나올 듯이 팽팽히 곤추섰다. 그에게는 아무 기별 없는 천장의 대답에 교수님은 숨도 못 쉴 지경이었다. 교수님이 끌려 올라가지 않으려 발을 동동 구르며 그의 손을 억세게 당겼다.

한순간 교수님이 감전된 듯 부르르 떨었다. 그가 화들짝 손을 뿌리쳤다. 제자에게 버림받아 비참히 고개 숙인 교수님은 비상구 층계로 저벅저벅 걸어가 모습을 감췄다. 살금살금 까치발로 걷는 듯한 발소리가 층계를 올라 지상층을 향해 희미해져 갔다.

공동 격리

곧이어, 너처럼 교수님 또한 도서관 꼭대기에 다다라 수직 공동 속으로 뛰어내리리라 그는 짐작했다. 짐작은 틀렸다. 시간이 지나도 교수님은 어떠한 방식으로든 모습을 드러내지 않았다. 교수님은 실종되었다. 14일이 경과하고 이곳 도서관에 새로운 국면이 닥친 뒤에도 교수님은 돌아오지 않았다. 다른 하급 노동자들도 한 명씩 야금야금 사라진다는 정황이 포착되었다. 짝을 지어 잠자리에 드는 밤마다 인원이 맞아떨어지는 날과 맞아떨어지지 않는 날이 번갈아 반복되었다. 짝이 안 맞는 날에는 그가 자진하여 홀로 밤을 지새웠는데, 서로 둘씩 누운 잠자리 수를 훑어봐도 이전보다 현저하게 줄어든 게 명백했다. 그들은 교수님과는 달리 그의 시야 밖에서 교묘히 자취를 감추었다. 어쩌면 이 연쇄 실종은 눈앞에서 제 걸음으로 떠난 교수님과는 다른 경우일지도 모르겠다고 그는 생각했다. 원치 않는데 억지로 끌려갔을 수도 있다. 하지만 교수님 또한 제 의지로 선택한 거로 보이지는 않았다. 교수님은 끌려갔다⋯⋯. 틀림없이 제 발로 떠났어도, 그가 보기에 교수님은 천장의 부름에 저항하여 몸부림쳤다. 온 힘을 다해 거부했으나 결국 정신을 빼앗겨 끌려 올라갔다.

　섬에 불꽃놀이가 벌어진 밤이 지난 뒤로 침묵하던 천장의 목소리가 그가 아니라 교수님에게 임했다. 천장은 교수님에게 어떤 말을 걸었을까? 둘이 무슨 대화를, 혹은 어떤 문답을 주고받았을까? 교수님 안위보다 그게 궁금했다. 이곳 도서관에서는 누구의 안위도 중요하지 않았다. 그에게는 끔찍한 암시를 흘리던 목소리가 무슨 대답으로 교수님 숨통을 조였을지 짐작하기 어려웠다. 아마 교수님은 그를 품은 순간 일개 하급 노동자가 아닌 예전의 청백한 자신으로 돌아왔는데, 그렇다면 천장이 뭐라 말하든 간에 이리 숨 막히도록 큰 충격을 받을 리가 없었다. 그를 이렇게 내버리고 갈 수는 없었다.

한동안 그는 아무것도 듣지 못했다. 그는 버려졌다. 그녀에게 이르고자 날마다 지하 최하층 복도를 반복해서 돌아다녀도 통로가 드러나는 일은 없었다. 두 번 다시 그녀에게 도달하지 못하리라는 예견은 수직 공동의 투명한 유리 벽에 비친 그녀를 전과 다를 바 없는 관람객의 시선으로 바라봐야 한다는 현실을 부각했다. 이 정교한 박제품은 관람객의 실수로 돌이킬 수 없는 손상을 입음으로써 그로테스크하게도 미라화가 진행되었다. 앙상한 그녀지만, 우미한 감이 제법 있었다. 바라만 보기에도 고통스럽지만, 그래서 우아했다……. 그녀에게 이르는 통로를 찾아내지는 못했어도 그즈음부터 그에게 새로운 현상이 발생했다. 맨 처음에 그는 이명 같은 거로 치부했다. 한데 머릿속에서 나는 소리가 아니었다. 그보다는 멀었다. 아니면 보이지 않는 내부 설비가 돌아가는 소리일지도. 그런데 이곳 도서관은 셧다운으로 진작에 모든 설비가 작동을 멈추었다. 사위가 어두워지고 간간이 얕은 코골이만 들리는 조용한 새벽에야 그는 소리의 정체를 깨달았다. 한 하급 노동자 품에 안긴 그가 기시감을 느끼면서 눈을 떴다. 성인이 채 되기 전에나 듣던 소리였다. 동틀 녘, 아버지가 야간 운행을 마치고 돌아오기 전 그가 안

방에서 컴퓨터를 끄고 좁은 방으로 돌아가 남은 가족이 누운 이부자리에 비좁게 끼어 누워 눈을 감았을 때 들리는 소리였다. 마치 의식과 육신이 분리된 것만 같았지. 의식이 좁은 방에 시신처럼 빳빳이 누운 동안 육신이 안방에 남아 컴퓨터 자판을 마저 두드리는 거라고 여겨졌다. 잠자리에 든 그의 의식만이 깨어 있고 육신은 피로에 녹아 사라진 듯 그 무게가 느껴지지 않았다. 불 꺼진 안방에서 타자 소리가 들려왔다. 일정한 간격으로 자판을 누르는 소리. 고민에 잠겨 얼마간 멈췄다가 다시 들리고, 점점 띄엄띄엄해지기도, 간혹 잘 풀리는지 빨라지기도, 그러다 절망적일 만큼 냉정하게 한 키를 오래도록 누르는 소리……. 타자 소리가 이곳 도서관 머리 위 천장에서 들려왔다. 그가 오랫동안 잊은 소리였다. 그랬었지. 그는 자동적인 슬픔을 느끼고 타인의 품속으로 파고들며 다정한 온기를 빌려 눈물을 흘려 보려고 애썼으나 애처로운 실패로 끝났다. 천장에서 들려오는 타자 소리는 일시적인 현상이 아니었다. 한동안 감감하다가도 이내 영감을 되찾고 다시금 단호하게 자판을 누르는 그 소리를 미성년 때와 다름없이 그저 견딜 수밖에 없었다. 이곳 도서관을 떠난 직원들이 돌아왔을 때도 천장의 타자 소리는 계속하여 그를 따라다녔다. 보아하니 소리는 그에게만 들렸다. 교수님이 들은 천장의 목소리가 그에게는 들리지 않았던 것도 같은 이치로, 천장이 각자에게 저마다 다른 소리를 들려줌으로써 듣는 이를 지상층 어느 곳, 그러니까 위로 향하도록 꾀는 거라고 그는 짐작했다. 왜 하필 그에게는 타자 소리란 말인가? 그 소리는 어릴 적부터 예견된 비참한 강박만을 반추시킬 뿐 어떤 유혹도 되지 못했다. 단지 그를 동요시키는 게 목적이라면 성공한 셈이었다. 층간 소음을 따지러 위층으로 올라오게 만들기에는 아련한 향수만을 불러일으켰을 뿐이지만.

공동 격리 첫날은 예고 없이 찾아왔다. 하급 노동자들은 아무런 언질을 받은 바 없기에 이곳 도서관에 내려진 조치를 인지하지 못했다. 셧다운으로부터 14일이 경과했다는 사실도 허물어진 시간 감각으로 인해 깨닫지 못한 이가 대다수였다. 그날 아침부터 관내에 불이 들어오고 난방 설비가 돌아가기 시작했다. 선생님들을 비롯한 이곳 도서관 직원들이 돌아와 평소처럼 자기 자리를 지켰다. 셧다운 이전과 차이가 있다면 직원들이 귀환한 뒤에 출입구는 다시 폐쇄되고 그 앞을 보안 요원들이 지키고 섰다는 것, 그리고 복귀한 모두가 마스크를 벗었다는 것이었다. 출입구 셔터가 올라가는 소리를 듣고 로비로 올라온 그는 각자 자리로 향하는 한 무리 사람들을 맞닥뜨리고 당혹감을 느꼈다. 그들은 14일 동안 격리되어 옷도 갈아입지 못했기에 행색이 말도 아니었다. 그럼에도 표정은 자못 밝다 못해 일터로의 복귀에 활기차고 설레어 보였다. 뒤에서 셔터가 차르랑거리며 내려가는데도 그들은 집단적인 최면에 빠진 듯, 퇴로가 차단되었다는 데 연연하지 않고서 자기들끼리 웃고 조잘댔다. 격리 기간에 그들에게 어떤 약리학적 예방 조치가 취해졌나? 그러지 않고서야 전염병에의 공포 없이 이렇게 마스크를 벗고 희희낙락할 수는 없었다. 그가 아는 한, 그리고 살아 있는 한 감염원에 대한 구제 조치가 일절 가해지지 않았다고 여겨지는 이곳 도서관으로 돌아오면서도 그들은 어떤 두려움도 없었다. 그는 마스크로 가려지지 않은 낯을 관내에서 처음 보았다. 그들은 저마다 다른 사람이었지만 각자의 낯은 정도 차이만 있고 공통된 형질을 지닌 것처럼 비슷한 외양이었다. 마스크를 벗고 난 그들은 하나같이 전보다 앳되고, 이목구비가 미숙하거나 왜소했으며, 머리와 얼굴 윤곽이 모난 데 없이 부드러운 곡률을 이루었다. 마치 공통된 유전병을 앓는 듯한 외양들이었으나 단지 마스크를 벗었기 때문일 수도 있다고 그는 짐작했다. 마스크는 가려진 외양을 더 뚜렷하게 상상하도록 유도하니까. 그들이 미숙해 보이는 건 단지 사람을 향한 그의 상상력이 보통 사람이 아닌 배우의 뚜렷한 용모에 길들어서일 터였다. 마스크를 벗은 그들은 더는 무대 위 배우가 아니었다.

그는 가까이 다가오는 상사와 눈을 마주쳤다. 격리 기간 동안 고생이 심했는지 전보다 야윈 모습이었다. 상사가 전에 없이 팔짱을 끼며 그를 이끌었다. 그는 상사가 몹시 지쳐 자신에게 기대거나 혹은 모종의 비밀을 알려 도움을 요청하는 거라고 착각했다. 상사는 재회에 눈물을 글썽이고 감격스러운 웃음을 터뜨리며 지하 1층의 그리운 사무실로 그를 이끌었을 뿐이었다. 사무실에서 이야기 나눈 바에 의하면, 상사는 이전과 판이해도 그가 알던 자가 맞았다. 상사를 이리도 당당하고 긍정적으로 보이게 만든 계기는 따로 없었다. 격리소에서 약리학적 예방 조치를 받거나 비인격적인 모종의 통제를 당함으로써 변화한 게 아니었다. 상사의 이성은 명료했고 지난 모든 걸 잊지 않았다. 그가 감염자일지 모른다는 자신의 의심을 기억하면서도 피하기는커녕 마스크를 벗은 사실이 참으로 기이했다. 상사는 깨달았다고 말했다. 깨달음이란 시간 감각, 즉 자신이 선 현재 지점이 어디인지에 관해서였다.

「우리가 언제 마지막으로 마주쳤지? 그때는 자네를 의심했어. 의심은 당시에만 해도 지극히 합당했어. 지금은 그렇지 않아. 감염 위험은 사라졌어. 왜냐하면 그건 과거에 일어난 일이니까. 그렇지 않아? 지금 마스크를 벗고 있잖아. 얼마 만의 자유인지. 마스크를 벗어 봐. 아무 일도 일어나지 않아. 지금은 우리가 근심하던 부분들이 해결된 시점이니까. 그 사실을 격리소에서 깨달았지. 누가 강요해서가 아니야. 그곳에서 우리는 다 함께 같은 결론에 도달했어. 각자 지녔던 혼자만의 모든 생각을 숨김없이 공유하고 이해했어.

예전에는 하도급자라는 신분에 매여 처신했지. 이제는 그렇지 않아. 여전히 나는 하도급자야. 그럼에도 선생님과 동등해. 그렇지 않아? 당연한 것들을 깨달은 거야. 우리가 그동안 해결하지 못해 전전긍긍하던 모든 게 이미 해결되었거나 실은 중요하지 않다는 사실을 말이야. 요컨대 나는 일을 하지. 일은 안 해도 그만이야. 출근해도 그만이고, 출근하지 않아도 그만이야. 내가 출근하고 일을 하기로 선택한 이유는 노동에서 느껴지는 작은 기쁨들 때문이야. 일이 꼭 생산적일 필요도 없지. 중요한 건 내가 기쁜지 아닌지가 아니겠어? 일의 생산성이 나를 괴롭힌다면 기꺼이 부지런하기를 포기할 거야. 이 깨달음은 결코 독단이 아니야. 내가 깨달은 모든 것을 자네에게도 허락할 수 있다면 기꺼이 그러겠어. 자네 역시 출근해도 좋고, 출근하지 않아도 좋아. 사랑스러운 이를 사무실에서 보는 건 내 커다란 기쁨이지만 그렇다고 타인의 자유를 막을 수는 없지. 사실 자네가 출근하지 않아도 내 만족감은 줄어들지 않아. 행복은 타인을 통해 결정되는 게 아니야. 감정의 가치는 온전히 내 통제하에 있어. 자네가 일을 아예 하지 않거나 태업해도 상관없어. 일이 자네를 기쁘게 한다면 일을 해! 한데 자네는 아직 과거에 머물러 있어. 내 말이 무슨 뜻인지를 받아들이지 못하는데. 그렇지 않아? 사람은 일평생 과거 한 지점에 매이지 않아. 시간은 계속 나아가고, 삶은 진보하지. 받아만 들인다면 세상

234

과 시대의 변화가 자네 것이 될 거야. 진보된 세상이 어떤지를 알게 될 거야. 상하도 좌우도 없으며 감당 못할 두려움과 불행에 시달리거나 터무니없는 미신에 매달릴 이유도 없어. 우리 속에 자네가 있고 자네 속에 우리가 있어. 자신이 숲의 일원임에도 거기서 벗어나고자 하는 나무란 없듯이, 숲이라는 소속 때문에 자신이 한 그루 나무인지 의심하는 일이란 없듯이 우리는 나로서 공존할 수 있어. 당연하지 않아? 우리는 이 모든 사실을 알았는데 그전에는 깨닫지는 못했어. 이제야 나는 깨달았어.」

격리되었던 이들에게는 그와 다른 시간이 흘렀을까? 세월이 쏜살같이 흘러 그가 닿지 못한 미래에 도달했을까? 상사는 자신이 격리소에서 14일간 억류되었다는 사실을 명확하게 인지했다. 오히려 그야말로 얼마 동안 이곳 도서관에 갇혔는지를 인지하지 못했다. 또한 그는 세상과 시대를 상사처럼 그렇게 명료히 정의하지 못하고 늘 흐리멍덩하게 쳐다보기만 해왔다. 그렇지만 그것들은 사람 눈으로 분간하기에는 원체 흐릿한 개념이 아니었는가……? 그가 사는 현실 바깥에서부터 들려오는 타자 소리는 무엇으로 설명할 텐가. 타자 소리는 계속하여 지속되면서 현실 감각을 뒤흔들었다. 상사의 장광설대로라면 이곳 도서관은 일터이면서 일을 할 필요가 없는 터전이 되었고 그의 일과는 이제 무용지물이었다. 그는 이 부조리극이 끝에 다다라 간다고 생각했다. 그가 사무실을 나가 바닥에 무얼 떨어뜨린 사람처럼 아래만 내려다보면서 긴 복도를 걸었다. 수직 공동을 빙글빙글 돌며 지하층으로 내려가 모두의 눈에 띄지 않고 숨을 한 구석을 찾아다녔다. 공동 격리가 시작되면서 하급 노동자들은 다시 자기가 속한 일터 사각지대로 숨어들었고 이제야 왜 그들이 관내에서 바퀴와 같은 삶을 사는지 이해했다. 이곳 도서관에서 이해할 수 있는 건 아무것도 없었다. 이곳 도서관에는 그들이 생전 매달리던 이상이 닿을 만치 가까이 있으면서도 손에 닿지 않았다. 꿈꾸던 대상이 눈앞을 아른거림에도 매번 닿지 못한다는 불가능성은 그를 비롯한 하급 노동자들 일상에 절망적인 무기력을 선사했다. 더는 대상을 특별히 바라보기를 포기하고 아무것도 없는 칠흑 같은 어둠 속으로 숨어들 수밖에 없었다.

이곳 도서관은 일상으로 되돌아갔다. 생활에 필요한 필수품들이 구내식당과 매점에서 다시 융통되었는데 전과는 달리 모두 무료였다. 이곳 도서관 사람들은 자기가 갇혔다는 걸 인지 못하고 마치 한평생 여기서 산 듯 자유롭게, 주어진 자유에도 불구하고 제자리를 지켰다. 사람들은 출근 전에도, 퇴근 뒤에도 자기 자리에 있었다. 희한한 관성이 이곳 도서관을 현상 유지했다. 적의 공격으로 지하 벙커에 갇힌 사람들과 같은 일상이었다. 전쟁은 벙커 너머에 있고, 내부는 안전하다고 믿듯이. 14일간 격리되었다가 돌아와 보니 수직 공동 속 하늘에 사람 한 명 드나들 크기 구멍이 뚫렸지만 그렇다고 해서 포탄이 관내를 헤집지는 않았으까. 그래서 이곳 도서관 사람들은 내부의 안전에 길들어, 갇힌 지금을 일상으로 받아들였다. 보안 요원들 역시 밖이 아니라 안을 향하여 보초를 서는 행위를 안전을 위한 거라고 철저히 받아들였다. 보초는 아무 의미 없었다. 아무도 밖으로 탈출하려고 시도하지 않았으니까. 그럼에도 관내 인원이 줄어들어 갔다. 날이 갈수록 하급 노동자들을 찾기 힘들었다. 공동 격리가 시작되고 며칠 안 가 하급 노동자는 아무도 보이지 않았다. 밖으로 나가지 못하는 상황에서 그들은 어디로 사라졌을까? 지상층을 올라 이곳 도서관의 가장 드높은 장소에 도달했다면, 거기서 그들은 어떻게 되었을까? 위에 뭐가 있는지 알려 주는 이는 아무도 없으므로 직접 올라가서 확인해야 했다. 한데 그는 한 번도 로비에서 위로 향하는 층계에 발을 디디지 않았다. 금지된 구역으로 여기지도, 굳이 피하지도 않았다. 단지 필요성을 느끼지 못했다. 지면에서 위로 멀어지는 층계에는 아무런 호기심이 일지 않았다. 저 위는 그의 상상이 닿지 않는 공간이었다.

그런 그가 드높은 방으로 올라가기까지, 많은 날이 소요되지는 않았다. 며칠이면 됐다. 그는 이미 직감했다. 이곳 도서관에 현재와 같은 방식으로 머무를 날이 얼마 남지 않았으며 그 또한 조만간 다른 하급 노동자들처럼 저 위로 끌려 올라갈 거라 예감했다. 이윽고 그날이 되자 그는 수직 공동 속 그녀도 돌아보지 않고 생각에 잠겨 자기가 어딜 보는지도 의식하지 못하는 채로 층계를 걸어 올라갔다. 누구에게 언질을 받았는지 로비에서 기다리던 보안 요원 한 명이 엘리베이터로 그를 안내했다. 그는 엘리베이터를 타고 지상층을 수직으로 통과하여 이곳 도서관에서 가장 드높은 방에 이르렀다. 이는 다행스러운 일이었다. 자기 상상이 닿지 않는 지상층의 많은 방을 굳이 지나치고 싶지 않아서였다.

그는 드높은 방에 이르기 전에 두 사람을 따로따로 만났다. 둘은 그에게 각자의 이야기를 들려주었다. 가리키는 방향이 제각각인 두 이야기는 그의 머릿속에서 한 방향으로 귀결되었다. 두 갈래가 하나의 이야기로 합쳐져 그를 드높이 이끌었다. 두 사람을 따로따로 만났던 와중에도 천장 어딘가에서 아스라이 타자 소리가 들려왔다. 타자 소리는 그가 이성적으로 판단하게끔 도와줬다. 덕분에 그는 전보다 깨어 있는 상태로 생각했다. 타자 소리는 그를 홀리거나 정신없게 만들고자 귀에 들려오는 게 아니었다. 그것은 생각하는 소리였다. 그가 정신이 맑고 명료해졌다고 해서 드높은 방에 가기로 한 선택이 특별히 현명하거나 이타적인 결심에서 비롯되었다고 말할 수는 없다. 생각할 수 있는 상태가 된 그는 더는 생각하고 싶지 않다고 생각했다. 그게 선택이유였다.

첫 번째로 만난 사람은 그를 그녀에게로 이끌었던 선생님으로, 더는 이곳 도서관에서 형체로 존재하지 않았다. 선생님은 타자 소리와 마찬가지로 천장에서 말했는데 보다 더 선명하고 가까웠다. 선생님은 이제야 자신이 삶으로 돌아갔다고 말했다. 이곳 도서관 밖 삶으로 돌아가 먼 거리에서 목소리로나마 이야기를 전할 수밖에 없었는지, 아니면 이곳 도서관과 하나 됨으로써 자신의 진정한 삶을 찾았는지는 알 수 없었다. 육신이 밖에 있든 안에 있든, 존재하든 존재하지 않든 간에 선생님은 감염의 공포에 비명을 지르던 예전 모습을 연상하기 힘들 만큼 명랑한 목소리로 말했다. 선생님은 그에게 제안하러 찾아왔다고 했다. 제안은 이전에 말한 이곳 도서관의 숙원 사업과는 관련 없었다. 다름이 아니라 그도 삶으로 돌아가지 않겠느냐는 것이었다. 그는 바로 대답하지 않고 사라진 하급 노동자들은 어떻게 되었는지 물었다. 선생님이 말했다. 이미 없는 사람에 관해서 자신은 말하지 못한다고. 존재하지 않는 자를 말함은 있을 수 없다고 선생님은 말했다. 그가 또 한 번 물었다. 수직 공동 속 수삼목, 그녀는 앞으로 어떻게 되느냐고, 영원히 여기에 갇히느냐고. 선생님이 대답했다. 나무를 두고 그녀라고 부르는 게 자신으로서는 영문을 모르겠으나, 자기가 알기로는 나무는 누가 옮기지 않는 이상 심긴 자리에서 평생을 산다고 말이다. 그녀를 이곳 도서관에서 구출할 방법이 있느냐고 그가 물었다. 나무가 당신에게 그녀라면, 그녀를 자유로이 풀어 주겠다면 나무를 더는 그녀로 여기지 않으면 된다고 선생님은 말했다. 「타인의 기억으로부터 자유로워지기, 그것이 해방이지요.」 선생님은 계속해서 말했다. 자신은 당신과 다른 시대에 산다. 자신이 사는 시대는 전염병도 없고 다른 문제란 없다. 모든 게 해결되었다. 그러므로, 쓸 필요가 없는 시대, 쓸 수 있는 게 남지 않은 시대다. 책이 없는 시대다. 우리 도서관은 그 시대에 마지막으로 남은 책 무덤이다. 자신과 마찬가지로 당신도 새로운 시대에서 깨어나기를 바란다. 그럼으로써 삶으로 돌아가기를 바란다. 당신은 우리 도서관 지상층 끝까지 언제든 올라갈 권리가 있다. 거기서 당신은 관장을 만날 수 있다. 그것이 우리 도서관의 퇴관 절차다. 당신은 우리 도서관 관장과 자유로이 교섭하여 스스로 운명을 결정지을 수 있다. 그것이야말로, 우리 도서관이 당신에게 제공하는 자선 사업의 마지막 순서다. 그 말을 마지막으로 목소리는 더는 들리지 않았다. 선생님이 드디어 의무를 마치고 진정으로 자유로운 자기 삶으로 돌아간 모양이라고 그는 생각했다. (이 또한 천장의 부름일 가능성이 있다. 계속된 부름에도 응하지 않은 그를 불러올리려고 선생님을 인질로 잡아 구차한 수를 썼을지도. 그에게는 아무래도 상관없지만. 중요한 건 선생님 목소리가 그에게 어떤 마지막을 암시하고 약속했다는 것이다. 그는 줄곧 마지막을 기다렸다. 나

름 영리하게 협상한 셈이다. 그는 자신이 원하는 말을 천장
이 들려주기 전까지 인내심을 가지고 칩거하며 기다렸다.)

그는 마지막으로 나와 마주쳤다. 공동 격리 이후로 그
도 지하층 서고들을 전전했으므로 그중 한 곳에 숨은 나와
마주치는 일은 예정된 수순이었다. 나는 예전에 셋이 함께
작업했던 서고에서 자신이 반출하고 반입한 책들을 한가득
꺼내 바닥에 쌓아 놓고 주저앉아 한 권씩 찬찬히 읽는 중이
었다. 나는 손에 든 책을 덮고 고갯짓으로 그를 자기 옆 바
닥에 앉게 하고는 긴 이야기의 운을 뗐는데, 나가 그와 작별
하기 전 마지막으로 한 말은.

나와의 작별

(나가 말하는 동안에도 천장에서 아스라이 들려오는
타자 소리는 멈추지 않았다. 오히려 나가 말하는 속도와 박
자에 맞춰 타자 소리도 빨라지고 잦아들기를 반복했다.)

책을 읽었어. 너는 아직도 책 타령이냐고, 지긋지긋하
지 않으냐고 질려 할지 모르겠어. 한평생을 얽매여 살았으
니까. 그렇지만 책을 빼고는 이야기 못해. 이곳 도서관에서,
나는 드디어 읽었어. 처음으로. 그동안 우리는 이곳 도서관
에서 독서 빼고 모두 다 해봤지. 도서관에서 일하고, 떠들
고, 식사하고, 잠자고, 살고, 죽고⋯⋯. 도서관에서는 어겨선
안 되는 에티켓⋯⋯ 모두 어겼지. 책까지 읽었으니 이곳 도

서관에서 할 수 있는 전부를 해본 셈이야. 이제 도서관에 더는 여한이 없어. 여기서가 아니더라도 많다면 많은 책을 사는 내내 읽었지. 막상 삶을 되돌아보면 살면서 책 한 권 여유 있게 제대로 읽지 못한 것 같아. 늘 쫓겼단 말이야. 급하게 책장을 넘기다가 마지막 장에 이르러 애써 다 읽었다고 치부하며 독서를 끝냈지. 궁극적으로는 책 한 권 못 읽은 거나 다름없어. 한 권의 책도 내용을 이해하지 못했어. 이제 시간이 얼마 남지 않았으니 마지막으로 한 권이라도 제대로 읽으려고 나의 서가로 돌아간 거야. 그동안 두려웠어. 책을 펼쳤을 때 백지만이 나를 기다릴까 겁났어. 활자들이 도망치지도 않는데 말이야. 봐, 오래전에 죽은 작가 책이야. 슬프고 아름다운 이야기가 담겼지. 봐봐. (나는 읽던 책을 양손으로 들어 아무것도 적히지 않은 백지를 펼쳐 보였다.) ……백지지? 내 눈에도 그렇게 보여. 슬프고 아름다운 이야기를 담은 이 책은 표지만 그대로 남고 본문은 하얗게 새버렸어. 우리가 작업한 모든 책이 그렇게 되었어. 이곳 도서관은 참 영악해. 책을 잘 아는 자의 짓이 틀림없어. 우리가 그동안 반출한 목록은 책을 잘 알고 사랑하는 아주 고상한 인간이 추려 낸 거야. 슬프고 아름다운 책들만 반출해 이렇게 서서히 바래게 한 거야. 원 본문은 파쇄하고 시간에 따라 서서히 바래는 특수한 잉크로 복사본을 출력해서 제본한 뒤 시치미를 뚝 떼고 반입한 거로 짐작해. 하지만 백지더라도 나는 알아.

본문을 읽어 보지 않아도 돼. 책 제목만 읽어 봐도 느껴져. 자기들이 벌인 절멸 행위를 교묘히 숨기고자 표지를 멀쩡하게 남긴 건 그치들의 치명적인 실수야. 자! 이 책은 매우 슬프고 아름다운 이야기였어. 전에 읽어 봐서 알아. 아까 말했듯이 생전 책 한 권 제대로 읽지 못했지만……. 아무리 바보라도 가치 있는 것을 눈앞에 두고 진가를 전혀 알아보지 못할 수는 없지. 이제 슬프고 아름다운 이야기는 본문이 아니라 내 머릿속에 있어. 완전하지 않아도 상관없어. 백지가 아니라 한들, 그래서 내가 다시 읽은들, 나중에 돌이켜 봤을 때 얼마나 많은 이야기가 내 머리에 제대로 남았겠어? 한 가지면 돼. 이 책이 슬프고 아름다운 이야기를 담았다는 사실 하나면 충분한 거야. 그게 고전이지. 사라진다고 해서 아니게 되지 않아. 고전은 절대성을 내포해. 백지가 된 지금도 우리가 활자를 읽어 내지 못할 뿐, 이 이야기는 세상에 잠시나마 존재했어. 이미 쓰인 거야. 슬프고 아름다운 한 이야기가 옛 시대에 쓰였고, 완성되었고, 읽혔다는 진실만 잊지 않는다면, 나는 괜찮아. (나가 책을 바닥에 내려놓았다. 마스크를 쓴 낯이 끝없는 절망 깊숙이로 급격하게 캄캄히 잠겼다.) 실은 무엇도 기억나지 않아. 아무것도 읽히지 않아. 인생 처음으로 조급하지 않고 여유 넘치는 지금에야 깨달았어. 내가 문맹이라는 사실을 지금에서야 깨달은 거야. 그동안 책의 내용을 상상하며 읽어 왔던 거지. 읽은 건 본문이 아니라 그저 내가 상상한 책 내부였어. 백지 앞에서 나는 깨닫고 한없이 무력해졌어. 아무것도 읽히지 않는데 뭐라도 이해 하는 것처럼 짐짓 아는 체하던 내가 부끄러워. 나는 진실로 단 한 권도 읽지 못했어. 스스로가 그로테스크하고 소름 끼쳐. 문맹이나 다름없는 인간이 뭘 확인하려고 책을 집어 들고, 또 이곳 도서관으로 흘러들어 왔을까? 속이기 위해? 살기 위해? 먹고 자고 싸기 위해? 모두 끝이야. 이곳 도서관에서의 마지막이 다가와. 끝이 우리를 덮치기 전에 해명해야지. 내 설명이 필요할 거야. 너의 죽음에 관하여. 너의 죽음에 관해 아무것도 해명할 게 없지만, 그래도 노력해야겠지. 사는 건 골치투성이야. 세상은 언제나 납득을 요구하지. 누가 이해하고 말고는 상관없이 사건들이 발생할 뿐인데 말이야. 그래서 우리는 억지로 대화를 나눠. 내게 일어나는 일을 어림도 없는 말로 열심히 설명해야 해. 사건들 사이를 억지로 이어야 해. 본질은 간단한데, 그걸 이해시키기 위해서는 수많은 말이 필요해. 나는 대화라고는 젬병이었지. 사람들을 이해시키기 힘들었어. 많은 이들이, 사건의 발생보다 그게 자신과 무슨 상관인지, 자기가 이해 가능한 과정과 순서로 발생했는지를 더 중요시해. 사건은 누구를 위해 존재하는 게 아닌데 말이야. 그건 예전에 일어났고, 발생하는 중이고, 앞으로 일어날 운명이야. 만일 우리가 사건을 이해해야 한다면, 그래야 하는 순간이 엄습한다면, 있는 그대로 바라

볼 수밖에 없어. 관망에 지나지 않아도 좋아. 이미 일어난 사
건에 우리 이해를 도울 맥락은 없어. 그래. 너는 죽었지. 나
도 알아. 나는 숨느라 보지 못했어도 사건이 발생한 순간 너
가 죽었다는 사실을 충격적으로 깨달았어. 너가 왜 죽었는
지 내가 그런대로 설명할 길은 하나야. 너가 죽을 순서가 된
거야. 이해 안 되겠지만 그렇게 되었어. 너가 죽을 시간이 찾
아왔어. 그녀에게 접촉이 일어난 순간, 더는 살면 안 되었
어. 그러자 너는 의미 있게 죽을 장소를 찾아야 했지. 바라보
는 이들에게가 아니라 스스로에게 의미가 있는 죽음이 되도
록 말이야. 평소에 너는 죽음도 하나의 작품이라고 믿어 왔
지. 그렇다고 해서 너가 멋지게 삶을 완결했으리라고만 생
각하지는 않아. 너는 자신이 그럴 수 없다는 점을 평소에 인
지했어. 그래서 죽음을 거부하지 않았고, 그게 너가 도달할
수 있는 최선의 결론이었던 거야. 너는 그녀에게 이르러, 죽
었지. 같은 하늘, 같은 날씨 아래서. 한밤에야 서고 밖으로
기어 나온 나는 너가 죽은 장소를 쉽게 알아보았어. 뚫린 구
멍에서 희미한 광선이 내려왔지. 이중의 하늘, 이중의 날씨.
나름 괜찮은 죽음이라 생각해. 두 겹의 세상을 하나로 잇는
죽음…… 아무렇지도 않게 말하는 거로 보여도 너의 죽음
은 나에게 지독히도 슬픈 시련이었어. 나 자신보다 더한 것
을 너가 죽음으로써 잃었어. 하지만 그럼으로써, 너를 더 무
한하게, 영원토록 반추하게 되었지. 너를 더 간절히 아끼게

되었어. 너의 죽음은 나에게 확실한 징표를 주었어. 바로 나의 죽음 말이야. 너가 죽기 전에는 나의 죽음이 다가오리라고 인지하지 못했는데. 이제 다가오는 죽음을 실감해. 너가 죽은 당시, 너랑은 달리 좀 더 유예하고 싶었어. 그냥, 겁났어……. 내가 그렇지, 뭐. 아직 마무리하지 못한 문제가 떠올랐거든. 그녀……. 그래서 너의 죽음 이후로 이곳 도서관에서 꽁꽁 나를 숨겨 온 거야. 아, 그녀에 관해서는, 말할 것도 없지? 우리는 그녀를 사랑하지? 그렇지? 우리가 사랑하는지 하지 않는지 의심할 필요도 없이 사랑하지. 편의적으로 그녀를 사랑한다고 말하는 사실을 부정하지 않겠어. 그렇지만, 온통 그녀뿐이니까. 언제고 그녀 없이는 살지 못했잖아. 설령 없다 해도, 우리는 어떻게든 그녀를 지어냈지. 편의적으로……. 첫 글을 떠올려 봐. 생애 처음으로 쓴 글. 첫사랑. 처음부터 발버둥 쳐왔잖아. 그녀에게 이르기 위해서. 지금은 고통스러워. 우리가 지어낸 것들을 의식하는 게. 지어낸 사실에 의지하는 게. 지어낸 내용과는 관계없는 방식으로 그녀가 실재한다는 사실이. 그녀는 현전(現前)하지. 우리 의식 이전, 나아가 존재 전부터 현전했지. 우리가 없는 미래에도……. 더는 그녀를 떠올리기 고통스러워. 그녀 표정을 들여다보기가 두려워. 무슨 표정을 지을지. 내가 감히 쳐다보지 못할 낯을 떠올리며 전전긍긍해. 무표정은 최선의 방어 장치야. 우리 상상 너머 표정……. 우리는 마스크를 쓰고 있

어. 우리 사이는 두 장의 마스크로 가로막혀 있어. 우리는 그
너머에 무표정이 도사렸으리라고 상상하지. 우리는 마스크
가 짓는 무표정 앞에서 허물어지고, 기어이는 살아 있다고
믿기지 않을 만치 온기가 없는 그 껍데기만 남는 거야. 그녀
를 더는 찾지 말자. 그녀를 포기함으로써 마무리하자. 그녀
로부터 자유로워지자는 게 아니야. 그 반대지. 그동안 그녀
를 통하여 자유로웠으니까, 이번에는 그녀에게 해를 끼치지
못하도록 우리가 유폐되어야 해. 이곳 도서관에서의 유폐
를 말하는 게 아니야. 여기서 우리는 하루도 그녀를 안 떠올
릴 수 없으니까. 유리관 속 그녀가 어떻게 될지 안절부절못
하고, 속절없이 바라만 보고, 벗어나고파도 항상 그녀의 영
향권 아래지. 그래, 알아. 유리관에 구멍이 났어. 우리가 가
둔 그녀에게 외부의 영향이 가해졌어. 그러자 우리가 인정
하기 힘든 진실이 드러났지……. 우리가 보지 못한 것, 보지
못한다고 믿은 것. 시간 말이야. 시간이 지났어. 오랫동안 전
화 한 통을 기다렸는데, 긴 시간 그 한 통에 매여 전화기 옆
을 떠나지 못하였는데, 혹시 연락이 올지 몰라 두려움에 떨
었는데, 왜냐면 우리를 어떻게 처분할지 전화로 선고되기
에, 그래서 누구와도 통화하지 못했고, 이유인즉슨 그 사이
에 전화가 올 가능성이 있으니까, 알고 보면 우리는 오래전
끊긴 전화에서 멈췄고, 상대가 이미 끊은 통화를 지속한 셈
인데, 그렇기에 그토록 기다렸는데도 벨이 울리지 않는 거

야, 우리가 통화 중이어서. 돌아가자. 집으로. 너와 함께 살았던 우리 집이 있어. 정말로 우리 소유는 아니지만. 음침한 산골짜기를 등진 아파트……. 그 야트막한 산골짜기는 여름이 되면 우거지고 울창한 나무들에 가려져 틈바구니로 깊고 컴컴한 음영만을 남기지. 나뭇잎이 모두 떨어진 겨울이면 그 황폐한 골을 낱낱이 들여다볼 수 있을 거야. (불현듯 그가 생각했다. 지금이 무슨 계절이지? 가을 다음이 겨울이라는 건 물론 알았다. 그러나 지금이 늦가을인지, 아니면 겨울 초입에 들어섰는지 확신하지 못했다.) 발코니에 서서 바라보면 근사하지 않겠어? 당분간은 거기서 지내자. 최소한 사계절은 나겠지. 우리는 각자가 기다리던 상대가 아니지. 우리 각각은 우리가 기다리던 그자가 아닐 거야. 그래도 어쩌겠어. 의지할 사람은 우리뿐이야. 나는 죽음이 아니라 삶을 제안하는 거야. 그녀 없는 삶. 그녀로부터 동떨어진 삶. 자유 없이도 우리만의 뭘 시도해 볼 삶……. 우리만의 황무지……. 우리의 황폐한 터전에서 더는 기다릴 필요 없어. 더는 불태울 게 남지 않은 땅 위에서 우리는 살아가야 해. 너의 말대로야. 우리는 오래전에 누차 선고된 마지막을 받아들여야 해. 그게 우리 황무지고, 남은 삶이야. 황폐한 건 무엇이든지 바라보기 괴롭고 두렵지. 그보다 더 무서운 게 있어. 두려워. 죽음이…… 죽음을 깨닫는 것이. 황무지 위에서, 셋집에서 깨지 않는 잠을 자자. 제 죽음조차 깨닫지 못할 만

큼 깊고 꿈 없는 어둠 속에서 잠들자……. 시간이 지나가고
있어. 시간은 마치 차례대로 줄지어 연주되는 여러 곡의 음
악 같지. 선율에 취해 빠져들다 보면, 혹은 단상에 잠겨 딴청
을 피우다 보면 어느새 한 곡 끝나기 마련이야. 이 곡은 곧
끝이야. 함께 집으로 돌아가지 않겠다면, 우리는 작별이야.
나와 영원히 헤어지는 거야. 그것도 매우 설레는 일이지. 한
번도 나와 이별하는 모습을 상상하거나 꿈꾼 적 없지? 인정
할 수밖에 없군. 나와의 작별은 아주 매혹적으로 들려. 내가
물을게. 나와 헤어진 뒤를 상상하겠어? 홀로 살아갈 자신 있
어? 그렇다면, 안녕. 나와 작별하는데 전혀 슬퍼 보이지 않
네. 각오는 했어도, 다시는 못 볼 나에게 어찌 그리도 냉담하
지? 좋아. 받아들일게. 노력할 거야. 그 얼음장 같은 표정을
끝끝내 받아들이지 못할지라도. 마땅한 처분이니까. 나와
작별한다고 해서 그녀와 재회하리라고 믿는 건 아니겠지?
하하! 순교자 납셨네. ……마지막으로 손을 잡아 줘. 나에게
무엇이든 전해 주고 가. 살아 있는 온기로 뭐든 증명하라고.

　　(그가 서고 밖으로 나갔다.)

　　이 곡은 끝이야. 다음 곡으로 넘어가.

드높은 방에서

　　이제 머리 위에서는 아무 소리도 들리지 않았다. 그를

꾀어내는 소임을 다해 소리가 멎었나? 천장도, 숨을 다락도 없이 잿빛 하늘로 이어지는 허공이니 당연한지도 몰랐다. 그가 내린 엘리베이터가 뼈대만 남은 구동 장치에 매달려 희끄무레한 허공에서 아찔하게 흔들렸다. 그가 선 공간은 원래 옥탑 형태였을 거로 짐작되었으나 과거의 정체 모를 충격으로 천장과 벽 세 면이 날아가고 용케 프레임 채로 서 있는 엘리베이터 문짝과, 그 맞은편 화강암 벽 한 면만이 살아남았다. 그 벽에는 페인트칠이 벗겨지고 녹슨 철문이 자리하여 굳게 닫혔다. 크고 작은 화강암 파편들이 널린 바닥에 선 그가 살을 에는 바람에 곱은 손으로 홑겹의 옷을 꽉 여몄다. 철문을 열어 이곳 도서관의 가장 높은 사람인 관장을 만나기에 앞서 마스크를 벗는 게 예의인지 그대로 쓰는 게 현 시국에 적절한지를 따져 봤다. 그는 마스크를 벗지 않기로 했다. 선생님이 그와 자신이 다른 시대에 산다고 말한 것을 떠올리며, 자기가 사는 뒤처진 시대에 걸맞게 감염의 위험에 대비하는 게 맞겠다고 판단했다. 저 안은 따뜻할까? 몸을 좀 녹이고 싶었다. 오랜만에 바깥 찬 공기에 노출되고서부터 몸 이곳저곳이 쑤셨다. 건물 안에서만 지낸 데다 끼니가 부실해 영양실조에 걸린 몸으로 추위를 견디기는 힘겨웠다. 별안간 철문이 덜컹 열리며 그 안에서부터 돌풍이 불어왔다. 그는 몸을 두 팔로 감싸 안고 쥐어짜듯 움츠렸다.

「누구시오.」

철문 안쪽에서 누가 물었지만 상대 얼굴을 마주 볼 때까지 대답할 마음이 없었다. 듣기 싫은 쇳소리를 내는 철문이 바람에 들썩이며 자꾸 여닫혔다. 그는 꼭 안은 야윈 몸을 기울이고 고개를 쭉 내밀어 보였다 보이지 않았다 하는 안쪽을 기웃거렸다. 철문을 붙잡으면 간단할 텐데 겨드랑이에 낀 손을 빼서 시리도록 찬 쇠를 만지기 망설여졌다.

「하!」

안에 있는 자가 먼저 그를 알아보고 코웃음 쳤다.

「정말 대낮에 왔구먼. 이리로, 들어오시오.」

그는 철문이 바람에 완전히 젖혀질 때를 기다렸다가 몸을 꺼안은 자세 그대로 뛰어 들어갔다. 문이 도로 닫히면서 그의 엉덩이를 강하게 밀쳤고 그 바람에 몇 발짝을 휘청휘청 내딛다 겨우 중심을 잡으면서 엉겁결에 기다리던 사람 앞에 섰다. 그는 멋쩍은 웃음을 흘리며, 방금 소동으로 어느새 겨드랑이에서 빠진 두 손을 고간 앞으로 공손히 모았다. 오랜만의 웃음이었다. 입을 가린 마스크 때문에 부자연스레 찡그려진 눈살만 보고 상대가 오해하겠다는 생각이 든 그는 겸손하게 비치고자 눈을 순종적으로 내리깔았다.

「나를 알아보시겠소?」

그가 황급히 고개를 끄덕이면서 상대와 눈을 마주쳤다.

「내가 누군지 아시오?」

그가 망설임 끝에 고개를 저었다.

「그쪽은 나를 교수님 탈을 쓴 악마쯤으로 단정하겠지. 하나같이! 댁들의 상상력이란! 놀랍게도, 당신이 아는 그자, 오직 한 사람이오.」

그를 기다리던 사람은 이곳 도서관 관장뿐이므로, 그는 잠정적으로 상대를 관장으로 여겼으나 〈그렇겠네요. 그래요〉라고 작게 중얼거렸다. 교수님이든, 교수님 닮은 하급 노동자든, 교수님 탈을 쓴 악마든 간에 이곳 도서관 관장이라는 직위를 가지지 말라는 법은 없었다. 호칭보다는 찬바람에 자꾸 몸이 움츠러들고 배배 꼬이는 게 더 큰 문제였다. 예전처럼 목제 의자에 앉아 있는 관장은 그와 같은 잿빛 점프 슈트 단벌 차림인데도 자세만 구부정하지 추위를 모르는 눈치였다. 관장은 마스크를 쓰지 않았다. 주름진 낯에서 묘하게도 고무 같은 물성이 느껴졌다. 마치 얼굴에 흘러내린 고무가 이목구비를 그대로 본떠 추운 날씨 속에서 데스마스크로 굳은 것 같았다.

데스마스크가 입가를 우그러뜨리며 말했다.

「대낮에 왔으니 둘러봐요. 얼마나 장관인지. 계절이 계절이라 해가 쨍쨍하지는 못해도. 그런대로 볼 만해.」

둘이 있는 공간 내부는 철문 바깥과는 달리 비교적 멀쩡했다. 대부분 이전과 같았다. 철문이 달린 화강암 벽을 제외한 나머지 면을 가린 철책의 벌어진 셔터 사이로 찬바람이 기이한 휘파람 소리를 내며 넘나들었다. 이전에는 밤이

252

라 보지 못했던 바닥 아래가 투명하게 비쳤다. 유리 바닥 아래로 수삼목의 삐죽삐죽한 우듬지가 내려다보였다. 이전과는 달리 재떨이용 항아리가 사라졌고, 천장에 뚫린 커다란 원 아래 유리 바닥이 깨지면서 사람 한 명 충분히 빠질 만한 구멍이 나 있었다. 그의 시선이 바닥에 난 구멍에서 멈추자, 관장이 연유를 설명했다.

「얼마 전에 누가 찾아와서 생떼를 썼어. 그녀를 만나겠다는 거요. 그녀가 누구냐니까, 저 나무라네. 저 아래에 닿으려면 바닥을 깨고 뛰어내릴 수밖에 없다고 내가 말했지. 그리하더군. 구멍이 난 덕분에 전보다 야상곡 소리가 더 잘 들려. 그쪽도 들리시오?」

그가 생각에 잠겨 천천히 고개를 저었다. 그는 왜인지 관장에게 너의 죽음이 어느 미치광이가 나무를 향해 벌인 일방적인 소행이 아니라고 말하고 싶었다. 관장의 말에서 느껴지는 무심한 어조 때문에 그런지도 몰랐다.

「막무가내로 뛰어내렸어도, 그녀가 자기 옷을 벗어서 죽은 사람에게 덮어 줬어요. 마지막에라도 그녀에게 닿았고, 화답받았으니 잘된 일이에요.」

관장이 코웃음 쳤다.

「이건 그녀가 아니라 나무예요. 옷을 벗어 준 게 아니라 나무에 겨울이 온 거지. 그쪽이 익숙하지 않은 모양인데, 그건 이렇소. 그동안 겨울나무를 보지 못한 거요. 그쪽은 살

253

면서 나무를 자주 보아 왔다고, 잘 안다고 자신할 테지. 그런데 사계절 내내 쳐다보지는 못해서, 한 해 끝 무렵부터 시작되는 겨울에 그만 딴눈을 팔았어. 그래서 나무가 나뭇잎을 다 떨군 모습이 그쪽에게는 어색한 거요.」

말을 마치고 관장이 핏기 없는 얇은 입술을 깨물었다. 웃음을 참는 듯했다. 관장의 어린애 가르치는 어조에 그는 뒷목을 한 대 얻어맞은 충격을 받았다. 정말로 뒷목이 뻣뻣해져 곱은 손으로 승모근을 감싸 쥐고 비틀거렸다.

「그쪽은 무슨 볼일로 여기에?」

그는 머뭇거리며 두 손을 다시 아래로 내리고 잠시 말이 없었다. 유리 바닥 아래 수삼목을 내려다보면서 말할 용기를 찾는 듯, 아니면 아예 무얼 말할지를 고민하는 듯했다.

「그녀를 돌려주세요. 아니면 꺼내만 주세요.」

그는 자기가 말하고서 흠칫 놀라 멈칫거렸다. 자신이 이렇게 큰 요구를 할 줄은 몰랐다. 말은 주워 담지 못하기에, 그는 다시금 어떻게든 이어 나갔다.

「오래전 전화에서 한참 울던 여자를 기억합니다. 전화를 늦게 받았는데, 그녀는 전화가 걸리기 전부터 계속 운 모양이에요……. 그 울음소리는 빈 동굴에 메아리치는 짐승의 절규 같았어요. 전화는 끊겼어요. 다시 걸어도 받지 않았고요. 그녀의 울음이 날 살렸어요. 나는 그녀 울음소리로 살아가요.」

「그래서?」 관장이 심드렁하게 대꾸했다.

「그녀에게 값을 치러야 한다고 생각합니다. 살아 있는 값이요.」

그가 분명한 어조로 대답했다.

관장이 의자에서 몸을 일으켰다. 기지개를 켜고 마른세수를 한 뒤 주위를 아무렇지 않게 걸었다. 부주의하게도 잊었을까? 관장의 발이 구멍 위를 내디디려는 순간 그가 외마디 알 수 없는 소리를 냈다.

관장이 구멍 위를 밟고 지났다.

「그녀는 쓰였소?」

관장이 태연스레 물었다.

「이 방에 찾아온 양반들은 하나같이 저 나무를 두고 뭘 써야 한다던데.」

「쓰이지 않았습니다.」

그가 대답했다. 관장이 밟고 지나간 유리 바닥의 구멍을 멍하니 바라보았다. 관장이 그에게 발길을 돌려 친절하지만 피곤 어린 표정으로 일러 주었다.

「잘 들으시오. 쓰이지 않은 건 읽히지 않아요. 읽히지 않은 건 쓰이지 않고. 아무래도 그녀는 존재하지 않는 성싶네.」

그는 우두커니 서서 끈질긴 거지처럼 입을 살짝 벌리고 관장을 바라보았다. 추위 때문에 선 채로 까무러칠 지경이

255

었다.

「고약하게 되었구먼.」 관장이 말하는 게 들렸다. 「여기서 시체 하나 치우겠어. 이봐요. 다들 나를 단단히 착각하는 모양인데. 나는 벌목꾼이요. 여기 도서관 의뢰로 나무를 베러 왔지. 의뢰가 뭐냐 하면, 자기네가 환기 시설로 쓰는 수직 공동에 나무 하나가 자라서 꽉 찼대. 그걸 베어 달래. 가서 보니 나를 너무 늦게 불렀어. 이걸 어떻게 베어 낸담? 나무를 베면 모로 쓰러지면서 건물이 박살 날 텐데? 내 머리로는 도저히 방도가 생각나지 않았단 말이야. 고로 이곳의 저명한 양반들을 한 명씩 방으로 불러서 방법을 물었지. 한데 죄다 동문서답인 거요. 물은 사람은 난데, 다들 저 나무를 구해 달래. 아니면 저 나무로부터 자기를 구해 달래. 그쪽도 똑같구먼. 여하튼 내가 그 양반들한테 말했소. 이 나무는 언젠간 베일 운명이고 어쩌면 그로 인해 건물 전체가 위태로울지도 모른다고. 그랬더니 내빼더라고. 그 양반들 이제 안 보이지?」

그는 심장이 날카로운 도구로 파이는 고통을 느끼면서, 한 발짝 한 발짝 다가오는 관장으로부터 물러섰다. 그가 우물쭈물했다. 그들이 모두 보이지 않는 건 사실이지만 이곳 도서관을 나간 사람은 아직 없다고 겨우 소리 내어 해명했다.

「나는 어디로 도망갔는지 알지. 그쪽도 알잖아.」

관장이 턱짓으로 구석의 커다란 배수구를 가리켰다. 그

256

가 익히 잘 아는 통로였다.

　관장이 그에게서 몸을 돌려세워 의자에 털버덕 주저앉았다. 처다볼 가치도 없는지 몸을 돌려 딴청을 피우며 그에게 일렀다.

　「들어왔던 문으로 나가지 못하는 건 당신도 알 거요.」

　도무지 발이 떨어지지 않았다. 체력적으로 한계에 봉착했다. 관장은 어떤 대답이나 행동이 돌아올지 예상 간다는 듯 혀를 차며 그를 올려다보았다. 그가 애처로이 말했다.

　「갈 곳이 없어요.」

　「뭐라고?」

　관장이 고함쳤다. 다시 목소리를 쥐어짜 냈다.

　「가야 할 데가 없어요, 교수님.」

　관장이 천천히 고개를 떨궜다. 관장은 생각에 잠긴 듯, 혹은 죽은 듯 잠자코 앉아 있었다. 그는 관장을 향한 두려움에 말을 더 잇지 못했다. 그는 옛날에도 교수님을 은연중에 두려워했다. 교수님이 언제나 답하기 어려운 질문을 던져서 말문을 막히게 하거나 자신의 나약함을 상기시키는 궁색한 고백을 끌어내서였다. 교수님은 책 이야기를 할 때마다 자주 도끼를 거론했지. 이 책이 자기 내면을 도끼같이 깨부쉈다고. 죽은 작가들 책이었다. 교수님은 죽은 작가들이 쓴 개인적이고 내밀한 편지 구절을 인용하기 좋아했다. 도끼의 출처 역시 사후에야 알려진 한 작가가 친구에게 쓴 절박한 내용의 편지였다. 교수님이 말한 도끼는 단지 비유가 아니었을까? 교수님은 제자를 이렇게 벌주듯 세워 두는 법이 없었어. 곁에 앉혀 다정하게 타일렀지. 그는 추위에 떨면서 긴 시간을 서 있었다. 관장은 미동도 하지 않았다. 그는 마스크가 젖어 가도록 가쁜 숨을 내뱉으면서 선 채로 얼어 갔다. 「이리 잡아.」 관장이 고개 떨군 그대로 오른손만을 들어 올려 보였다. 그가 떨면서 간신히 걸어와, 뜨거운 기운이 용솟음치는 손을 잡았고, 관장이 가뿐히 일어서면서 둘은 전에 없이 가까이 마주 섰다. 관장이 이글거리는 눈을 하고 왼손으로 그의 어깨를 감싸 쥐었다. 손의 뜨거움이 그에게로 전이되는 한편 빛에 시선을 사로잡힌 밤 짐승처럼 온몸이 굳었다.

「피아노 연주 소리가 들려? 몇 번째 야상곡인지 알겠어?」

그의 귀에 가득 찬 소리는 야상곡을 연주하는 피아노 소리가 아니었다. 무언가 바람을 빠르게 가르는 소리. 사람 힘을 넘어선 거대한 물체가 대기를 찢는 소리였다.

그가 고개를 끄덕이자, 관장의 목소리가 가까이서 속삭였다. 「이 곡은 생전, 죽기 전 마지막 야상곡이야. 죽음 뒤 진정한 마지막은 아니지만.」 관장이 그를 감싸 안고 발을 뗐다. 그에게는 들리지 않는 야상곡에 맞춰 발을 놀렸는데 궁중 무도곡에나 어울릴 옛날 복식 춤이었다. 그는 억센 손힘에 이끌려 공간을 빙글빙글 돌았다. 관장은 온 힘을 다해 그를 주시하였으며, 정신을 잃지 않도록 계속해서 뜨거운 입김을 그에게 불어 넣으면서 속삭였다.

「겨우 지상 4층 높이로 솟은 방을 두고 드높은 방이라니, 웃기지 않아? 이 방은 지하 4층을 더해 8층 높이로 솟았어. 아래를 봐. 어때. 우리는 드높이 서 있어.」

그러했다. 유리 바닥 아래서 수삼목도 둘을 따라 거대한 드릴 모양으로 팽팽 회전했다. 갈수록 의식이 희끗거렸다. 그는 몰랐지만, 관장이 듣는 야상곡은 본디음과 도움음을 오가면서 걷잡을 수 없이 떨어 대는 꾸밈음을 한창 지속 중이었다. 관장이 사람으로서 불가능한 빠르기로 꾸밈음에 발맞춰 그를 잡아끌어 댔다. 관장이 씨근거리는 숨을 내뱉으면서 그에게 계속 속삭였다.

「또한 이럴 수도 있지. 그녀를 이 유리관에서 꺼내는 법 말이야.」

그는 자신도 모르게 눈을 감았는데, 귀에서는 창공을 가르는 굉음이 차차 커졌다. 관장이 그의 마스크 위로 우악스레 입을 맞추었다. 관장은 마스크를 물어뜯고, 헐어 버린 천 아래서 저항 없이 벌어진 입술 속으로 불타고 있는 뜨거운 것을 전하였다. 관장의 게워 내는 입맞춤을 그가 허락하였다. 춤이 멈추고, 그는 몰랐으나 야상곡도 멈추었다. 귀에 가득 찬 굉음도 정점에 이르러 일순 소멸했다. 귓가에 들리던 굉음이 비행기가 날아오는 소리라는 데에 생각이 미쳤다. 그는 섬에 불꽃놀이가 있던 밤에 천장이 암시한 전쟁을 떠올렸고, 폭격기가 목표한 지점 상공에 이르러 엔진을 멈춘 채 공습을 준비하는 중이라고 확신했다. 그가 입맞춤을 떨쳐 내면서 고개를 위로 향해 번쩍 들고 눈을 떴다. 그는 잿빛 하늘이 보이는 천장 원 아래에 서 있었고, 유리 바닥이 깨지면서 생긴 구멍 위에 떠 있었다. 그는 하늘에서 검은 정사각형이 떨어지는 광경을 올려보았다. 사각형이 점차 커지면서 그에게로 가까워져 왔다. 그것은 세로 장방형의 사각기둥, 수직으로 강하하는 단일한 거석(巨石)이었다. 수직 공동과 딱 아귀가 맞는 크기로, 어쩌면 본디 이곳 도서관에서 연유한 물체이겠다고 그는 찰나에 짐작했다. 크나큰 그 물체가 이곳 도서관에 닿기 직전 그는 공포감에 눈을 질끈 감았다. 죽음의 고통이나 죽음이 일어나는 중이라는 깨달음은 찾아오지 않았다. 돌기둥이 딱 맞는 열쇠처럼 수직 공동에 꿰맞춰지면서 발생하는 파열음이 생생하게 들렸다. 그가 눈을 떴다. 마치 긴 터널을 지나듯 캄캄한 가운데 태양처럼 휘황찬란한 광원이 사방으로 튀어 오르며 그의 망막에 뜨거운 잔상을 남겼다. 이윽고 그는 귀가 먹먹하도록 큰 파열음의 정체가 자기 발아래 수삼목이 수직으로 으깨지는 소리라는 사실을 깨달았다. 그 순간 그는 덜컥 지상과 지하의 경계로 내려앉았다. 이때 하늘에서 다시 한번 같은 크기의 웅대한

260

돌 말뚝이 최후의 일격을 가하고자 강하하였고, 그는 드디어 마지막을 예감하며, 가까워지고 커지면서 하늘을 다 가리는 ■을 향해 고개를 꿋꿋이 들어 다가오는 형의 집행을, 또는 감염원을 향한 구제 조치를 의연하게 바라보며 받아들였다.

지하 4층 깊이 드넓은 구덩이 속에 홀로 드러누운 그가 있었다. 그가 누운 바닥은 아까까지 이곳 도서관 건물이 있던 자리였다. 건물은 너무도 깔끔하게 완전히 파쇄되어 그 잔해가 어느 집 마당 인조 자갈처럼 구덩이 아래에 고르게 깔렸다. 어찌나 잘게 부서졌는지 잔해 속에서 무엇 하나 건져 내기는, 예컨대 이곳 도서관에 격리되었던 사람의 살점 하나, 수많던 책의 낱장 하나 찾아내기 불가능했다. 다만 바닥에 널린 화강암과 콘크리트 조각들 사이에서 드문드문 눈에 띄는 나무 톱밥들의 출처가 무엇인지는 짐작할 만했다.

까마득히 멀고 음울해 보이는 사각의 겨울 하늘 아래서 그는 잠이 덜 깬 듯 나른한 정신으로 자신에게 주어진 절망적인 의무를 떠올렸다. 일어나야 해. 이제 일어날 시간이야. 헬리콥터 소리가 들리자마자 그는 용수철같이 벌떡 일어섰다. 자로 잰 것처럼 반듯하게 파인 직방형의 광활한 구덩이 속에서 어떻게든 숨으려고 고약하면서도 산뜻한 흙냄새가 풍기는 단면에 달라붙어 헬리콥터가 다시 멀어지기를 기다렸다. 요란한 바람 소리는 점점 가까워졌다. 작은 파리 같은 비행체가 구덩이 위 뿌연 하늘을 오래 맴돌았다. 잠시 뒤 구조 대원 한 조가 줄을 타고 그가 있는 구덩이로 내려왔다. 그중 한 명이 손전등을 비추며 그에게 말을 걸고, 손을 내밀어 가까이 오라고 채근했다. 그가 부신 눈을 가늘게 뜨고 머뭇거리며 다가가자, 헬멧을 쓴 구조 대원이 친절하게 요구했다.

「마스크를 벗어 보세요.」 아마 그의 안색을 확인하고자 해서였다.

골과 굴

그가 몸을 추스르고 나서 섬을 떠난 시각은 따사롭지만 흐린 아침이었다. 구조 과정에서 그를 딱하게 여긴 이가 건넨 품이 큰 방한 재킷을 걸치고, 병원에서 나와 황동색 빌딩을 등지고서 샛강을 따라 산책로를 걸었다. 대로변 인도로 올라가 가는 강줄기 위를 건너면서 섬의 권역은 끝났다. 그는 가고자 하는 방향에만 주의를 기울이며 철도 가까이 붙은 길을 따라 서쪽으로 세 시간여를 걸었다. 예전처럼 빨리 걸었으면 그보다는 시간이 덜 걸렸을 텐데 몸도 쇠약해 졌거니와 어쩐지 맥이 풀려 따분하고도 천천히 걸음을 옮겼다. 그는 수도 북서쪽 구시가지들을 지나쳤다. 문 닫은 상점들이 늘어선 거리에는 행인이 많지는 않았다. 대다수가 마스크를 썼고, 특히 노인들이 그러했다. 더러 안 쓴 이는 대개 그와 비슷한 또래거나 조금 더 어렸다. 젊은이들이 방역으로 유난을 떨고 노인들이 위생에 소홀하다는 이전 인식과는 상반된 모습이었다. 병원에서 받은 보건용 마스크를 쓴 그는 여러 겹의 두터운 부직포 아래서 색색거리는 시원찮은 숨소리를 냈다. 걸으면서 몸이 작게 흔들리는 정도에도 목구멍에서 갓난아이 딸꾹질 같은 거슬리는 소리가 났다. 그럼에도 차고 맑은 공기의 저항을 온몸으로 받으며 걷는 자체에서 오는 생동감에 으슬으슬한 몸 상태와는 상관없이 기분이 상쾌했다.

그가 이른 곳은 수도의 경계였다. 두 개의 시(市)가 수도와 인접한 지점으로, 세 도시의 끝, 또한 어디로부터든 고립된 오지 같은 곳이었다. 그가 걷는 새로 깔린 보도 너머 풍경은 온통 아파트를 짓는 공사판이었다. 한 해 전만 해도 논밭뿐이던 이곳은 그제야 새로이 개발되었다. 보도는 가파른 고갯길로 이어졌다. 그는 고개 끝에 걸린 터널과 그 왼편에 얹힌 삼각산에 시선이 팔렸다. 겨울 산은 군데군데 진녹색 이끼가 핀 듯 보이는 소나무 군락을 제외하면 볼품없이 헐벗은 모습이었다. 삼각산이라는 이명이 수도의 진산(鎭山)을 닮아 유래했다는 데 비춰 보면 산세는 더욱 초라해 보였다. 그는 가까워지는 산을 올려다보며 상념에 잠겼다. 나는 산에 속한 사람이야. 산에서 나고 자라 도시를 헤맨 끝에 이제 다시 돌아가는 거야. 산골에서 미성년 시기를 났다지만 그가 당시든 지금이든 줄곧 도시를 좇았다는 걸 떠올려 보면 가당찮은 믿음이었다.

산은 야트막하고 오르기 험하지 않아 덕분에 세 도시로 이어지는 능선마다 등산로가 접근성 좋게 닦였고, 샛길도 많아 어느 골짜기로 내려가느냐에 따라 이르는 곳이 달랐다.

그가 마주 보는 산은 정확히는 삼각산에서 가장 높은 봉우리였다. 산꼭대기에 앉은 한 무리 새 떼가 인근 예비군 훈련소장에서 아득하게 들려오는 총소리에 놀라 날아올랐다가 사격이 멎자 다시 내려앉아 헐벗은 산머리를 듬성듬성 채웠다. 터널 초입에 이르자 정점을 찍은 고갯길이 완만해지며 주황빛 조명으로 밝혀진 통로 바깥의 내리막으로 이어졌다. 아치에 생태 터널이라는 표지가 붙었는데, 산에서 이어져 내려와 도로 위를 지나는 완만한 능선으로 야생 동물이 안전하게 오갈 수 있다고 그렇게 이름 붙인 듯했다. 그는 터널로 들어가지 않고 죽은 잡초와 말라비틀어진 잡목이 무성한 능선 위로 끙끙대며 올랐다. 능선을 따라 산 정상을 향하여 힘겹게 다리를 들어 올렸다.

산자락은 산새 소리 하나 없이 적막했다. 가까이서 보는 산은 더없이 볼품없고 흔해 빠진 면모였다. 수십 년 전 녹화 사업 때 심었을 물오리나무나 아까시나무, 삼엽송 같은 수종이 척박한 땅에서 제 원래 높이까지 자라지 못하고 이리저리 흉측하게 휘었다. 그가 오르는 산의 면이 해가 잘 닿지 않는 방향이라서 그래 보였다. 시간이 정오에 가까워지면서 흐린 하늘 중앙에 희미한 광원이 자리했지만 산속은 따사롭기는커녕 축축한 냉기가 감돌았다. 등산객은 보이지 않았고 산 위쪽에서 까마귓과 새가 을씨년스레 울어 대는 소리가 아스라이 들려왔다. 다시 산 건너에서 총소리가 연달아 메아리쳤다. 하늘로 날아오르는 새는 없었다. 금세 익숙해진 모양이었다. 슬슬 산행에 싫증이 났다.

그는 금방 정상에 올랐다. 중턱의 산척(山脊)을 경유한 거라고 잠시 착각했으나 이어지는 등산로가 모두 아래로 향했다. 몸이 데워지기는커녕 여전히 냉골이었다. 완만한 정상은 시야도 탁 트이지 않고 산꼭대기에 이르렀을 때 기대할 법한 어떤 성취감도 주지 못하는 시시한 공터였다. 그는 바보처럼 제자리를 돌면서 가야 할 방향을 톺아보았다. 해가 지는 방향의 무성한 잡목 너머로 세 개 동의 아파트 단지를 발견했다. 그 호젓한 공공 주택 단지는 근래에 지어진 느낌이 채 가시지 않았지만 벌써 페인트 도색이 엷게 바래어 갔다. 공공 주택이라는 계급적 특성상 외관이 화려하지 않았는데, 그래서 도리어 촌스럽지 않고 현대적인 미감이 느껴지기도 했다. 그러나 조금만 더 자세히 들여다보면 단출하다 못해 어딘지 비어 보이는 인상으로, 그 창백한 면모로 인해 산과 마주 보는 발코니 창이란 눈속임을 위해 그린 벽

화이고 이미 지을 때부터 출입구란 일절 없이 밀폐된 건물 같다는 착시를 불러일으켰다.

맨 앞 동을 향해 그가 길 없는 산속을 휘적휘적 내려갔다. 경사가 급격해지면서 점차 골이 형성되어 갔다. 까맣게 썩은 신갈나무가 산길 위로 쓰러져 차단봉처럼 그를 가로막았다. 그 아래를 지나고서부터 가파른 골짜기가 시작되었다. 메마른 골에는 고목들이 아래 자락을 향해 쓰러져 썩어갔고 가공을 거친 네모 넓적한 돌들이 아무 데에나 흩어져 있었다. 녹화 사업 시절 세운 돌층계 모양 사태막이가 부분부분 무너진 것이었다. 골짜기는 가파른 계단식으로 층층이 아래로 이어졌다. 내려갈수록 무슨 풍파가 있었는지 사태막이가 허물어진 규모도 커지고 삭은 낙엽과 토사가 뒤섞인 혼합물이 여기저기 쌓였다. 그는 후들거리는 다리로 용케도 장애물들을 피해 계속하여 하산했다. 비록 지쳤어도 그는 개의치 않았고, 지금 벌어지는 이 사소한 시련에 별 감정이나 의미를 부여할 마음도 들지 않았다. 겨울바람이 골짜기로 휘몰아치면서 잡목의 잔가지들이 머리 위로 후드득 떨어져 내렸다.

넘어지지 않으려고 발치만 보면서 내려가는 도중 수북이 떨어진 커다란 거꿀달걀꼴 낙엽들이 눈에 들어왔다. 일본목련 잎이었다. 회갈색으로 시든 넓적한 잎들만 봐도 알 수 있었다. 어릴 적 그가 살던 집 앞에 심긴 나무였다. 주변을 둘러보아도 나뭇잎을 떨군 나무가 정작 보이지 않았다. 강풍에 멀리서부터 잎이 날려 골짜기로 모인 듯했다. 그는 나무를 찾다 골짜기 왼편 인위적인 절개지 아래 터에 자리한 무덤을 발견했다. 기이한 일이었다. 무덤이 있는 자리를 비롯한 골짜기가 해 뜨는 동쪽을 등지고 있어 못자리로 적합하지 않아서였다. 일본목련은 무덤가 주변에 뿌리박고 있었다. 나무와 무덤은 우연이라기에는 지극히도 기괴한 장면을 연출했다. 꽤 크게 자란 일본목련 밑줄기가 부러지고 꺾여 무덤 위로 고꾸라지면서, 여러 갈래로 갈라진 날카로운 창 같은 우듬지가 봉분에 비스듬히 꽂혔다. 그는 사자(死者)에게 가한 그로테스크한 훼손 행위를 가까이서 들여다보고자 골짜기의 비탈면을 거의 기어오르다시피 넘어 무덤가로 건너갔다. 나무가 거의 통째로 거꾸러져 드리워진 그 봉분은 가까이 가보니 잔디가 아니라 시든 잎줄기가 안으로 둥글게 말린 이국적인 외양의 덩굴 식물로 덮였다. 덤불 사이로 칠흑처럼 검은 게 보였다. 묘비겠거니 짐작한 그가 노랗게 시든 넝쿨을 걷어 내자 커다랗고 검은 구멍이 드러났다. 사람 한 명이 엎드려서 드나들 수 있는 작은 굴이었다. 밖에서 볼 땐 그 내부가 어두컴컴하여 깊이를 짐작하기 어려웠다. 파묘라기에는 도굴의 형태에 가까웠고, 도굴이라기보다는 들짐승 소행으로 짐작하는 게 자연스럽겠으나, 발로 파낸 흔적은 없었다. 구멍에 얼굴을 집어넣고 나서야 그는 이

267

곳이 누군가가 봉분으로 위장해 은밀히 파낸 석굴임을 깨달 았다. 석굴에서 풍기는 역한 냄새에 그가 황급히 고개를 빼고 마스크를 벗어 던진 다음에 토악질했다. 부패한 생물이 풍기는 썩은 내였다. 또한 오래 묵힌 분뇨 냄새였다. 속에 있는 모든 걸 게우고 씻어 내야 겨우 지워질 역겨운 냄새였다. 그는 넝쿨로 뒤덮인 봉분에 멀건 위액을 내뱉고 분하게 눈물을 닦으면서 골짜기로 돌아갔다.

골짜기 끄트머리는 콘크리트 옹벽으로 끊겨 있었다. 토사가 옹벽을 타고 밀려 넘어가면서 아파트 단지 화단에 사람 키만큼 쌓였다. 그는 흙더미를 타고 조심스레 내려가 가장 가까운 동 현관으로 걸어갔다. 공동 현관문이 누군가의 조작으로 열려 있어 손쉽게 들어갈 수 있었다. 그는 세금 고지서 여러 장이 끼워진 우편함에서 카드 키를 꺼내고는 문이 열린 채로 고정된 엘리베이터로 들어갔다. 엘리베이터 내벽은 이삿짐 업체 이름이 박힌 커버로 덮여 있었다. 그가 내릴 때도 엘리베이터는 문이 열리고 나서 다시 닫히지 않았다.

잠긴 문을 열고 들어간 방은 독신자용 원룸이었다. 정오가 지나 해가 아파트 뒤로 넘어가면서 내부는 그늘지고 싸늘하게 식은 상태였다. 넓지 않은 실내에 최대한 공간과 동선을 확보하고자 가구들이 발코니 창을 제외한 벽들에 맞붙었다. 그리하여 현관으로 들어온 자의 시선은 아무 장애물 없이 올곧게 발코니로 통하여 창 바깥 산에서 끝나게 되어 있었다. 죽어 가는 이의 낯같이 거무죽죽한 산에 그가 걸어 내려온 골짜기가 검고 깊숙이 그어졌다. 그는 먹을 것을 찾아 냉장고와 개수대 선반을 뒤적여 생라면을 부수어 먹었다. 그러고 나서 발코니와 맞닿은 차가운 매트리스에 누워 눈감고 위층에선지 아래층에선지 이삿짐을 옮기는 진동을 듣다가 그만 의식이 희미해졌다. 자정이 지나도록 의식이 없었는데, 오래간만에 꿈 없는 깊은 잠을 잤는지 실신했는지 자신도 구별하기 힘들었다.

동트기 전 새벽에 차갑게 젖어 눈을 떴다. 그가 벽을 더듬거려 형광등을 켰다. 난방 제어 장치도 켜면서 방바닥에 온기도 돌았다. 신경이 쇠약해진 그에게 형광등이 웅웅대는 소리가 유난히도 크게 들려서 다시 끄고 책상 위 작은 스탠드 조명을 밝혔다. 먹은 것보다 더 많은 분변을 화장실에서 싸지르고 나온 뒤 매트리스에서 이불을 가져와 몸에 두르고 책상 앞 삐걱거리는 낡은 회전의자에 앉았다. 책상에는 활자가 인쇄된 종이 여러 장이 놓였다. 발코니 밖에서 호랑지빠귀 울음소리가 간간이 들렸다. 그에게 창가로 나와 보라는 것 같은 가냘픈 휘파람 소리였다. 휘…… 음이 끊어지려다가도, 다시 한번 휘…….

새소리만 들리는 적막한 가운데서 인쇄된 활자를 읽기 시작했다.

나는 가끔, 먼 옛날에 지어져 허물어지기 직전의 판잣집에서 고딕 소설 주인공처럼 사는 이가 왕왕 있다는 현실을 곱씹어 본다. 그런 자를 위한 불문율이 있는지 죄다 판에 박혀 가지고, 그들은 일평생 집 밖으로 나오지 않거나 아니면 판자가 무너지기 전에 먼저 집을 불태워야 한다는 조바심을 속에 품고 산다. 그런 자는 소설이 특정한 시점에서 끝맺듯이 평생 한 지점에서 멈춰 있다.

내가 이사 온 집은 골과 굴을 마주한다. 골은 한여름 우거진 나무들에 가려졌어도, 굴에 비하면 존재가 명명백백히 드러나 있다. 나는 발코니에서 마주 보이는 골짜기 인근 어딘가에 굴이 있다고 믿는다.

삼각산의 가장 높은 봉우리, 발코니에서 마주 보이는 골짜기가 속한 이 봉우리는 이름이 여럿이다. 산의 골짜기에 있던 절 이름에서 유래했다는 명칭도 있고, 산자락 어딘가에 굴이 있어서 유래했다는 명칭도 있다. 모두 출처가 명확하지 않다. 절 역시 흔적도 남지 않아 터가 어딘지도 모른다. 굴 또한 아무도 어딨는지 알지 못한다. 다만 전해지는 절 이름에 굴(窟) 자가 들어간다는 것을 보아 산 이름에 관한 두 유래는 서로 연관 있어 보인다. 산 어느 골짜기에 절이 진짜로 존재했다면, 터 주변에 아마도 승려가 수행하는 용도로 이용했을 석굴이 자리했을 가능성도 크다. 절터와 굴이 산 어느 줄기의 골짜기에 있는지는, 현재로서는 알 길이 없다.

산에 둘러싸였음에도 어촌에나 붙을 법한 이름을 가진 이 동네 또한, 고대에는 서쪽 바닷물이 여기까지 밀려왔다는 출처 없는 전설이 전해진다. 실제로 이 동네는 산간을 제외하면 지표면 높이가 서쪽 바다 수면 높이와 크게 다르지 않다. 개척지인 이곳에 사람들이 산 기록은 수백 년을 거슬러 올라가지는 못한다. 후대에 밝혀진 바에 따르면 이 동네는 산성이 있던 성(城) 안 마을이었음이 분명하다. 내가 이사 온 아파트 단지를 말굽 형태로 둘러싼 산의 세 봉우리에서 옛적 누군가가 나지막한 능선 위에 반원형으로 축성한 토성 흔적이 발견되었다. 성곽 안에 하나 또는 여러 골짜기를 감싼 포곡식(包谷式) 토축 산성으로 규모가 작지 않다. 이 아파트는 산성 내 분지에 세워졌다. 어쩌면 이곳 분지에는 기록보다 1천 년도 더 전부터 사람이 살았다. 하지만 산성에 관한 과거 어떤 기록도 찾아볼 수 없다. 이 공공 주택을 짓고자 부지를 갈아엎었다 보니 혹시 남았을지 모를 성안 마을 유적도 모두 사라졌다. 어느 시대에도 이 땅은 산성을 축조할 만한 전략적 요충지가 아니었고 전투 기록도 남아 있지 않다. 근세에 이르러서야 새로이 개척되고 사람이 소규모로 살기 시작했던 만큼, 전설대로 바다에 잠긴 시절 소금기가 남았었는지 땅이 개간하기 힘들 만큼 척박했다고 한다.

오래전에 누가 척박한 땅을 터전으로 삼고 미지의 적으로부터 이곳을 지키기 위해 산등성이를 따라 토성을 축조했다. 산성 안에서 산 자의 규모가 얼마였는지도 지금은 알 길이 없다. 그들은, 아니면 그 자는 이곳을 세상으로부터 숨겼거나 널리 알리는 데 실패했으리라. 주인은 영원히 잊히고 이곳만이 남았다.

이곳에서 우리는 아무도 모르게 미쳐 간다. 우리를 미치게 하는 실체를 제대로 마주치거나 파악하지도 못했는데 말이다. 여기는 전부 아직 짓는 중이다. 아파트 단지가 가장 먼저 세워져 내 또래 사람들과 독거노인들이 이사 왔다. 젊은이들은 형편이 나아지는 대로 바로 이곳을 떠났다. 그럼 새로이 다른 취약 계층 가구가 이사 와 빈자리를 채운다.

나는 너를 미치게 하는 것이 골과, 골 어딘가에 숨은 보이지 않는 굴이라고 생각한다. 굴이 숨겨진 골이 바로 발코니에서 내다보이는 저 골짜기라고 짐작한다. 어젯밤 나는 블라인드를 내렸다. 내가 깨어 있다는 사실을 누가 알까 두려웠는지도 모른다. 불도 끄고 노란 침실 등만 켰다. 집에는 아무도 없었다. 너는 내가 모르는 새에 집을 나가 아직 귀가하지 않았다. 시리도록 눈을 깜빡이지 않고 멀거니 발코니 밖을 바라보던 나는 누가 부른다는 느낌에 뒤돌아보았다. 실내에는 아무도 없었다. 긴장한 나머지 좌골이 뻐근하고 피가 통하지 않았다. 앉지도 못하고 둔부를 한 손으로 주물러 가며 방 안을 서성였다. 뭘 하기는 늦은 시각이었다. 너는 연락을 받지 않았다. 시간은 흐르는데 아무것도 하지 않았다. 잠은 선택지에 없었다. 몸이 지금 잠들 시간임을 인지하지 못한 듯, 시계가 꺼지면 제시간에도 알람이 울리지 않는다는 당연한 사실처럼 나는 깨어 있었다. 시계가 꺼져도 시간은 흐른다. 시간이 흐르는데도 나는 아무것도 하지 않았고 매분 매초 미래가 현재로 돌변했다.

노랗고 어두운 방에 희고 분절된 섬광이 여러 번 번쩍였다. 뒤이어 포성 비슷한 소리가 한 번, 두 번 그리고 연이어졌다. 번개가 흰 섬광으로 블라인드 사이를 비집고 들어와 깨어 있는 이를 적발하려는 듯 방을 들쑤시고 지나갔다. 곧이어 천둥이 내 방에서 보이지 않는 사방을 무너뜨렸다. 블라인드를 올리니 검은 산 뒤로 진회색 먹구름뿐인 밤하늘이 번갯불에 잠시 드러나면서 촘촘한 빗줄기가 보였다. 비가 세밀하고도 균일하며 일정하게 내려서 많은 강수량에 비해 빗소리는 고요하고도 깊었다. 또다시 천둥이 산 뒤에서 내가 가늠 못 할 거대한 구조물들을 부수는 소리가 들렸다. 번개 칠 때마다 밤하늘은 밝은 회색으로 드러나고 검은 산이 더 검어졌다. 빛이 잦아들고 천둥으로 이어지면서 하늘이 도로 밤으로 돌아가고 검은 산 가운데에 더 깊고 검은 골짜기가 드러났다. 빗소리가 움츠러들었다. 그러자 골짜기로 물 흐르는 소리가 들렸다. 배수로를 따라 물이 졸졸거리는 정도가 아니었다. 범람한 댐의 수문이 열린 듯 콸콸 쏟아지는 소리였다. 골짜기는 내가 있는 아파트를 향했다. 아파트와 산 사이에는 콘크리트 옹벽뿐이었다.

　　잠시간 정전이 있었다. 독신자용 아파트의 협소한 방이 무한한 어둠으로 변모했다. 때마침 번개와 천둥이 잠잠해졌다. 다시 불이 켜졌을 때 벌거벗고 젖은 흙투성이인 네가 서 있었다. 나는 너에게 왜 옷을 벗었느냐고 물었다. 너는 굴을 찾다 왔다고 했다. 비가 와서 어차피 옷이 젖을 거, 인적 없는 야산에 맨몸으로 다녀왔다고 했다. 그래서 찾았느냐고 물었다. 너는 대답하지 않았다. 어디에 있는지도 모를 동굴을 왜 찾느냐고 물었다. 네가 머쓱하게 소리 내어 웃었다. 그러게. 숨겨진 굴을 찾아야 하는 이유를 상대에게 어떻게 이해를 시킬까. 너에게서는 역한 냄새가, 하수 처리장의 고약한 침

274

전물에서나 날 법한 코를 찌르는 불쾌한 내가 났다.

　나도 미쳐 간다. 너에게 굴이 있듯 나에게는 문이 있다. 그 문은 내가 사는 방 현관에 달린 철제 방화문이다. 어느 날은 문을 열면 내가 아는 방이 나오지만, 다른 날은 내가 예전에 알던 방이 나온다. 그 문은 내가 열지 못하게 가족 모두가 막던 어머니 집 잠긴 방문이고, 어렸을 적 아버지가 돌아오기 전 새벽, 타자 소리가 들리던 아무도 없는 방의 문이다. 문에 귀를 기울이면 오래전 가족들이 내게 비난하던 목소리가 들린다. 그건 우리 이야기잖아. 너는 가족을 무엇으로 생각하니? 이 글 쪼가리처럼? 너는 우리를 팔아 치운 거야. 그런 식으로 못 박은 거야. 아마 지난날 목소리가 그 방에 영원히 갇혔을 테다.

　나는 문을 연다. 거기에는 내가 기억하고 상상할 수 있는 모든 짐이 있다. 어릴 적에 주운, 화난 아버지에 의해 창을 깨트리며 밖에 내던져진, 구멍이 송송 나고 오묘한 빛깔을 띠는 조약돌. 처음으로 쓴 글. 징집된 시절 누군가 음해로 내 관물대에서 발견된 녹슨 탄피. 몇 번이고 부순 거무튀튀한 노트북. 트렁크 가방 가득 채운 이사 키트. 걸레짝처럼 색이 바랜 소가죽 가방. 사라진 도서관 출입증. 온갖 약으로 가득 찬 약통. 나의 유서……

그는 지루하게 사물들을 열거하는 소설 나부랭이를 무미건조하게 읽다가 번뜩 정신이 들어 뒤돌아보았다. 여명에 잠긴 사위가 조용한 가운데 호랑지빠귀 울음소리가 휘익— 그전보다 선연히 높게 울렸다. 날카로운 그 마지막 휘파람이 그늘진 산에서부터 그에게 도달하여 그동안 잠들었던 몸속 갈망을 깨워 공명하도록 했다. 마치 끝이 아니라 시작을 알리는 호루라기 소리처럼 즉시 자리에서 일어나 끝을 향해 달려가라고 그에게 명령하는 듯했다. 언제부터인지 핸드폰이 진동하는 소리가 들렸다. 그가 자리에서 일어나 발코니 쪽으로 휘청이는 걸음을 내딛었다. 발코니 창 왼편 모퉁이에 붙은 매트리스 어딘가에서 계속해서 핸드폰이 진동했다. 매트리스와 벽 사이 틈으로 손을 비집어 넣자 달달 떠는 핸드폰이 붙잡혔다. 누가 전화를 걸었는지 이미 몸이 알았다. 눈물이 솟도록 비대한 공포심이 그를 머뭇거리게 했다. 핸드폰 진동이 멎었다. 그는 자신도 모르게 눈물을 뚝뚝 흘리면서 핸드폰을 끄집어내 방금 걸려 온 번호로 전화를 걸었다. 그녀가 전화를 받자 하염없이 흐느껴 울었다. 토하듯이 통곡했다.

　　수화기 너머로 잠시 숨을 작게 들이켜는 소리가 들렸다.

　　전화를 끊고는 읽다 만 종잇장들을 잘게 찢어 버렸다. 책상 귀퉁이에 커다란 약통이 놓여 있었다. 뚜껑을 열자 전에 없이 약이 그득했다.

숲으로

아침까지 그는 빛 속에서 뜬눈으로 누워 있었다. 야트막한 산 위로 떠오른 해가 매트리스를 눈부시도록 비추었다. 이곳에 놓인 뒤로 아침마다 햇살을 직격으로 받느라 진회색이었던 매트리스 커버가 연보라색으로 바래어 갔다. 그녀가 오는 소리가 들렸다. 지친 발걸음이 그가 있는 방의 현관문 쪽으로 가까이 다가왔다. 그녀 발걸음 소리라기에는 좀 기이했다. 낙엽 위를 걷듯 바스락거려서였다. 소리와 상관없이 그녀가 확실했다. 발소리가 현관문 앞에 멈춰 섰는데도 그는 일어나지 못했다. 설레고 심장이 빨리 뛴 나머지 몸이 고장 난 것 같았다. 아직 문이 그녀를 가로막고 있음에도, 시공간을 뛰어넘어 재회하여 온기를 나누고 다정하게 대화하면서 우러나오는 숨 멎을 듯한 기쁨을 이미 다 누린 기분이었다. 그는 그녀와 여행 가기로 한 걸 떠올렸다. 기회가 되는 대로 빨리 그녀에게 예전 약속을 상기시키고 함께 여행 계획을 짜야지 싶었다. 문득 그는 온통 자기 위주로 생각하는 자신에게 환멸감을 느꼈다. 그렇지만 지금 그로서는 그녀의 입장을 따질 여유가 없었다. 그녀에 관해 오래 생각하기가 힘들었다. 그녀는 여전히 일을 하고, 이제야 퇴근해서 내게로 온 걸까? 전처럼 밤이 오기 전에 집을 나설까? 생각만으로도 그는 마음이 상했다. 당장 얼굴을 보고 싶었다. 그녀가 들어와서 꼼짝 못 하고 누워 있는 자기를 봐주기를 바랐다.

　문이 열리기를 기다리던 그에게 예기치 못한 사실이 발생했다. 그는 병을 앓았다. 여러 이름을 가진 하나의 병일 수도, 여러 이름만큼 다양한 병들일 가능성도 있었다. 이름은 나열하기 벅찰 만큼 많았다. 이름 하나하나는 그가 견디지 못할 만치 버거운 사실들을 가리켰다. 어쩌면 병은 비유이고, 그가 모든 이름이 된 것 같았다. 그는 앓아누운 상태에서도 그 이름들을 하나라도 놓칠세라 머릿속에 되새겼다. 잊어선 안 되었다. 괴롭더라도 더는 사실들로부터 도망칠 수 없었다. 그러면서도 그 이름들에 숨겨진 의혹과 음모가 도사릴지 몰라 전전긍긍했다.

　그녀가 그의 팔을 가볍게 잡아 흔들었다. 그가 소스라치며 눈을 떴다.「일어나.」그녀가 팔을 놓아주었다.「온통 땀범벅이야. 외투 좀 벗어.」곁에서 일어난 그녀가 망토처럼 길게 늘어진 검은 코트를 벗어 회전의자에 걸었다. 그녀가 본을 보이건만 그는 꼼짝하지 않았다. 외투를 거느라 멀어지는 게 싫었다……. 끝내 그녀가 그를 일으켜 앉히고 땀에 전 방한 재킷을 벗겨 갔다. 그러자 그는 매트리스에서 나와 일어섰다. 선의로 누군가에게 얻은 외투가 그동안 그를 구속한 듯, 땀 흘린 몸이 이제는 운동을 마친 뒤처럼 가뿐하고 산뜻했다.

　그를 앞에 둔 그녀가 기우뚱하게 서서 눈을 내리깔고

수줍게 자기 소매 끝을 쥐었다. 그녀는 검은 터틀넥 티셔츠에 검은 슬랙스를 입었다. 흰 얼굴과 손이 검은 그림자 위에 떠오른 듯이 보였다. 바라만 봐도 이리 기쁘면서 한편으로는 성급하게 굴어서 그녀의 기분을 망칠까 봐 겁났다. 그는 자연스럽게 굴고자 방금 꾼 꿈 같지 않은 꿈을 들려주려고 했다. 한데 자기를 괴롭히던 이름들이 하나도 떠오르지 않아 당황스러웠다. 대신하여 아버지 이야기를 꺼냈다. 그녀가 흥미로워할 거라는 생각에 옅은 웃음을 지으며 이야기했다. 그는 아버지가 얼마나 희한한 숨소리를 내면서 죽어갔고 가족들이 살리려고 무슨 일을 벌였는지 들려주면서 히죽거렸다. 왜인지 자기가 들려주는 이야기가 진짜가 아니라 얼토당토않은 개꿈 같아서였다.

「미리 말해 두는데, 내 속에서 풀떼기를 키워 가며 나를 살릴 생각은 하지 말아.」

살포시 웃으며 듣던 그녀 눈이 무슨 생각에 빠졌는지 차갑게 잠겼다. 「배고프지?」 그녀가 뒤돌아 개수대 쪽으로 걸어갔다. 개수대 위에는 프랜차이즈 카페 로고가 그려진 누런 종이 가방이 있었다. 거기에 손을 집어넣자 유리병이 부딪치는 소리가 났다. 꺼내기 이르거나 필요 없다고 판단했는지 그녀가 그대로 손을 뺐다. 그러고는 그를 향해 뒤돌아볼 마음이 없는 듯 개수대 벽타일을 바라보며 가만히 서 있기만 했다. 그는 그녀 이름을 부르려고 했다. 이제는 불러도 된다는 생각이 들었는데 목구멍이 꽉 조여 아무 소리도 나오지 않았다. 대신 그녀를 등 뒤에서 안았다. 작고 가녀린 품을 체감하면서 그녀 머리카락에 얼굴을 대고 꼭 눌렀다. 코를 부드러운 머릿결에 대고 비벼 대며 체취를 맡으려고 했다. 긴장했던 그녀가 서서히 허물어지는 걸 느꼈다.

「상사는?」 그가 기어코 물었다.

「지난 이야기는 하지 말아.」

타이르는 말투였다. 그녀가 기분 나빠하지 않아 기뻤다. 그가 그녀 양어깨를 감싸 쥐고 천천히 돌려세웠다. 눈을 지그시 반쯤 감고 그에게로 바투 다가오는 그녀 낯이 감격스럽도록 아름다웠다. 그녀가 그의 메마른 입술에 자기 입술을 포갰다. 그는 눈을 감았다. 그녀의 부드러움을 만끽했다. 조금이라도 그녀와 더 맞닿으려고 자신의 야윈 낯을 그녀 낯에 대고 누르며 얕은 숨을 내쉬었다. 그녀 얼굴이 쾌감으로 미약하게 떨리자 그는 믿기지 않게 슬펐다.

두 입술이 떨어졌다. 그는 여전히 숨이 맞닿을 만치 가까이서 그녀의 상기된 얼굴을 오래도록 바라보았다.

「너는 무얼 먹어야 해.」

그녀가 말했다. 그러자 정말 배고파졌다. 함께 무얼 먹는 게 기대되었다.

「나가서 맛있는 걸 먹자.」 그는 대답하고는 아무렇지 않게 외식을 제안한 스스로에게 놀라 고개를 주억거렸다.

그래도 되는지 확신하기 어려웠다. 밖으로 나가도 그녀가 지금처럼 다정할지도 걱정되었다.

「너는 아파.」

그녀가 경악한 눈으로 그를 훑어보며 말했다. 그는 자신이 야위었어도, 아파 보이리라고는 생각도 못했다. 그는 당황한 티를 내지 않으려 안간힘을 쓰며 뭐라 변명하려고 했다. 그녀가 다시금 확고하게 그의 상태를 진단했다.

「너는 병에 걸렸어.」

아무 말도 할 수 없었다. 그는 어쩔 줄 몰라 어색하게 웃었다. 지금 자기 꼴이 말이 아니라는 점은 인정했다. 씻고 나면 달라 보일지도 몰라. 어차피 나가려면 씻어야 하니, 그러고 나서 이야기하자고 혼잣말처럼 중얼거리며 난처한 상황으로부터 도망치고자 황급히 화장실로 들어가 문을 닫았다.

그는 더러운 옷들을 모두 벗어 수건걸이에 끼웠다. 벌거벗고 야윈 몸으로 거울을 마주하자, 걷잡을 수 없이 자신이 무력하게 느껴지고 슬퍼 소리 죽여 울었다. 그녀 말대로 그는 아파졌다. 어지럽고, 스산하고, 속이 탔다. 그는 자기가 어떻게 씻는지도 모르면서 씻었다. 따듯한 물로 몸을 덥힐수록 이가 딱딱 부딪히고 추위에 몸이 바들바들 떨렸다. 그래도 끝까지 씻었다. 몸을 말리면 저절로 회복하리라고 착각했다. 수건으로 몸을 닦던 중 현기증에 비틀거리면서 그는 고집을 꺾었다. 그는 병에 걸렸다. 세간을 뒤흔든 전염병

일까? 그렇다면 그녀를 내보내 감염으로부터 보호해야 한다. 그나저나 아직도 전염병 시기가 끝나지 않았나? 그녀에게 물어봐야겠다고 그는 생각했다.

갑자기 자기가 아프든 병에 걸렸든 아무 상관 없어졌다. 생각하다 보니 정신이 맑아졌다. 그는 한 가지 사실을 머릿속에 되새겼다. 그녀가 다시 돌아온 순간, 그에게는 그녀뿐이게 되는 것이다. 그는 그녀의 것이다. 자신을 전적으로 의탁해야 한다.

잠시 후 씻고 난 그가 벌거벗은 몸으로 화장실을 나왔다. 그러고는 그녀가 인도하는 대로, 벗은 몸 그대로 매트리스 이불 속으로 들어갔다. 그녀가 함께 누워 주기를 바랐다. 그녀의 옷자락을 살짝 쥐고 불쌍히 올려다보기도 했다. 그녀는 말없이 그의 손을 천천히 잡아떼 몇 번 쓰다듬다가 이불 위에 살며시 올려놓았다. 오늘 처음으로 그녀 손길이 그의 손에 닿은 것이었다. 그는 오랜만에 서로 손 닿은 게 기뻤다. 그녀도 같은 마음이었는지 다시 곁에 무릎 꿇고 앉아 그의 파리한 손을 꽉 잡고서 고개를 숙이고 잠시간 있었다. 기도하는 것 같지는 않았다. 병자의 손을 쥐고 뭘 해야 할지 몰라 보였다……. 그러더니 곧 몸을 일으켜 그에게서 멀어졌다. 그가 먹을 식사를 준비하려는 거였다.

그는 잠들지 않고 개수대에서 식사를 준비하는 그녀의 옆모습을 지켜보았다. 자신이 그런 표정을 짓는지 의식 못하면서 아이같이 천진한 눈빛으로 아무런 적의나 죄책감 없이 따뜻하게 그녀를 바라보았다. 그녀는 냉장고에서 꺼낸 묵은쌀로 미음을 끓였다. 서서히 끓는 냄비에 몰두하다가도 간간이 그를 돌아보며 미소 짓는 걸 잊지 않았다. 환영 같은 이미지였다. 불현듯 그녀에게 작은 적개심이 솟았다. 저 미소는 거짓이야. 나는 그런 웃음을 받을 자격이 없어. 이따가 그녀가 내 쪽으로 오면 다정한 척 않아도 좋으니 솔직하게 대해 달라고 말해야겠어. 있는 그대로 받아들이겠다고. 그렇게 생각하고 나서 그는 바로 잊었다.

그녀가 가스 불을 껐다. 그다음 책상으로 가서 커다란 약통을 들고 자연스럽게 개수대로 돌아갔다. 그녀가 도마를 꺼냈다. 약통에서 여러 종류 뒤섞인 약을 한 움큼 꺼내 신중하게 골라 한 알씩 도마에 올리고는 부엌칼 자루로 곱게 빻아 모두 냄비 속에 뿌렸다.

「입에 써도 괜찮으니 더 넣어도 돼.」

지켜보던 그가 한마디 했다. 그녀가 머뭇거리자 덧붙여서 말했다.

「어차피 미음은 맛으로 먹는 게 아니니까.」

그녀는 약을 더 넣지 않았다. 그 정도로도 충분하다고 여긴 모양이었다. 약이 잘 섞여 녹아들도록 그녀가 국자로 미음을 휘저었다. 이제 사기그릇에 미음을 담아 들고 그 곁에 앉았다. 그는 벽에 기대앉고서 그녀가 숟가락으로 떠주

283

는 미음을 부끄러워하며 받아먹었다. 각오한 마음과 달리 하나도 쓰지 않았다. 목구멍이 타는 듯이 아파 삼키기 쉽지는 않았다. 그래도 그릇을 비울 때까지 그녀가 찬찬히 떠주는 미음을 인내심 가지고 받아들였다. 식사를 마치고 그녀가 그의 안색을 심각하게 들여다보았다. 아직 부족한가? 그녀가 개수대로 가서 종이 가방에서 병을 꺼내 머그잔에 가득 따랐다.

그는 마시기 싫었다. 이제 그녀와 밀린 대화를 나누고 싶었다. 마셔야 했다. 그녀가 머그잔을 손에 쥐여 줬다. 그가 액체를 들이켜는 동안 떨어뜨리지 않도록 그녀가 옆에서 머그잔을 같이 잡아 주었다. 별맛이 나지는 않았지만 속이 더 타들어 갔다.

「술이야?」

「속을 따듯하게 해줄 거야.」 그녀가 수줍게 부연했다.

그녀가 편하게 자세를 고쳐 앉았다. 드디어 그가 여행 이야기를 꺼냈다. 그녀 역시 그와 한 약속을 기억했다. 그런데 함께 가기로 한 여행지가 있는 나라에 전쟁이 일어났다고 말했다. 그는 몹시 실망해 아무 말도 하지 않았다. 그녀 역시 조용히 발코니 창에 점점 선명하게 비치는 방 안을 바라보았다. 그가 물었다. 「그래도 나와 여행을 가줄 거지?」 그녀가 대답했다. 「그래. 같이 가자.」

「살아 있는 한 꼭 같이 가는 거야.」

그가 그녀에게 다짐시켰다.

「응.」 그녀가 나직이 대답했다. 「그러자. 좋아. 꼭.」

둘은 마주 보며 만족스러운 미소를 짓고는 서로의 손을 더듬어 맞잡았다. 꼭 붙어 있었다. 이제 둘은 완전히 긴장이 풀리고 편안해졌다. 더는 서로에게 뭘 해줘야 한다는 의무감 없이 자유로웠다. 해가 져가도록 같이 따듯하게 누워 있었으면 좋겠다고 그는 생각했다. 아직 저물지는 않았으나 해가 아파트 위를 지나면서 방 내부가 급격히 어두워졌다. 그녀의 흰 얼굴에도 극적인 명암이 드리워졌다.

「이제 전염병은 끝났어?」

그녀는 잠시 고민하다 어깨를 으쓱거렸다. 「애매해.」 술을 마신 이는 그인데 오히려 그녀 목소리가 나른해졌다. 그녀가 한 번 더 덧붙여 말했다. 「애매해…….」

그의 몸에 이상 신호가 왔다. 「이제 누워야겠어.」

그가 베개에 머리를 누이고서 그녀를 올려다보며 나직이 고백했다. 한편으로 전염병 시기가 오랫동안 이어질지도 모른다고 생각했다고. 우리는 그 시기를 견디지 못할 거라 확신했다고. 그래서 나중에 다시 만날 때를 위해 약들을 모은 거라고. 둘이도 충분할 정도의 약을. 밖에서 세찬 바람이 윙윙거렸다.

바깥에서 누가 엿듣지도 않는데, 그녀가 그에게 조용하게 속삭였다.

「전염병이 한창일 때 말이야. 한편으로 나는 자유로웠어. 아무도 나를 알아보지 않았고 나 또한 누구도 알아보지 않았어. 그때만큼 내가 자유롭고 살아 있다고 느껴진 때가 없어. 그다음에 뭐가 올지 무서워. 벌써 익숙해졌나 봐.」

그녀가 그의 눈꺼풀 위로 손을 올렸다.

「너는 그렇지 않아. 너는 견디지 못해.」

그는 그녀의 부드러운 손길을 따라 눈을 감았다. 그가 눈 감은 채로 말했다.

「집에 들어간 보증금 반은 네 거야. 이제 나머지 반도 네 거야. 완전히. 드디어 값을 치르는 거야.」

그녀가 의뭉스러운 웃음을 지으며 말했다.

「잘 시간이야.」

비로소 그녀와 겨울을 함께 난 거야. 그는 만족스럽게 생각을 마쳤다.

그는 오래 눈 감았다. 의식은 깨어 있었다. 몸속 피가 싹 빠져나가는 느낌이 들었다가 다시금 돌기를 반복했다. 목구멍이 좁아져 숨쉬기가 전보다 더 어려웠다. 위층에선지 아래층에선지 함부로 무얼 내려놓고 쿵쿵 걷는 소리가 들렸다. 층간 소음에 그녀가 날이 섰을까 봐 달래 주려고 눈을 떴다.

어느덧 방은 거의 어두워졌다. 발코니 밖이 짙은 파란색으로 저물었다.

「꿈꿨어?」

그녀 목소리가 뒤에서 들렸다. 그녀가 회전의자에 기대
앉아 어둠에 잠겨 갔다. 아닌 게 아니라 그녀 목소리는 묘하
게 날이 섰다.

「누가 이사를 온 거야. 아니면 이사를 하였거나.」

그녀가 짤막하게 물었다.「이 시간에?」그는 대답할 말
을 찾지 못했다. 이제 쿵쿵대는 소리는 들리지 않았다. 그런
데도 그녀는 천장이나 벽 너머에서 누가 말이라도 건 것처
럼 벽들을 둘러보고 천장을 올려다보았다. 그러다 그녀는
두 손으로 이마를 감싸고 괴롭게 몸을 숙였다.

잠시 후 음영이 짙어진 그녀의 낯이 화들짝 그를 돌아
보았다. 그녀가 회전의자에서 일어났다. 무게 중심이 등받
이에 걸린 무거운 코트 쪽으로 기울면서 의자가 뒤로 넘어
갔다. 요란한 소리가 났는데도 그녀는 아랑곳하지 않고 성
큼성큼 걸어가 개수대에 놓인 약통을 들어 올리다 생각을
고쳐먹고 그대로 내려놓았다. 아까 그가 비운 머그잔에 다
시 술을 채웠다. 그녀는 잠시 약통을 어떻게 들지 머뭇거리
다가 팔과 허리 사이에 끼운 뒤 남은 손으로 머그잔을 들고
그가 있는 침대로 건너왔다. 그녀가 단호하게 내미는 통에
그는 천근 같은 몸을 일으키고 술이 찰랑거리는 잔을 받아
들었다. 그녀가 약통을 열고 손을 집어넣었다. 그녀는 여러
번 쥐었다 놓은 끝에 자신이 쥘 수 있는 가장 많은 약을 쥐

어 꺼냈다. 그는 아연실색해서 그녀를 향해 고개를 들고 미친 듯이 흔들었다. 그런 우악스러운 방법은 원치 않았다. 그렇게 한 번에 많이 삼키면 토할 수밖에 없다고 여러 매체에서 듣고 보아 왔다.

「곧 밤이 올 거야.」

초조한 목소리로 그녀가 말했다.

그녀와 그 사이에 몸싸움이 벌어졌다. 잔은 쏟아지고 약들이 사방으로 튀었다. 그녀가 한 손으로 그를 제압하는 와중에 다른 손으로 떨어진 약들을 주워 그의 입에 쑤셔 넣었다. 그는 입에 거품을 물어 가며 저항하고, 뱉어 냈다. 그녀가 약 먹이기를 포기했는지 이번에는 그의 야윈 알몸에 올라타 베개로 그를 질식시키려고 했다.

그녀가 가쁜 숨소리를 내면서 선언했다.

「너는 병에 걸렸어. 너의 병을 앗으러 내가 찾아왔어. 누구에게도 병을 옮기지 않도록 너를 구제할 거야. 아무에게도 치료받지 못한 너를 내가 치료하는 거야. 나는 네가 바라던 걸 가져왔어.」

별안간 외마디 고함에 놀라 그녀가 베개로 짓누르던 것을 멈췄다. 그가 낸 소리가 아니었다. 발코니 밖에서 들린 소리였다. 마치 술에 취한 남자가 질러 대는 헛소리 같았다. 그가 베개 밖으로 겨우 고개를 빼고 고라니 울음소리라고 알려주었다. 그녀가 헛웃음을 흘렸다. 분위기가 부드럽게 풀

288

렸다.

그는 베개에서 풀려났다. 그녀는 한결 온화해졌다. 다시 머그잔에 술을 가득 채워 왔다. 그는 순순히 약 한 주먹을 여러 차례에 나눠 술과 함께 찬찬히 삼켰다. 그녀는 항구토제도 있는지 물었고, 그가 색깔을 가르쳐 주었다. 그녀가 모은 약들을 받아 들고 그는 술의 도움 없이도 능숙하게 삼켰다. 그러고는 술에 젖어 축축한 자리에 누웠다.

얼마 뒤에 계속 서 있는 그녀에게 작별 인사를 하려 했지만, 무슨 말이든 마지막으로 더 하고 싶었으나 속에서 덩어리지고 뜨거운 게 울컥 역류하여 목구멍을 틀어막았다. 그가 호흡을 멈췄다. 체내 산소가 소진되기 전에 마지막으로 그녀 낯을, 다정한 얼굴을 올려다보고 싶었다. 사위가 어두웠다. 줄곧 불 꺼진 실내에 머물렀기에, 그는 어둠 속에서도 그녀 얼굴을 분간하고, 짓는 표정까지 알아볼 수 있었다. 아까 그가 모든 것을 망쳐 놓은 모양이었다. 그를 내려다보는 그녀 낯은, 특색을 잃은 얼굴로 어둠에 잠겨 무표정했다.

그는 안간힘을 다해 생각했다. 이 모든 건 내가 지어낸 거야.

곧 죽음의 깨달음이 찾아오면서 파리한 낯이 굳어 들었다.

일을 마치고 자기 흔적을 지운 그녀는 쓰러진 회전의자에 걸린 코트를 집어 들었다. 코트 주머니에서 마스크를 꺼내 쓰고 짐을 모두 챙긴 뒤에 흙과 낙엽이 지저분하게 묻은 운동화를 신고 문밖으로 나갔다.

마침내 소동이 끝나고 불 꺼진 방 안에 비로소 적막이 찾아오자 어느 쪽이랄지 모를 건넛방에서 은연중 아스라이 울리던 피아노 소리도 슬슬 연주를 마칠 준비를 했다. 비장하면서도 허술한 선율의 그 곡을 끝까지 들어 줄 사람은 이제 아무도 남지 않았다.

도래한 미래

미래는 항상 너무 이르게, 잘못된 순서로 도래한다.

The future always arrives too fast and in the wrong order.

—앨빈 토플러의 말로 회자되는 출처 불명의 문구

아마 이런 식이었다. 근미래의 평범한 시민인 한 가상 인물은 평일 아침에 눈을 뜨며 하루를 시작한다. 전자 비서가 주인의 일과와 생체 리듬을 안배하여 최적의 시각으로 기상을 유도한 덕에 늦장을 부려도 될 만큼 시간은 넉넉하나, 몸이 가볍고 잠기운도 없이 상쾌하니 침대를 벗어나지 않을 이유가 없다. 간단한 건강 검진을 마친 그는 전자 비서의 일정 브리핑을 들으며, 때맞춰 준비된 아침 식사를 한다. 보통 재택근무를 하지만 공교롭게도 이날만큼은 자가용을 타고 출장해야 한다. 차에까지 따라온 전자 비서가 목적지까지 실시간 최단 경로를 안내하고, 비행기표를 예약하거나 국제 기업 외국인 임직원과 화상 통화를 연결하여 동시 통역도 지원한다. 그가 조기에 업무를 성공적으로 마무리하고 충분한 휴식을 취하리라는 전망을 마지막으로 글쓴이는 가상의 하루를 매듭지어 한 문단으로 갈무리한다. 진짜 본론은 그다음 문단에서 소개되는 첨단 정보 통신 기술 용어와 개념이다. 가령 유비쿼터스 같은 것 말이다.

내가 의무 교육을 받던 새천년 전후 무렵에는 첨단 정보 통신 기술의 중요성을 설파하는 토막글이 교과서나 여타 간행물에 흔했다. 분명 지면에 따라 글쓴이도 제각각 달랐을 텐데, 근미래를 사는 가상 인물의 하루로 첫 문단을 시작하는 점이나 주제, 논조, 미래상이 엇비슷해 나는 마치 한 사람 글을 반복하여 읽은 듯 하나의 인상만을 선명히 기억한다. 특히 첫 문단에 등장하는 가상 인물에 관해서는 굳이 옛날 지면을 뒤적이지 않아도 특유의 전형성을 꿴다고 자신한다. 추측건대 가상 인물은 이삼십 대 연령 중산층 독신이고 화이트칼라다. 이름은 저마다 달라도 당시 기준으로 세련되고 도회적인 인상을 주려다 보니 작위적인 느낌이 역력하다. 그가 겪는 하루는 장차 정보 통신 기술 보급으로 얻을 편의성, 특히 업무에서의 수혜를 보여 주는 데 그친다. 애당초 글쓴이는 가상 인물과 하루를 그럴듯하게 다루고자 하는 마음은 없었던 것 같다. 작위성을 굳이 숨기지 않음으로써 근미래가 얼마나 비현실적으로 간편하고 풍요로운지가 서두에서부터 두드러졌으니 의도한 바일 수도 있다.

얇디얇은 가상 인물을 상대로 확증 편향적인 태도를 고집하며 줄줄이 꿰는 일은 이쯤에서 중단해야 할지도 모르겠다. 그럼에도 글쓴이가 간과했기에, 혹은 생략했기에 그가 획득한 기질까지 나는 마저 말하고자 한다. 그가 자신과 하루를 전적으로 기술에 의탁한 덕분에 어떤 사소한 변수조차 미연에 방지되어 언급 여지도 없었다는 점, 이를 당연히 여기는 사용자로서 태도를 보건대 작중에 한하여 그는 이렇다. 그는 건강하다. 경제적으로 여유롭고, 자신만만하다. 화나거나 애타는 법이 없다. 불만이란 있을 수 없다.

아무래도 지금 나는 당시에 예견한 근미래 부근을 사나 보다. 그 당시 첨단이던 정보 통신 기술들은 대부분 상용화되었고 핸드폰 없이는 제때 출근도 어렵다. 그렇다고 해서 내가 토막글 속 가상의 그처럼 사는 건 아니다. 그는 자기 육신 무게를 모르는 듯 생활하지만 나는 나 자신의 무게를 압도적으로 느낀다. 미래에는 없고 현재에 있는 나라는 육체, 그러니까 실체 말이다. 내가 가상의 그 같은 윤택한 생활을 원한다는 사실은 말할 것도 없다. 내 깡마른 육체를 중력으로부터 지탱하는 일이 더할 나위 없이 지긋지긋하다. 동시에 내가 짊어질 게 없어진다는 가능성에도 막연한 두려움이 있다. 메타버스라는 용어가 한창 유행했을 무렵, 머지않아 가상이 현실을 대체하리라는 매체들의 호들갑에 나는 두려움을 넘어 숨 막힘을 느꼈다. 어릴 적 죽음을 떠올렸을 때 나라는 실체가 사라진다는 예감에 형용할 길 없이 막막했듯이.

나의 비유는 극단적이기는커녕 지극히 걸맞다. 첨단 과학의 미래가 얼마나 빨리 다가오든 간에, 거기에 나는 없다. 마치 죽음 뒤에 내가 없듯이 도래한 미래에 나는 없을 것이다. 미래는 죽음 같이 단절되고 격리되었다.

나의 현재가 지난날들의 미래라는 점은 부인할 수 없다. 앞 문장을 쓸 때 나는 건넛방에서 잠든 동거인이 기침하는 메마른 소리를 듣는 중이었다. 근 몇 년간 동거인은 기침을 멈추지 못하였다. 내 책상 옆 반듯하게 접힌 간이 매트리스 위에는 목이 쉰 고양이 한 마리가 제 몸을 둥글게 말고 고르지 못한 숨소리를 내며 잠들었다. 이 고양이는 자는 사람 곁에서 잠을 청하다가도 굳이 불 켜진 방으로 건너와 깨어 있는 사람을 기다리며 꾸벅꾸벅 졸고는 한다. 지난겨울 나와 동거인은 폐렴에 걸린 길고양이를 데려왔고 봄이 채 되기 전 셋이 비좁지 않게 지낼, 더 넓지만 내가 태어나기도 전에 지어진 낡은 셋집으로 이사했다. 목이 좋지 않은 두 생명은 항상 내 마음에 죄책감을 드리웠다.

글을 쓰던 그날부로 대부분의 실내뿐만 아니라 대중교통에서도 마스크를 벗게 되었다. 전국 일일 감염자 수가 1만 명 내외를 오르내렸으나 이전과 달리 아무도 행적을 추궁하거나 죄를 묻지 않았다. 한편 날이 밝고 밖으로 나서 본들 기껏해야 얼마나 마스크를 벗을지 선뜻 믿음이 가지 않았다. 출근길 전철에서 마스크를 쓴 이들이 과연 민낯의 이들을 곁눈질하지 않을 수 있을까? 여기까지 썼을 때 날은 아직 밝지 않았으며 첫 차까지 시간이 좀 더 남았다. 사건은 아직 벌어지지 않았다.

습작도 시절부터 지금까지 소설을 써오면서 나를 불안

케 한 문제가 있다. 내가 실제로 발생한 일에 관하여 소설을 썼는데 몇 년 지나지 않아 그게 사실이 아니라고 밝혀지거나 부정되고 폐기된다면? 그렇지는 않더라도 새로이 갱신되어 내 소설이 옛 유물로 전락한다면? 그런 말로를 겪지 않으려면 어떻게 접근하여 써야 한단 말인가? 실제로 근 몇 년간 이번 전염병 시기를 다룬 신간 소설들을 펼쳐 볼 때마다 몹시 경악스러웠다. 소설가의 형편없는 근시안을 무릅쓰고 실제 발생한 일을 제대로 서술하려면은, 이미 모든 일이 끝난 뒤에 씖이 내가 아는 유일한 답이다. 그렇다면 그 일의 끝은 언제인가? 나는 전염병에 관해 쓰기 위하여 몇 년을 쓰지 않고 기다려 왔다. 여태껏 아무도 끝이라고, 언제쯤에 끝나리라고 확언해 주지 않았다. 이 글을 쓰던 그날에도 끝에 가까운 시점이라고 온전히 믿지는 않았다. 어쩌면 끝이 내게 찾아오지 않았을 뿐, 다른 사람들은 이미 끝난 뒤의 삶을 진작부터 사는지도 몰랐다. 나의 끝은 소설을 다 쓴 뒤에 찾아오는 건지도. 언제나 끝을 내고자 소설을 써오지 않았던가. 소설이 끝나고 나서야 이미 그 일은 예전에 발생했던 과거임을 뒤늦게 깨닫는다.

그날 나는 쓰기를 멈추고 동거인이 자는 방으로 돌아갔다. 동거인의 온기로 데워진 곁에 누워 몇 마디 실없는 소리를 건넸다. 동거인은 무슨 물음인지도 모르고 응, 이라고 답하고 피식 웃기도 했으나 나중에 동거인이 깼을 때 들려줄

만한 재밌는 대답은 없었다. 고양이는 다 함께 잠들기 전 습관대로, 밥을 먹고 화장실에 들른 뒤 침대로 올라와 내 머리에 엉덩이를 대고 누워 잠을 청했다. 잠이 깊지 않은지 동거인 몸에 간헐적으로 짧은 경련이 일었다. 그 진동이 닿아 있는 내 몸에 전해질 때마다 잠들지 못한 나는 동거인이 꿈속을 빠져나오지 못해 몸부림치는 것은 아닌지 불안해졌고, 밤중에 외로이 눈을 떠 잠든 이의 안색을 살펴보고는 했다.

동거인이 몇 년 전에 꾼 재밌는 꿈을 기억한다. 동거인이 아직 동거인이 아니었고 고양이는 태어나지 않았을 때였다. 동거인은 꿈에서 영화 「매트릭스」 시절 젊은 키아누 리브스와 함께 영화를 촬영했다. 영화에서 동거인은 골판지로 변신하는 특수한 능력을 지닌 영웅이었다. 빳빳하지만 가벼우며 충격을 완화하는 재질인 골판지의 특성을 이용해 거의 날다시피 하고 어떤 공격도 흡수했다. 문제는 키아누 리브스가 그만 돌연사했다는 것이었다. 그래서 동거인을 비롯한 모두가 모여 키아누 리브스를 애도했다. 동거인이 기억하는 내용은 여기까지로, 그 뒤에 어찌 되었는지는 모른다. 동거인의 꿈 이야기에 매번 웃으면서도 한편으로는 마음이 안 좋았다. 꿈을 현실에서 이루지 못한 욕망의 투영으로 여겼고 정말 그렇다기보다는 내가 동거인을 어떻게 바라보는지가 반영되었을 테다. 진 리스의 『광막한 사르가소 바다』의 결말이 떠올라 두려운 부분도 있었다. 버사 메이슨이 마분지로 만들어진 세계를 불태웠듯 동거인이 골판지로 만들어진 자기 몸을 불태울까 두렵지는 않았다. 내가 두려운 건 동거인이 잠에서 깨어나, 꿈의 은유를 깨닫는 것이었다. 그리하여 잠든 나를 잠시 차갑게 내려보다 마침내 홀로 집을 나와 진짜 세계를 향해 떠날까 무서웠다.

동거인과는 달리 내가 당시에 꾸던 꿈들은 비유나 암시란 없었다. 꿈이라고 생각할 여지없이 지극히 구체적인 그 꿈들은 깨어나고 얼마 안 가 현실보다도 현실 같았다는 확정적인 인상 외에는 아무것도 남기지 않고 머릿속에서 무너져 내렸다. 자는 내내 무의식적으로 주먹을 힘껏 쥐고는 해서 깨고 나면 팔 근육이 저릿저릿했다. 당시 혼자 잠들고 일어나는 평일 아침은 늘 그랬다. 아침 햇살이 눈을 찔러 대고, 핸드폰에서는 존 레논의 「하우 두 유 슬립How do you sleep?」이 최대 음량으로 재생되고, 인공 지능 스피커에서는 라디오 진행자가 한창 떠들어 댔다. 잘 못 깨어나는 내가 제때 눈 뜨고자 밤중에 미리 커튼을 걷어 두고 알람을 이중으로 맞춰 둔 덕이었다. 라디오 진행자가 어찌나 쨍한 목소리로 떠들어 대던지, 막 잠에서 깬 나는 마치 무너지는 건물에서 탈출하듯 현실로 뛰쳐나온 기분이었다. 불쾌하게 잠에서 깬 나머지 저렇게 경박하고 과장되게 목청 높이는 사람하고는 절대 말을 섞지 않을 거라고 다짐한 때도 있었다. 그 사람은 나보다 훨씬 먼저 일어나 일했을 뿐이며 내 말투처럼 침울한 목소리로 라디오를 진행했다가는 청취자들이 아침부터 기분 구기고 잠도 안 깰 텐데 말이다. 침대 구석에 처박힌 핸드폰을 꺼내 노래를 끈 뒤 라디오도 끄려고 인공 지능 스피커를 몇 번이나 또박또박 불러 대도 라디오 소리가 너무 큰 탓에 도통 한 번에 인식되는 법이 없었다. 스피커 코앞까지 다가가서 윽박지르다시피 소리치고 나서야 방은 조용해졌다. 내가 화를 내서 분위기가 싸해졌다는 듯 적막해진 방에서, 나는 정신을 추스르고 출근 준비를 했다.

당시는 별로 상태가 좋지 않았다. 그때는 누구나 힘들어했고 아직 동거인이 아니던 동거인도 그랬다. 동거인 말로는 주말에 낮잠을 자던 내가 갑자기 깨서 자기를 노려보고는 심기가 거슬렸다는 듯이 거칠게 돌아누운 적도 있다고 했다. 동거인은 소파에 앉아 책을 읽었을 뿐인데. 나는 도무지 기억나지 않았다. 그날 해 질 무렵에 힘겹게 눈을 뜨니 동거인이 불을 끄고 소파에 붙박여 어둠에 잠겨 있었다. 동거인이 걱정하는 목소리로 내게 꿈을 꿨느냐고 물었다. 나는 그런 것 같지만 잘 기억나지 않는다고 대답했다. 동거인이 연달아 마른 기침을 하며 속으로 삼키려 애썼다. 괜찮아? 동거인은 고개를 끄덕였고 당겨진 막차 시간이 지나기 전에 자기 집으로 돌아갔다.

요새야 온전히 글만 쓰는 시간을 가지고자 벌이가 시원찮아도 어찌어찌 버티지만 그때는 일이 참 많았다. 평일에는 도서관의 지하 서고에서 계약직으로 일했고 퇴근하고 나서는 과외 하러 서울 도처 카페를 돌아다녔으며 고등학교 방과 후 수업도 하고 토요일마다 청소년을 대상으로 하는 문화 예술 교육도 병행했다. 그런데도 경제적인 여유가 있지는 않았다. 내가 살았던 공공 주택의 임차 재계약과 전세 대출 갱신 시기가 다가왔는데 보증금이 인상돼 추가 대출을 받거나 주택 도시 공사에 사정해야 할 판이었다. 또 계속해서 학교 수업에 나가려면 막 우선순위 대상자에게 접종을 시작한 백신도 서둘러 맞아야 했다. 다행히 고등학교 방과 후 수업 담당 선생님 덕분에 교직원 리스트에 올라 제때 백신을 맞았지만 공교롭게도 그즈음부터 몸에 이상이 생겼다. 자주 배가 부풀었고 원인 모를 방광염으로 고생한 데다가 체중과 근육량이 줄면서 신경통과 기립성 저혈압 증상이 심해졌다. 이제는, 아니 줄곧 백신과 내 건강 악화가 연관이 없고, 혹여 가능성 있다고 하더라도 관련성을 밝혀 낼 방법은 없다고 인식하지만, 한편의 불안감도 어쩔 수가 없었다. 매일 출근할 때면 직장 앞에서 높으신 분들을 향해 시위하는 전염병에 관한 온갖 음모론자들을 지나쳐 갔다. 옹호하기는 커녕 같은 무리로 묶이고 싶지 않으나 그들은 의도치 않게도 한 가지 사실을 상기시키며 날 비참하게 만들었다. 나와 그들은 같은 세상을 살며, 미약하기 짝이 없는 개인으로서 이리저리 휘둘리면서 겁먹고 두리번거리기만 한다는 점에서 크게 다를 바 없었다. 나는 더는 쓰기를 두려워했다. 만나는 몇 안 되는 사람마다 언제든 더는 못 쓸 수도 있다고, 내가 소진되고 퇴행하여 쓰지 못할 지경에 이르렀노라고 확언했고 밤마다 못다 쓴 파일을 모니터에 띄우고는 마치 핵폭탄이 떨어지는 순간의 수탉을 연기하는 메소드 연기자처럼 책상이나 소파, 혹은 베개에 머리를 처박다 느지막이 잠들었다. 그러다 날이 다시 밝으면 그제야 처박힌 고개를 들고, 혼비백산하여 집을 나섰다.

　지금 동거인과 사는 집으로 이사하기 전에 혼자 살던 공공 주택은 너무 시가지 외곽이라 전철역과 거리가 제법 멀고 버스 배차 간격도 길었다. 출근 시간마다 버스 정류장에 직장인들로 이루어진 줄이 길게 이어졌다. 그들은 어쩔 수 없이 서로에게 바짝 붙으면서도 얼굴에 낀 마스크 콧대를 누르고 사람들로부터 고개를 돌린 채로 기약 없는 버스를 기다렸다. 모바일 앱에서 알려 주는 버스 도착 대기 시간은 좀처럼 줄지 않고 도리어 늘어나기도 했다. 이 근방 어느 정류장이든 버스를 기다리는 사람이 많아 경유 시간을 한참 초과했고, 제때 나오더라도 운이 좋지 않으면 만원 버스를 여러 번 지나쳐 보내다 끝내는 지각하기도 했다. 택시는 외진 이곳을 잘 지나지 않았고 줄을 선 사람 중 여럿이 핸드폰으로 반복해서 호출하는 모습을 보아 와서 시도조차 하지 않았다. 지각하지 않으려고 해보지 않은 게 없었다. 공공 자

전거 거치대는 아침 일찍부터 모두 비었고 전철역까지 뛰어
간들 20분이 넘게 걸렸다. 평일 아침마다 나의 게으름과 무
기력에 절망하고 전전긍긍한 나머지, 지각보다는 여기서 핸
드폰을 부수고 잠적하는 게 낫겠다고 생각하기도 했다. 아
파트 보증금을 빼고 모두에게서 도망쳐 흥청망청 살다 가는
것이다. 직장에 갈 필요도, 은행에서 점심시간이 지나기 전
에 내 차례가 오기를 초조히 기다릴 필요도, 병원도, 과외도
갈 필요 없다. 획기적이다. 더는 동거인에게 내 안 좋은 모습
을 보일 필요도 없다. 아무도 안 읽는, 읽어도 난감한 표정을
감추지 못하고 자기는 좀 어려웠지만 매우 문학적이더라는
칭찬 말고는 기대할 게 없는 글을 쓸 필요도 없다. 의무감으
로 가방에 늘 지참하는 무거운 노트북과 책들도 도롯가 아
무 데나 던져 버리면 된다. 생각하던 와중에 버스가 도착해
출입문이 열리면 의식할 겨를도 없이 줄에서 뛰쳐나와 차내
에 꽉 들어찬 사람들에게 돌진한다. 짜증 섞인 외마디를 뱉
는 그들에게 안기고 철봉에 매달려 계단에서 두 다리를 떼
는 순간 문이 닫힌다. 차창 밖에 줄 선 사람들이 보내는 따
가운 시선을 피해 고개를 숙이고서 나는 잠적을 포기한다.
눈살을 찌푸리고 나를 쏘아보는 버스 안 이들과 눈을 마주
친다. 마스크란 좋은 것이다. 마스크로 코와 입을 가린 사람
들은 공중도덕을 어긴 내게도 비난의 말을 아끼게 된다. 그
뒤로도 전철 세 노선을 환승해야 직장 앞에 이른다. 파견직

이라고 큼지막하게 적힌 사원증을 패용한 채 정문에서 체온을 재고 도서관 로비에서 다시 한번, 정상 온도 이하가 나올 때까지 몇 번이고 잰 뒤 비상구 계단을 통해 지하로 내려가 복도가 교차하는 공간에 샌드위치 패널로 벽을 세운 간이 사무실에 들어서면, 비로소 출근은 끝이 났다.

내가 한 일은 말하자면 도서관 정보화 기술에 관한 거였다. 이용자의 정보 검색 편의성을 높이기 위한 디지털화 사업. 그런 일, 데이터베이스를 축적하고 분류하는 일은 어디에나 있다. 나는 그 일을 디지털 노가다라고 불렀고 지금도 생각에 변함은 없다. 정말 노가다처럼 몸을 쓰기도 했다. 디지털 시대의 일자리에서 사람은 더더욱 몸뚱어리 말고는 쓸모가 없었다. 당시 내가 속한 사무실에서 상사를 제외한 직원은 셋이었다. 우리 셋은 출근하고 나서 자리에 앉으면 조금이라도 더 눈을 붙이려고 책상에 머리를 박았다. 우리가 그해 얼마나 서로를 미워했는지 모른다. 우리는 각자 사정으로 어떻게든 일을 빨리 끝내거나 최대한 느리게 끝내고팠다. 친해지지 않고 서로에게 양해 한마디 없이 자기 사정대로 일을 서두르거나 태업하였다. 지하라는 데가 그렇다. 지하는 결핍되고 상충하는 공간이다. 이 지하를 벗어나는 데 꽤 오랜 시간이 걸렸다. 우리는 서로에게 짖지는 않았지만 으르렁거렸고 상사가 부당한 지시를 하면 한데 뭉쳐 짖어 댔다. 그들이 나를 미워했으리라는 점은 두말할 것도 없다.

반면 내가 급속히 건강이 나빠져 병원 혹은 대출 문제로 은행에 다녀와야 할 때 곤궁한 부탁을 들어주고 내 몫까지 일해 준 이도 그들이고 서고에 쭈그려 앉아 책을 꽂다가 일어서면서 기립성 저혈압으로 비틀거릴 때 붙들어 주고 바닥에 주저앉힌 이들도 그들이다. 그런 부류의 남자 동료들에게서 벗어나는 데도 꽤 오랜 시간이 걸렸다. 요즘 세상에서는 아주 손쉽게 직종을 바꿀 수 있음에도 그러지 못한 것은 내가 떠돌이였기 때문이다. 그들과 같이, 나 역시 품삯을 받고 일해 번 돈으로 겨울을 버티고 봄이 되면 다시 돈을 벌러 이리저리 떠도는 신세였다. 떠돌이들은 언제나 한곳에 모인다.

나는 길지 않게 살아오면서 꽤 여러 번 전염병 시기를 거쳤다. 대학생 때 창궐한 전염병으로 대학교는 민주화 운동 시절 이후 처음으로 휴교령을 내렸다. 기숙사 방마다 퇴거를 지시하는 방송이 전파되었다. 어리둥절하게 쫓겨 나온 학생들로 정류장이 가득 찬 풍경이 사진 찍혀 신문에 실렸다. 갈 곳 없던 나는 텅 빈 대학교 빈 강의실에 숨어 들어가 지냈다. 그때 경험으로 단편소설도 한 편 썼다. 나는 전염병에 관하여 이상한 자신감이 있었다. 독한 감기 한 번 감염된 적 없는 스스로를 슈퍼 항체로 여겼나 보다. 이번 전염병 시기라고 해서 다르지는 않았다. 걸리지 않은 병에의 두려움은 없었다. 다만 공포의 전염은 피하지 못했다. 내가 다니던 직장의 모든 사람이 공터로 불려 나와 PCR 검사를 기다리며 땡볕 아래 서 있던 순간, 셧다운으로 건물에서 모두가 쫓기듯 몰려나와 서로를 불신하는 눈빛으로 두리번거리던 순간, 전철에서 마스크를 벗은 사람이 전염병은 정부의 음모라고 고래고래 소리 지르며 한 명 한 명에게 삿대질하던 순간, 우울증으로 다니던 정신과에 대기자가 기하급수적으로 늘어 몇 시간을 기다리다 겨우 마주한 지친 의사와 짧은 몇 마디 나누고 약을 처방받던 순간, 카페에서 과외 하는 도중에 학생이 밀접 접촉자로 지정되었다는 통보 메시지를 받은 순간, 아직 동거인이 아니던 동거인의 기침이 갈수록 심해짐에도 어찌 손 쓸 도리가 없던 그 순간 나는 공포에 전염되어 사람들을 경계하고 두려워하고 불신하고 물어뜯고 싶었다. 아이러니하게도 전염병이 한창일 때야말로 내가 돈을 가장 크게 벌던 시기였다. 돈을 못 벌게 될까 두려워 평일과 주말 여가까지 반납하고 일했다. 가장 돌아다니지 말아야 할 시기에 정말 인생에서 가장 부지런히, 매일매일 서울 도처를 떠돌았다. 차라리 몸을 움직이는 게 나았다. 당시 추세에 따라 몇몇 수업을 비대면으로 전환하자 학생들의 침묵 속에서 진땀을 흘려 가며 혼자 떠들어야 했기 때문이다. 학생들 글은 하나같았다. 자기 힘든 심경이 가장 엿보였고 내가 읽기 곤혹스러울 지경으로 타인을 향한 피동적인 저자세와 의존이 크게 늘었다. 화자는 자신에 관해서는 말하지 않고 온통 자기가 사랑하거나 의지하는 사람 이야기만 했다.

그렇게 대단하다면 그 사람 시점으로 소설을 쓰면 되는데도 화자는 언제나 글쓴이 자신에 가까웠다. 나는 학생들에게 여러 번 말했다. 그 사람이 아니라 화자를 알고 싶다고. 화자를 알려 달라고.

전염병 시기 모든 날이 힘들지는 않았다. 나와 동거인은 전염병 시기 첫해 봄에 만났다. 막 심각성을 느끼고 마스크를 쓰던 그때, 여행지마다 텅텅 비던 그때 고정적인 일자리가 없었던 우리는 여행을 다녔다. 금세 모두가 이 틈을 빌려 국내 여행을 떠나는 바람에 더는 그때 같지 않게 되었지만. 그 시절 말고는 여행이 순수하게 즐거웠던 때도 없었고 동거인이 가장 환히 웃던 날들이라고, 내 기억은 그렇게 못 박았다. 그 무렵 동거인이 살던 반지하 방 주변에는 붙임성 좋은 길고양이가 살았다. 싫어하는 동네 사람이 간혹 있었어도 대부분 그 고양이를 아끼고 먹이와 간식을 줬다. 동거인은 그 고양이를 무척 좋아했고 나도 그랬으나 좋아하는 것과 키우는 건 달랐다. 웬만해서 고양이는 나보다 오래 살지 못할 테고 한 생명의 삶 전부를 곁에서 끝까지 지켜보는 게 두려웠다. 동거인은 그 고양이를 키울지 여러 번 진지하게 고민했다. 한 번은 정말 반지하 방까지 안고 갔다가 고양이가 울고 발버둥 치는 통에 다시 놓아준 일도 있었다. 나와 동거인은 그 고양이에게 이름을 지어 줬다. 알고 보니 동네 사람마다 제각각 다른 이름으로 불렀다. 그중에 어떤 게 고양이의 진짜 이름이 되었을지 모르겠다. 그 고양이는 다음 해 겨울이 지날 무렵 자취를 감췄다가 나중에 동네 어느 빌라 2층 창가에 앉아 밖을 구경하는 모습이 귀가하던 동거인에게 포착되었다. 우리는 그 고양이가 새 주인과 행복하게 살기를 바랐다. 간혹 눈이 마주치면 인사했지만 우리를 기억하는지 못 하는지 그저 바라보기만 할 뿐이었다. 훗날 창에 비치던 가구들의 음영이 사라지고 해가 진 뒤에도 불이 꺼진 걸 보고서야 우리는 그 집이 이사 갔다는 걸 알았다.

돈이 떨어지고 규제가 심해지면서 우리는 집에 처박혔고 동거인의 기침은 잦아져 갔다. 우리가 마음 놓고 갈 만한 곳은 영화관뿐이었다. 한번은 미국 실향민들 이야기를 담은 영화를 함께 봤다. 몹시 감명받았고 영화에서 선견이라도 발견한 것처럼 감독이 존경스러웠다. 영화의 결말에 이르러 갈 때쯤 동거인이 말없이 자리를 비웠다. 나는 단지 화장실을 가는 거로 생각했다. 영화가 끝난 뒤 문자 메시지를 읽고 택시 정류장으로 서둘러 가보니 동거인은 어두운 얼굴로 토사물이 묻은 겉옷을 들고 있었다. 괜찮아? 나는 동거인이 기침할 때마다 강박적으로 괜찮으냐고 물었다. 자꾸 물으니 정말 괜찮은지를 묻는 게 아닌 것 같았고 동거인에게도 그렇게 들리는 듯했다.

그때는 지나갔다. 나는 그 도서관에서 빠져나왔고 과외도 모조리 때려치웠다. 그전에 먼저 일부 학생들이 빠져나갔다. 그들은 글을 쓰기 너무 힘들어했다. 나는 과거에 역사적인 전염병 시기나 전쟁 시기에 많은 걸작 소설이 나온 사실을 알았다. 그러므로 내가 겪는 이 전염병 시기야말로 걸작 소설이 나올 몇 없는 기회라고 여겼다. 현대의 전염병 시기는 도무지 사람들이 글을 쓰게 내버려 두지 않았다. 전염병 시기 매년 간 글 쓰려는 이들이 늘어나고 출판 권수도 증가했다지만 체감하기로는 정반대였다. 내 주변의 쓰던 이들은 모두 쓰지 못해 비탄에 잠겼다. 많은 작가가 집에 갇혀 굶주렸다. 전염병의 클라이맥스는 지나갔다. 나는 네 차례 백신을 맞으며 전염병에 한 번도 감염되지 않았다. 전세 대출과 임차 재계약은 주택 도시 공사의 아량으로 무사히 넘어갔다. 나는 다음 재계약이 오기 전에 이사했다. 그때의 궁핍은 지나가고 지금의 궁핍이 찾아왔다.

내가 글을 쓰던 어느 밤, 동거인은 루이스 웨인이라는 화가의 전기 영화를 보았다. 웨인은 아내를 위해 평생 고양이를 그렸다고 한다. 동거인은 웨인의 아내와 고양이가 죽는 장면을 보며 울었다. 동거인은 영화에서 주인공이 사랑하는 이가 죽으면 꼭 울었다. 대개 그런 영화나 소설에서 삶에 홀로 남겨진 이는 어리석기 마련으로, 내가 보기에 웨인도 마찬가지로 보였다. 어리석은 건 좋은 거야. 동거인은 말했다. 좋은 영화나 소설에서 주인공이란 어리석거든. 글을 쓰다 간혹 막힐 때마다 건넛방 문간을 서성이며 잠깐 한 장면씩을 구경한 게 다였던 나는 앞선 정황도 모르고, 하필 웨인이 뒤늦게 아내의 죽음을 깨닫는 장면을 보았다. 웨인의 아내는 죽기 전날 밤에 홀로 깨어 촛불을 들고 서 있었다. 버사 메이슨과는 달리 어리석은 남자 때문에 불을 지르지는 않았다. 다음 날 깨어난 웨인은 아침 식사를 준비하여 안방으로 들어서고, 그제야 아내가 잠든 게 아니라 죽었음을 깨닫는다. 웨인은 방을 나서는 대로 성냥을 찾아 불을 붙이려다 번번이 실패한 끝에 포기한다. 웨인은 왜 성냥에 불을 붙이려고 했을까? 집에 불을 지르려고? 아니면 꺼진 초에 불을 붙여 죽은 아내를 애도하려고? 같은 침대에서 잠들었건만 이 어리석은 남자는 어째서 부엌으로 나섰다가 다시 방으로 돌아오기 전까지 아내가 죽은 사실을 몰랐을까? 어쩌면 아내는 웨인이 아침 식사를 준비하는 사이에 죽음을 맞이하였을까? 내가 영화를 다시 틀어 처음부터 보거나 동거인에게 물어보지 않았기에 나의 궁금증은 미제로 남았다. 이상한 데에 집착하는 심보를 동거인에게 들키고 싶지 않았던 데다 스스로도 꺼림칙하여 더는 파고들지 않았기 때문이다.

　나는 아직 동거인이 아니던 시절 동거인과 세 차례 헤어지고 번번이 재회했다. 이제는 왜 헤어졌는지 기억도 나지 않는다. 재회의 순간마다 서로 핼쑥해진 낯을 한 상대의 야윈 몸을 꽉 껴안으면서 느껴지던 눈물겨운 촉감만을 기억할 뿐이다. 헤어짐과 재회 사이에 기억이 많지 않은 이유는 단순하다. 내가 그사이 동거인에 관한 모든 기록을 말살했고 나에 대해서도 더는 기록하기를 멈춘 탓이다. 맨 마지막 헤어짐과 재회에 관해서는 몇 가지 단편적인 장면이나마 떠오른다. 헤어진 날 동거인의 반지하 방에서 함께 자다가 섬뜩한 느낌에 깨었는데 새벽 어스름을 등진 검은 음영이 나를 빤히 내려다보았다. 나는 두려워하던 그날이 왔음을 짐작하고 로체스터 백작처럼 굴지 않고자, 실은 상대가 먼저 떠나는 게 두려워 혼자 자취방을 나섰다. 그해 여름에 기록적인 호우가 쏟아졌고 동거인이 사는 동 어느 반지하 방이 빗물에 잠겨 일가족이 죽었다는 소식을 전해 들었다. 나중에 알았지만, 다행히 동거인이 살던 반지하 방은 빗물에 잠기지 않았다. 재난은 누군가를 죽음에 이르게 하는 동시에, 불경하게도, 누군가에게는 살아야 할 당위를 준다. 나는 그때 집에 틀어박혀 말라비틀어져 죽어 가던 중이었다. 내가 살던 공공 주택 발코니에서는 야트막한 산의 메마른 골짜기가 정면으로 보였는데, 호우로 인해 골짜기에 물이 차 사태막이를 부술 기세로 거세게 흘러내렸다. 나는 그 순간에야, 비로소 꿈이 아니라 현실의 은유를 통해 깨어나고, 깨달았다. 내가 지금까지 잠들었음을.

마지막으로 헤어졌다가 재회했을 때 나는 동거인에게 두서없이 후회의 말을 쏟아 냈다. 그때 그 고양이를 데려왔어야 했다고. 그 고양이를 데려왔더라면 우리가 그렇게 힘들지는 않았을 거라고 말이다. 지금 고양이는 원래 동거인 자취방 근방 공원 뒷산에 살았다. 밥을 주는 사람들도 있고 거처도 있어 동거인이 종종 공원으로 산책할 때 들러 귀여워만 했지 정을 준 고양이는 아니었다. 겨울 들어 고양이가 전보다 더 우리에게 살가워졌는데 기침이 심했다. 고양이가 기침하는 소리를 처음 들어 보았고 그 작은 동물이 그렇게 기침하다가는 죽을 것만 같았다. 며칠 뒤에 우리는 이동장과 간식을 사서 공원 뒷산으로 갔다. 이동장 안에 간식을 발라 유인하여 고양이를 포획해서 동물병원으로 향하는 동안 어찌나 발버둥 치고 애타게 울던지. 이걸 두고 고양이를 납치한다, 가 아니라 데려간다, 입양한다, 구조한다고 사람들이 말하는 게 이해 가지 않았다.

　　여기 쓰인 동거인은 실제라기보다는 당시 내가 사로잡혔던, 동거인을 바라보는 관점이다. 이 글에서 실제 동거인에 관하여 많은 것을 이야기하고 싶지는 않다. 나는 동거인이 어린아이였을 때의 사진을 본 적 있다. 아이지만 어딘가 침울하고 그렇게 유복해 보이지는 않은 모습이었다. 물론 나는 동거인의 어릴 적 이야기들을 꽤 많이 들어왔다. 그래서 더욱 동거인을 애잔하게 보는 것일 테다. 한데 사진을 보았을 때 내가 느낀 건 단지 애잔한 정도가 아니었다. 나는 동거인의 잃어버린 유년을 상상하며 눈물을 훔쳤고 합당한 행복을 선사하지 못한 과거로부터 이 불행한 아이를 구해 내고 심지어 좋은 부모가 되고 싶었다. 그 아이는 사진에 갇힌 게 아니라 다 커서 내 앞에 있는데도 말이다. 나는 여태껏 불행한 동거인을 돌보는 슬픈 어른임을 자처하고 정말로 내가 보호한다고 착각하기도 했다. 나는 덫에 빠졌다. 동거인과 헤어져 한동안 떨어졌을 때는 죄책감에 거의 죽을 뻔했다. 그때마다 죄책감으로부터 동거인은 나를 구해 주고, 내가 다시 착각에 빠져 허물이나마 어른스럽게 굴도록 허용했다. 동거인은 내게 가르쳐 주지 않았지만 나는 동거인에게서 사랑을 배웠다. 나는 사랑에 관한 세상의 온갖 사탕발림을 믿지 않는다. 사랑이라는 게 어쨌든 다뤄 볼 만한 실제라면, 나는 그것이 전하고 전해지는 것, 혹은 발생하고 소멸하는 게 아니라 오로지 배워지는 것이라고, 그 사람은 가르쳐 주지 않았어도 그 사람에게서 배워지는 것이라고 믿고 싶다. 내가 알기로, 배움 아래서는 열정도 냉담도 집착도 굴종도 없다. 무지와 앎만이 존재할 뿐이다.

나는 등단하고 나서부터 여러 해 동안 과외를 해오면서 학생들에게 매번 책임질 수 없는 말들을 가르침이랍시고 확언해 왔다. 소설은 이미 지나간 시간을 쓰는 것이다. 소설은 미래를 담을 수 없다. 소설이라는 가상은 과거, 혹은 막 지나간 현재의 체험이다. 소설이 미래를 배경으로 삼았다 한들 실은 작가가 체험한 과거와 현재인 것이다. 여기까지 썼을 때 나는 전염병이 종식되기 전 시점에서 마무리된 내용이

섣부르고 유효하지 않을지 모른다고 전전긍긍했다. 글에 손을 한 번 더 대 시점을 전염병이 종식된 뒤로 밀어내야겠다고도 궁리 중이었다. 나는 이 글이 지면에 실리기 전까지 전염병이 종식되지 않기를 진심으로 바랐다.

종식의 시기는 더는 뒤로 미뤄지지 않는 듯했다. 봄이 끝나기 전에 국제적 공중 보건 비상사태가 해제되었고 뒤이어 국내에서도 엔데믹을 선언했다. 늦여름 끄트머리에는 전염병 등급이 독감과 같은 4급으로 하향되었다. 그러자 병이 내가 쓰는 장편소설 속에서만 상징적인 존재로서 영향력을 발휘한다는 의심이 들기도 했다. 전염병이 활개 치던 시기에 그렇게도 쓰이지 않던 소설은 그 위상이 곤두박질을 치면서 서서히 쓰였다. 어느 날 사건이 떠올랐다. 그리고 다른 날 행동이 떠올랐다. 또 다른 날 이유가 떠올랐다. 그렇게 끝이 조립되었다. 끝에 다다르기 위해서는 내가 받아들여야 하는 진실이 아직 남은 듯싶었다. 사람들은 대부분 마스크를 벗고 다녔고 아무도 이를 이상히 여기지 않았으며 나 역시도 전염병 시기를 현재가 아니라 한 과거로 회상하던 차였다. 얼마 전 생계를 유지하고자 연구 병동을 찾았다. 거기서는 모두가 마스크를 써야 했다. 단지 마스크만으로 병동 분위기는 숨 막히던 한창으로 회귀하였다. 모두에의 경계심과 불신, 무기력, 감시와 규제, 지시로만 이루어진 공간. 지난 1년간 내가 되찾고자 했던 인간적인 가치들은 병동에서의 며칠간 허상으로 사라졌고 나는 지난날의 음습한 사내가 되어 서로 비슷비슷한 남자 무리에 속한 것으로 보였다. 내가 받아들여야 하는 현실은 응당 밖에 있음에도, 나는 병동 안에서만 무기력하게나마 살아 숨 쉬었다.

　나는 내게 도래하리라 예견한 미래를 포기하는 방식으로 소설을 써왔다. 도래하리라는 확신 속에서 소설을 썼지만, 결착을 통해, 내가 거기 속하지 않으리라고 안도함으로써 예견으로부터 자유로워졌다. 때로는 당시만 해도 너무도 간절하였던 미래를, 꿈만 같았던 내일을 소설로 써서 겨우겨우 포기하고 체념했다. 그러자 소설에는 내가 포기하고 내버린 미래밖에 남지 않았다. 내 소설을 읽으면 종종 당혹스러웠는데, 그때 매달렸던 미래가 더는 나하고 아무 관련이 없어 보여서였다. 나는 다시금 포기하고자 새로운 미래를 찾아 소설로 써나갔다. 나의 소설들은 내가 온 힘을 다해 벗어난 미래다. 벗어남으로써 미래는 과거가 된다. 시간의 이치란 게 그렇지 않은가? 간혹 벗어났다고 믿어 온 것에 다시 사로잡히는 바람에 반복하여 벗어남을 시도하기도 하였다. 사로잡히는 건 지긋지긋한 일이다. 이제는 그만 완전히 벗어나고 싶다. 벗어났다고 확언하고 싶다.

　한편 현실에서 결국 마주하는 미래란 항상 내가 쓰지 않은 미래였다. 도래한 미래는 언제나 쓰이지 않았고, 쓸 새 없이 찾아왔다. 도래한 미래에는 내가 없어 쓰일 여지조차 발생하지 않은 것이다.*

* 「문장웹진_콤마」, 『문장웹진』(나주: 한국문화예술위원회), 2023. 9. 8.

냉담

발행일	2024년 6월 20일 초판 1쇄
지은이	김갑용
발행인	김원일
발행처	소전서가
기획·편집	소전문화재단
디자인	피포엘
제작	올·북컴퍼니
주소	서울시 강남구 영동·대로138길 23
전화	02-511-2016
홈페이지	www.sojeonfdn.org
ISBN	979-11-982750-6-6(04810)

◦ 본 저작물은 소전문화재단의 후원으로 집필되었습니다.
◦ 이 책은 전주페이퍼의 제지 지원을 받아, 본문 종이로 그린라이트 80g/m^2을 사용하였습니다.

소전서가는
소전문화재단의 출판 브랜드입니다.

소전문화재단은
누구나 문학을 곁에 두고 그 안에서 펼쳐지는
크고 작은 담론에 관계할 수 있도록 독서를 장려하고
문학 창작을 후원하는 문화 예술 재단입니다.
문학 도서관 〈소전서림〉과 출판사 〈소전서가〉,
읽는 사람들의 온라인 커뮤니티 〈읽는사람〉을
운영하고 있으며, 소설가들의 장편소설 집필 활동을 위한
레지던스 〈두내원〉을 준비하고 있습니다.